KB065079

고전문학사의
벼리

송희복

고전문학사의
벼리

보고사

독자를 위하여

1

문학사 서술이 문학 연구의 최종이란 말이 있다. 문학을 공부하는 이로서 자국의 문학사를 한번 쯤 서술하고 싶은 마음을 가지는 사람도 적지 않을 것이다. 나 역시 근, 현대 문학의 전공자로서 우리 문학사의 서술적인 체계를 세워 보고 싶은 마음이 없던 것은 전혀 아니었다. 내가 좀 젊었을 때 문학사 이론을 공부하면서 적지 않은 분량의 천자(千字) 개인 원고지를 하나하나 손으로 채워갈 때부터 그 마음을 막연히 품었을 것이라고 본다.

나는 특히 고전문학사의 시대를 구분하는 데 있어서 말과 글을 표기하는 방식의 차이에 관해 주목한 바 있었다. 우리 문학사가 애초에 말에서 글로 옮겨갔고, 글이 중심이 되는 문학의 시대에도, 한자를 빌려 사용하던 문학과, 한문을 그대로 사용하던 문학의 시대도 있었고, 마침내 우리 글로 우리의 문학을 실현하면서 점진적으로 발전해 나아가던 단계도 있었다. 이러한 것들은 물론 특정의 시대마다 두어 가지의 것들이 공존하였기 때문에, 단대(斷代)의 형태로 시대를 구분할 수 있는 것이 아니라고 본다. 우리 고전문학사의 경우에는, 수직으로 시대가 끊어지는 게 아니라, 사선(斜線)으로 비스듬히 구분되는 특징을 갖고 있었다. 이러한 관점이 마음 한 편에 자리를 잡게 되면서부터, 고전문학사 서술에 관한 한, 내게 생각의 틀과 발상의 전환을 촉발시킨 것이 틀림없다.

2

나는 이 책의 표제에 '벼리'라는 말을 사용했다. 국어국립원의 『표준국어대사전』에 기대면, 이 낱말은 본디 '그물의 위쪽 코를 꿰어 놓은 줄, 혹은 잡아당겨 그물을 오므렸다 폈다 하는 그물줄.'을 가리킨다. 학문적인 용법에 따르면 '일이나 글의 뼈대가 되는 줄거리'로 이해되는 용어이기도 하다.

잘 알다시피, 이 '벼리'라는 말의 한자 표현은 강(綱)이다. 강과 함께 사용하는 상대의 개념은 목(目)이다. 역사를 서술하는 데 있어서 춘추필법에 따라, 강은 큰 줄거리의 제목으로 사용되고, 목은 상세한 사실(史實)의 기사로 사용된다. 강과 목에 따라 역사를 서술하는 관점을 두고 이른바 '강목사관'이라고 말하는 이도 있다. 중국에서 비롯된 강목사관이 우리나라의 역사 서술에 지대한 영향을 미쳤음은 두말할 필요도 없다. 실학자인 안정복의 『동사강목』이 가장 대표적인 적례가 아닐까 한다.

우리 문학사 서술에도 '강(綱)'이라고 하는 표현을 사용한 선학의 전례도 없지 않았다. 조윤제의 『조선시가사강』(1937), 고정옥의 『국어국문학 요강』(1949), 백철의 「한국문학사 서술의 요강」(1974) 등이 바로 그것이다. 이처럼 나 역시 우리 고전문학사의 체계를 대체로 네 개의 그물의 줄로 설정하고, 이에 합당한 그물망을 엮어보았다. 내게 있어서 그물의 줄이 벼리(綱)라면, 그물망이 눈(目)이다. 벼리와 눈이 따로 놀면 안 된다. 이 두 가지의 것이 유기적인 관계를 형성해야만, 문학사의 서술이 자연스럽고, 기능적일 수밖에 없다.

3

이 책은 내 문학사 서술의 끝이 아니다. 시작일 따름이다.

앞으로도 수정과 증보를 거듭해 가면서, 아울러 고전문학과 근, 현대문학을 병립해 완결된 통사적인 체재(體裁)의 '우리 문학사의 벼리'를 공간해 볼 것이라고 마음을 굳게 다져본다.

봄기운이 날마다 조금씩 더 느껴지고 있다. 개학의 시기가 되면, 내 강의를 곧 듣게 될 새내기 학생들에게 이 책을 강의용 가르칠 거리로 활용하려고 한다.

끝으로, 출판 유통업의 환난이 시정의 화제가 되고 있는 저간의 사정에도 불구하고, 이 책의 출판을 선뜻 수락해준 보고사의 김흥국 사장님께 깊은 감사의 뜻을 전한다.

정유년 음력 정월 초사흗날에,
지은이 적다.

차 례

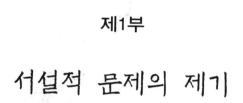

제1부

서설적 문제의 제기

I

무엇이 우리 문학사인가

1

문학이란 것도 어떤 고정적 실체로서 존재하는 게 아니라, 부단히 운동하는 흐름의 형태로 존속하는 것이다. 만약 문학이 어떤 고정적 실체로 존재하는 것이라면, 작품이란 결코 반복되지도, 대체되지도, 개선되지도 않는, 이를테면 심미적인 '자족체(self-sufficient entity)'이거나, 결국 몰역사적으로 환원되는 원형적 구조물로 그저 만족하는 것에 지나지 않을 것이다. 언어의 속성 가운데 사회·역사성도 존재하고 있듯이, 언어를 표현 매체나 형식의 조건을 삼는 문학이 지닌 본질을 이해하는 데 있어서도 그것은 지나칠 수 없거나 빼놓을 수 없는 요인이 된다. 사회·역사성이 깃든 언어라는 것 때문에 문학사의 존재를 결코 부정할 수가 없다.

문학사는 어떠한 관점에서 이해할 것인가. 사실상 문학사에 관한 정의는 무수히 많다. 사람에 따라 그것은 '후손에게 남겨준 인생의 참된 기록'으로 규정되기도, 또는 '한 국민의 영혼에 의한 도덕적 리듬의 변동' 등과 같이 매우 수사적인 표현으로 치장되기도 한다. 어쨌거나, 문학사는 작품을 역사적 존재로 보는 것을 전제로 삼는다. 다시 말해, 역사적 흐름 위에 존재하는 인과법칙과 운동법칙에 의해 작품의 가치를 평가하고자 하는 데서 문학사가 존립해야 할 필요성이 미리 전제되어 있는 것이다.

2

무엇이 우리 문학인가?

우리 문학은 한국문학이다. 한국인 작자가, 한국인 수용자를 상대로 해서, 한국어로 창작한 문학, 한국어로 창작하고 있는 문학, 앞으로 한국어를 사용할 문학인 것이다. 한국어는 단일 언어이기 때문에 한국인 모두가 사용한다. 따라서 우리 문학의 절대적인 전제 조건은 한국어의 문학이 된다.

따라서 우리 문학사란, 한국어에 의한 한국문학을 역사적으로 인식한 것의 소산이자 그 당위성이다. 그것은 한국인이 부단히 이룩해온 문학적 언어, 그 감수성의 계보이다. 정신적 세계의 한 갈래로서 이룩되어온 문학적 경험의 총화(總和)이다. 장구한 세월에 걸쳐 부절(不絶)히 계승된 문학의 역사적 존재는, 언어의 사회·역사성과 더불어 진보라는 인상에 따른 변화의 내력에 초점을 두어야 할 것이다.

우리 문학사는 어제를 위한 우리 문학이 아닌, 사실상 오늘의 문학이다. 과거의 재구성에만 안주한다면, 그것은 산 문학사가 아니라 죽은 문학사가 될 것이다. 역사적 현재주의의 관점에서 우리 문학사를 이해하는 것이 그 시대의 요청인 것이다. 일제강점기에 인식한 우리 문학사는 독립운동의 일환이 되었고, 해방기 좌우익 투쟁기에는 민족 통합론적인 비전을 제시하는 것이 아니어선 안 되었던 것이다.

> 국문학사는 변하여 가는 그 시대 그 시대의 문학적 사상(事象)을 찾아 더듬어 현대의 국문학이 여하한 경로를 밟아 왔는가를 탐구하며, 동시에 오늘의 우리의 생활을 이해하려는 문학의 역사적 전개의 고찰이다. 생활은 어디까지나 살아있는 것이고, 이 살아있는 생활을 표현한 문학도 또한 살아있는 것이니, 문학사는 모름지기 그 '삶'의 연속체가 되지 않으면 안 될 것이다. …… 그리고 국문학사는 과거의 국문학을 위하는 것이 아니고, 현재의 국문학을 위하여 존재하는 것을 잊어서는 안 될 것이다.
>
> (조윤제, 『국문학사』, 동국문화사, 1948, 1~2면.)

삶의 연속체로서의 국문학사, 매우 매력적인 표현이 아닐 수 없다. 그러면, 오늘날의 우리 문학사는 어떻게 인식되어야 하나? 전(全)지구적인 표준으로서의 우리 문학사, 다문화 시대의 우리 문학사, 통일을 실현하기 위한 우리 문학사, 세계문학 속의 위상을 탐색하기 위한 우리 문학사 …… 무엇이든 좋다. 역사적 현재성의 가치 기준에서 우리 문학사를 이해해야 하는 것이 옳다.

3

우리 문학사를 새롭게 바라보고 재인식한다는 것도 일종의 문화적 실천행위라고 본다. 말하자면 문학사도 살아있는 역사로서 우리의 현실 속에 생동하고 또한 충족되어야 한다는 것이다.

　우리 사회가 민주화되어가는 과정에서 통일문학사에 대한 논의가 부쩍 활발해졌다. 혹자는 이것이 근대적 국민국가의 개념을 전제로 하기 때문에, 분단 이전의 역사적 경험에 한정하자고 제안한 바 있었다. 과거의 공동적인 역사 경험도 물론 중요하겠지만, 무엇보다도 더 중요한 것은 동시대의 고유한 역사 경험이다. 근대적 국민국가의 개념은 합리성을 바탕으로 한 논리 그 자체이다.

　그런데 문학은 정치 지배력에 대한 정서적인 힘의 초월성을 지닌다. 논리로 해결할 수 없으면, 문학에 관련된 문제인 까닭에, 정리(情理)로 해결할 수도 있다. 그것은 명분, 민족애, 핏줄쓰임, 언어공동체 의식, 민족 동질성의 회복 등으로 표현될 수 있는 개념이기도 하다. 요컨대, 우리가 앞으로 추구해 나아가야 할 통일문학사는 진정한 의미의 '한살림 대동(大同) 문학'의 지평이 아니어선 안 될 것이라고 본다.

II
왜 우리 말글의 문학사인가

1

나는 앞 장(章)에서 장구한 세월에 걸쳐 부절히 계승된 우리 문학의 역사적 존재야말로 진보라는 인상에 따른 변화의 내력에 초점을 두어야 한다고 했다. 그 변화되는 가치의 준거는 우리 말글을 어떻게 이해하고 인식하고 있었느냐 하는 문제가 문학사에서 가장 긴요한 것이라고, 나는 생각한다.

문학사적인 맥락과 의미에서 볼 때, 우리 문학은 한국어를 사용한 문학을 가리킨다. 주지하듯이, 우리 문학은 전통적으로 한글만으로 표현된 것이 아니었다. 가장 오래되었고 가장 오랫동안 유지되어온 것은 상고(上古)의 구전문학이었다. 이것은 신화·무가·민요·설화·민속극·판소리 등의 문학으로 오늘날에 이르기까지 전승되면서 현대문학과의 텍스트 상호관계를 맺고 있기도 하다. 문제는 한문학(漢文學)의 존재를 어떻게 이해하느냐 하는 데 있다. 국문학 연구의 초창기부터 학자들간에 쟁점이 되었던 문제였다. 이를 우리 문학의 범주 속에 적극적으로 편입시키자는 입장에 서 있는 사람들은 한국인이 사용하는 한자가 우리식으로 발음되며 동아시아권의 공동문어(共同文語)로 사용되어 왔기 때문에, 더욱이 그것으로 실현된 문학이 한국인의 정서와 한국 사회의 풍속과 이념을 적절히 반영해 왔기 때문에 우리 문학으로 간주할 수밖에 없다고 한다. 이 사실은 이규보·김시습·허균·박지원 등의 문학이 결코 중국문학이 될 수 없는 이치와 같다.

19세기 말 혹은 조선 왕조의 국권 상실 이전의 우리 문학사에는 구전문학, 차자(借字) 표기의 문학, 한문학, 한글 문학이 혼재되어 있었다. 이 중에서 가장 가치가 있고 바람직한 형식의 문학이 한글 문학인 것은 두말할 나위가 없다. 나의 고전문학사 기술은 한글 문학의 형성과 전개에 이르는 발전의 과정을 밝히는 작업이라고 해도 지나친 말이 아니다.

2

물론 이제까지의 우리 문학사의 기술도 한글 문학 중심으로 이룩해 온 것이 사실이다. 이러한 현상은 한글이 조선 시대와 일제 강점기에 공식적인 표기 수단으로 인정되지 못한 채 문학의 창작 행위를 일삼다가 한글이 해방 이후에 근대적 국민국가의 공식문자로 승격됨에 따라 문학의 가치를 새롭게 인정받게 된 우리 문학사의 특수성에 기인하는 바 작지 않았다.

지금까지의 국문학사는 거의 국문문학의 문학사였다. 한문학은 배제한
다고는 하지 않았지만 대강 다루는 데 그쳤고, 구비문학에는 관심을 갖지
않기 일쑤였다. …… 일제의 식민지 통치에 맞서서 민족문학으로서의 국
문학을 인식하고 평가하는 단계에 이르러서는 한문학 중심적인 사고방식
을 스스로 청산하고, 국문으로 된 것만 국문학이라는 극단론까지 내놓았
다. 이렇게 해서 잃은 것도 많다 하겠으나, 국문문학에 정통성을 부여하
게 된 전환은 정당했다고 평가해야 마땅했다.

(조동일, 『한국문학통사』1, 지식산업사, 1989, 18~19면.)

이처럼 우리 문학사 서술은 국문 중심의 문학사인 것이 하나의 대세
였다. 이에 대한 평가도 썩 정당한 것으로 보인다. 그럼에도 불구하고
문학사를 보는 나의 관점은 언어적 표기 수단을 우리 문학사의 벼리로
설정하는 것이었다. 사회·역사적인 문학적인 사실(史實), 갈래와 창작
담당층의 문제 등보다 언어 및 표기·표현의 조건을 더 한층 중시함으
로써 우리 문학사에 있어서의 한글 문학의 최종적인 개가(凱歌)의 도정
을 확인하고자 했다. 이러한 의도를 앞세운 경우는 이전에 없었다.

3

이 대목에서 우리 문학의 정체성을 생각할 때, 나는 우리 문학이 우
리 말글을 위한 문학이어야 한다는 명제보다 더 나은 명제는 없을 성싶
다고 본다. 왜 우리 말글의 문학사인가? 이 대답은 한국어에 의한, 한
국어를 위한, 한국인이 창작하면서 또한 한국인이 향유하는 한국인의
문학이란 사실에 있다.

그런데, 왜 한글이 아니고, 굳이 우리 말글이어야 하는가.

　이때 말글은 우선 말과 글의 합성어이기도 하다. 말의 문학이 글의 문학에 비해 상대적으로 홀시되는 것이 대체적인 시각이었다. 본서인 내 고전문학사의 첫째 벼리가 '상고(上古)의 구전문학'이듯이 말의 문학이 무시되지 아니하는 문학사를 지향한다는 의도에서 우리 말글이라고 했다. 또한 이 이유뿐만 아니라, 글이라고 하더라도 입말(口語)을 지향하는 글이 더 삶에 충실, 진실하고, 한결 문학적이다, 라는 관점에서, 내가 우리 말글이라는 낱말을 가림새 있게 수용하기에 이른 것이다.

III
세계문학 속의 우리 문학사

1

내가 말하고자 하는 것의 결론부터 얘기하면, 이렇다. 세계문학 속에서 우리 문학이 올바르게 위치하려면, 우리는 국수주의와 사대주의를 동시에 배격하고, 우리 문학과 서구 문학, 우리 문학과 제3세계 문학의 관계를 바람직하게 정립해야 할 것이다.

문학평론가 정과리는 「세계어, 세계문학의 출현과 한국어, 한국문학의 생존」(2010)이란 글에서, 한국어는 우리 문학의 발전을 가로막는 장애물이 되고 있다고 단언하고 있다. 그에겐 언어 공동체의 울타리 내에 문학을 묶는 것은 시대착오라고까지 했다.

…… 한국어 안에 머무는 것은 한국어 공동체의 경계 안에 자신의 언어 문화를 가두는 우를 범하는 것과 같다. 중요한 것은 세계어가 실질적으로 출현해 있다는 것이고, 한국어는 세계어의 대열에 들어갈 가능성이 거의

없다는 것이며, 따라서 우리는 불가피하게 언어의 두 층위를 솔직하게 인정하고 그 둘을 함께 공존시킬 길을 찾아야 한다는 것이다.

(정과리, 『뫼비우스 분면을 떠도는』, 문학과지성사, 2016, 357면.)

정과리는 우리 문학의 발전, 즉 세계문학으로의 도약은 모국어와 세계어의 공존을 모색하는 데 있다고 보았다. 한국어의 자기폐쇄성이 더 이상 한국문학의 미래를 기약할 수 없다는 논리다. 모국어와 세계어의 중층적 언어 구조를 가진 인도 문학이 타고르 이후 얼마만큼 세계문학에 기여하고 있나? 필리핀 문학은? 그 수많은 프랑스어권 아프리카 제국(諸國)의 문학은? 과문한 탓인지, 정과리의 다소 과격해 보이는 견해에 대해 어리둥절할 따름이다.

그는 세계어의 범위를 속 시원하게 밝히지 않고 있다. 영어를 두고 말하는 것인지, 아니면 서유럽어 서너 가지를 말하는 것인지 잘 알 수 없다. 우리 시대에 있어서 영어는 '글로벌 스탠다드'의 언어인 것은 사실이다. 중세의 4대 세계어는 라틴어, 고대아랍어, 범어, 한문이었는데, 우리는 한문이란 세계어의 굴레 속에 놓여 있었다. 고려·조선 시대에 있어서의 한문은 그 시대 '글로벌 스탠다드'의 언어였다. 한문이 우리 문학사의 장애물이 되었다는 사실은, 우리보다 한문으로부터 훨씬 자유로웠던 일본의 자국어(가나) 문학이 우리보다 문학의 꽃을 훨씬 흐드러지게 피웠다는 것으로 증명될 수가 있다.

하나의 언어를 배운다는 것이 한 세계를 통째로 받아들인다는 것과 거의 동일하다면, 영어라는 세계어에 우리가 길들여갈 때, 과거의 유교적인 문사(文士)처럼 21세기적인 사대주의, 구미(歐美) 추수주의를 받아들이는 것과 무엇이 다르다고 하는 말인가?

2

내가 한때 문단에서 젊은 비평가로 활동하고 있을 때였다. 1990년 가을이었다. 옥타비오 파스가 노벨문학상 수상자로 발표되었다. 우리 나라 독자들의 입장에서 볼 때 무명의 작가들이 노벨문학상 수상자로 결정되는 경우도 적지 않았다. 이 해만은 노벨문학상을 충분히 받을 수 있을 만큼 세계적인 명망을 가지고 있는 작가(시인)가 결정된 것이었 다. 이와 관련해서 24년이 지난 그 당시에 내가 노벨문학상에 관해 소 회를 밝힌 글이 있어서 다음과 같이 인용할까 한다.

내가 이 달에 읽은 월간지의 대부분은 금년 노벨상 수상시인 옥타비오 파스의 시와 시세계를 소개하고 있다. 스페인어권 문학을 전혀 모르는 나 로서는 이 점에 관해 언급한다는 일이 우스꽝스럽고 주제 넘는 일이 될 것이지만, 몇 가지 소감을 밝히려고 한다.

노벨문학상의 제한된 의의를 구태여 문제 삼지 않아도 하등 새삼스런 것이 못된다. 그러나 옥타비오 파스의 영광은 조국 멕시코의 것이기도 하 지만, 사실은 모국어 스페인어의 몫으로 돌려야 한다. 우리는 차제에 선 망과 호기심의 눈길로 바라볼 것이 아니라, 문학의 교류를 통한 국제화에 동참하면서 부단히 시적 모국어의 계발에 기여하지 않으면 안 될 것이다.

외국시를 우리말로 소개할 때, 우선 중시되는 바는 온전한 작품 번역이 다. 당사국의 언어를 충분히 이해한 후에 우리말로 옮겨져야 하는 것이 상식이다. 물론, 여기에서 그 나라 말의 어감이나 문체적 특성이 종합적 으로 고려되어야 한다. 그럼에도 불구하고 옥타비오 파스의 수상이 결정 되던 다음날, 조간신문에 스페인어 비전공자에 의해 번역된 파스의 시가 소개되었다는 것은 극히 무책임한 일이라 하겠다. 또한, 역시(譯詩)의 작 품성이 제고되어야 한다. 같은 작품이 다른 사람의 번역결과에 따라 전혀 다르게 느껴지는 것도 문제이겠지만, 영시를 번역한 말이 영어답고 독일

시를 번역한 말이 독일어다운 분위기를 드러내면 전혀 바람직스럽지 못하다. 당연히, 외국시가 우리말로 옮겨질 때 우리말다운 특성이 드러나야 한다. (……) 나는 이 대목에서 생각한다. 시인이란, 모국어의 운명과 함께 살고 있는 존재라는 사실을. 그리고 이 원칙을 사랑한다. (1990. 12)

노벨문학상 수상자는 노벨문학상 수상을 자신이나 자국의 영광으로 돌려야 할 것이 아니라, 모국어의 영광으로 돌려야 한다. 중국의 반체제 문인인 가오싱젠(高行健)은 프랑스에 머물게 된 정치적인 난민이어서, 아니면 프랑스어로 잘 번역된 제2차 텍스트 덕에 노벨문학상을 받은 게 아니라, 중국어로 씌어 있는 자신의 원작 때문에 노벨문학상을 받았다. 모든 작가는 궁극적으로 모국어의 운명과 함께 살아가는 존재이다. 우리 문학은 한국어의 틀 안에서 감응하고, 모사하고, 사유한다. 나는 이러한 생각을 지금도 금과옥조로 삼고 있다.

3

우리 문학의 궁극적인 이상은 한국문학이 세계문학 속에서 어떠한 의의를 갖느냐 하는 데 있다. 20세기에 이르러 탈식민주의와 동구권의 몰락으로 인해 19세기적 개념으로서의 민족주의의 시대는 종언을 고했다고 해도 과언이 아니다. 그러면, 세계문학이란 무엇일까? 그것은 전 세계의 수많은 민족 단위의 문학이 모이고 어울려 이룬 문학의 총체를 뜻한다. 즉, 그것은 각 나라 민족문학의 특수성과 인류의 보편적 가치를 지닌 문학이어야 한다.

세계문학이 그릇되게 관행이 된 개념으로서의 세계주의에 근거한다면, 이 개념도 매우 부정적으로 왜곡된다. '화이론적 천하관(華夷論的天下觀)'이나 유럽중심주의(Eurocentrism) 등은 보이지 않는 권력과 폭력에 의거한 국제 역학 관계의 결과였다. '2000 서울 국제문학포럼'이 취지문을 내건 바 있듯이, 우리에게 있어서의 오늘날의 세계문학은 새로운 시대에 더욱 가속화될 세계화 과정 속에서 문학이 당면하게 될 문제에 관심을 갖고, 각기 다른 문화와 언어들을 하나로 연결하고 그 속에 우리의 문학과 문화가 올바르게 위치하면서 다문화의 세계 속에 모든 나라들이 평화롭게 공존하는 가운데 진정한 21세기의 비전을 창출할 때 비로소 참된 의미를 갖게 되는 것이다. 이제 우리도 문학을 통해 인간을 반성하고 시대를 투시하고 인류의 운명을 예견해야 한다. 우리의 문제가 바로 세계의 문제이며 인류 평화 공존의 문제이기 때문이다.

오늘날 분단의 정치 상황처럼 남북한 문학 역시 둘로 나누어져 있다는 사실에, 동시대에 인식되고 있는 우리 문학사의 특수성이 놓여 있다. 진정한 민족문학은 남북한 통일문학의 실현에 있으며, 나아가 재외문학까지 포함한 범(汎)한민족 문학 공동체를 이룩하여 세계문학에 기여할 때, 가장 높은 단계의 이상과 의의를 가질 수 있게 되는 것이다.

마지막으로 강조하거니와, 나는 우리 문학사가 과거를 위한 우리 문학의 재구성이 아닌, 미래를 위한 우리 문학의 설계를 지향하지 않으면 안 된다고 본다.

제2부

고전문학사 서술의 시론

I
첫째 벼리 : 상고의 구전문학

1. 신화에의 눈뜸, 영혼의 각성

아우구스티누스는 이렇게 말했다. '아무도 묻지 않으면 그것이 무엇인지 잘 아는데, 누가 물어서 설명하려고 하면 당황하게 된다.'라고 ……. 그것은 바로 신화(神話)이다. 신화는 합리적인 설명을 불가능하게 한다. 그러면서도 그것은 합리적인 탐구를 유발하기 때문에, 도리어 상충되는 해석을 낳는다.

그러면 해석된 신화의 의미는 무엇인가? 말리노프스키(Malinowski)는 신화가 기술하는 바 그대로의 의미일 뿐이라고 했고, 신화발생론자들은 그것의 심층 기저에는 진정한 의미가 숨어 있다고 주장한다. 어쨌든 많은 사람들은 신화를 두고 원시적인 과학, 무의식적 환상의 표현, 역사 등등으로 보면서 많은 관심을 표명해 왔다.

신화에의 눈뜸은 '영혼의 각성'이다. 이는 내면의 충동이다. 과학적인 세계상의 분열로 인해, 신화에 대한 관심이 높아졌다. 역사적인 진보의 개념 대신에 공시적(共時的)인 동질성이 신화에의 각성을 요구한다. 신화의 현대적 징표는 반(反)모더니즘적인 역전을 시도하는 지극히 낭만적인 꿈이다. 그것은 결코 역사를 저버리지 않는다. 역사마저 포섭한다.

신화의 구조는 대체로 신이(神異)의 탄생, 신성혼(holygamy), 통과제의(rite de passage), 사후이적(死後異蹟)으로 구성되어 있다. 대개 그렇듯이 우리나라 신화 역시 신이의 탄생에서부터 비롯한다. 이 신이의 탄생과 관련해보면 우리나라의 신화는 지상에로의 하강 모티프를 드러낸 북방형과 난생(卵生) 모티프를 드러내는 남방형으로 나누어진다. 전자의 예가 단군·해모수 등이라면, 후자의 예는 혁거세·수로(首露)·김알지 등이라고 하겠다. 신성혼은 대체로 하늘과 물의 대우(對偶)로써 표현되었는데, 고려의 건국 전설인 작제건(作帝建)과 용녀(龍女)의 결혼에까지 영향을 미친다. 또 그것은 우주론적인 동시에 풍요제의적인 성격을 가진다. 통과제의는 시련과 성공적인 극난과 등극의 과정으로 설명된다. 캠블에 의하면, 이러한 의식은 세상으로부터의 분리(separation), 어떤 힘의 원천으로의 진입(initiation), 그리고 생명력을 강화시켜주는 회귀(return)의 구조로 이루어져 있다. 주몽의 탈출, '어별성교(魚鼈成橋)'에 의한 도하, 등극이 그 대표적인 패턴이라고 할 수 있다. 주몽의 기적적인 도하 모티프는 「용비어천가」에서도 되풀이되고 있다. 사후 이적은 단군의 입산, 주몽의 승천, 혁거세의 산락(散落) 등에서 잘 드러나고 있다.

2. 단군 신화 : 우리 문학사의 시원

우리 문학사의 상고(上古)에는 말의 문학이 대부분이었다. 물론 그 시대에는 전해 왔지만 후대에 기록이 되지 아니한 것은 잃어버리고 만다. 상고의 구전문학은 신화가 주류를 이루었다. 이 신화로부터 구술된 서사시도 적지 않았으리라고 본다. 서사시를 연행하는 주체는 샤먼이었을 것이다. 일제강점기까지도 서사무가를 연행하는 샤먼이 있었다고 한다. 이를 가리켜 소위 '반(半)박수'라고 했다. 온전한 박수가 아니라 반박수인 것으로 보아 심령이 충일한 샤먼이 아니라 통속적인 공연을 통해 돈을 버는 일종의 흥행군인 것으로 짐작된다. 상고에는 진짜 샤먼에 의해 신성성이 깃든 서사무가를 연행했으리라고 본다. 신화가 이야기 문학이라면, 서사무가는 노래(혹은 놀이)의 문학이다. 다음에 인용된 신화는 단군 신화이다. 우리나라에서 가장 오래된 신화가 아닌가 한다.

> 魏書에 이르되, 지금으로부터 이 천년 전에 단군왕검이 있어, 도읍을 아사달에 정하고 나라를 개창하여 조선이라 일컬으니 高와 동시라 하였다. 古記에 이르되, 옛날에 환인의 서자 환웅이 있어, 항상 천하에 뜻을 두고 人世를 탐내거늘, 아버지가 아들의 뜻을 알고 三危太白을 내려다 보매 인간을 널리 이롭게 할 만한지라 이에 天符印 三個를 주어, 가서 (세상 사람을) 다스리게 하였다. 웅이 무리 삼천을 이끌고 태백산 꼭대기 신단수 밑에 내려와 여기를 神市라 이르니 이가 환웅천왕이란 이다. (그는) 풍백·우사·운사를 거느리고 穀·命·病·刑·善·惡 등 무릇 인간의 삼백육십여사를 맡아서 인세에 있어 다스리고 敎化하였다. 그때 一熊과 一虎가 같은 굴에서 살며 항상 환웅에게 빌되 원컨대 化하여 사람이 되고 싶습니다, 하거늘, 한번은 환웅이 신령스러운 쑥 한 자래와 마늘 이십 개를 주고 이르기를 너희들이 이것을 먹고 백일동안 日光을 보지 아니하면 곧 사람이 되리라 하였다. 곰과 범이 이것을 받아서 먹고 忌하기 三七日만에 곰은 여자의 몸이 되고 범은 능히 忌하지 못하여 사람이 되지 못하였다. 웅녀는 그가 혼인해 주는 이가 없으므로 항상 神檀樹 아래서 祈願하기를 아이를 배고 싶습니다, 하였다. 웅이 이에 잠간 변하여 결혼하여 아들을 낳으니

이름을 단군왕검이라 하였다. 왕검이 당고(요)의 즉위한 지 오십년인 庚寅에 평양성에 도읍하고 비로소 朝鮮이라 일컫고, 또 도읍을 백악산 아사달에 옮기었는데, 그곳을 또 궁, 홀산, 또는 今彌達이라고 하니 치국하기 일천 오백년이었다. 주의 호왕 즉위 己卯에 箕子를 조선에 봉하매, 단군은 藏唐京으로 옮기었다가 후에 阿斯達에 돌아와 숨어서 산신이 되니 수가 일천구백팔세이었다 한다. 당의 裵矩傳에는 고려는 본시 孤竹國인데 주가 기자를 봉하여 조선이라 하였고, 한은 삼군을 분치하여 현도와 낙랑과 대방이라 하였으며, 通典에도 此說과 같다.

이상의 인용문은 일연의 『삼국유사』에 기록된 것이다. 적어도 13세기 말까지 구전되어온 단군 신화는 가장 신뢰할 수 있는 텍스트로 여기에 남아있다. 주지하듯이, 『삼국유사』는 사서이기도 하다. 신화는 역사를 포섭한다고 하듯이, 단군 신화는 오늘날 역사적인 흔적으로 일부 확인되고 있다.

그런데 신뢰할 수 없는 텍스트에도 단군 신화가 남겨져 있다. 위작설 시비가 있는 재야사서에 기록된 내용 중에서, 13세 단군 홀단 50년, 즉 기원전 1733년에 있었던 '오성취루(五星聚婁)'는 이십 여 년 전의 슈퍼컴퓨터에 의해 태양계의 5행성이 일직선상에 놓이는 천문 현상이었던 것으로 확인되었고, 신지(神誌)나 가림토 문자와 같은 소위 신성문자(hieroglyph)는 만주 경박호 비석 탁본이나 경북 경산 글바위골의 문자형상 등과 관련이 있는 것으로 추정된다. 위작설이 끊이지 않는 『환단고기(桓檀古記)』에 기록된 다음의 「애환가(愛桓歌)」는 단군 시대의 노래로서, 우리 문학사에서 가장 오래된 시가 될 것이다. 이것을 참고 자료로 인용한다.

산에는 꽃이 피네,	山有花
산에는 꽃이 피네.	山有花
지난해에도 만 그루 심었고,	去年種萬樹
올해도 만 그루 심었다네.	今年種萬樹
봄이 오면 불함 땅에는	春來弗咸
꽃들이 붉게 만발하리니,	花萬紅
한울님을 섬기면서	有事天神
태평성대를 즐긴다네.	樂太平

텍스트 신빙성의 문제로 인해 이 시는 최고(最古)로 대접받지 못하고 있다. 표현 형식을 미루어 보아도 이 점은 명백해진다. 다만 이것을 참고 자료로 한 번 되살펴 볼 수는 있다고 하겠다. 어쨌든, 단군 신화는 신화·역사인 동시에 문학이다. 신화는 제의의 말풀이(logomenon)이며, 제의는 신화의 몸짓풀이(dromenon)이다. 이때 말풀이란 구술상관물(口述相關物)을 의미한다. 신화는 문자로 정착되기 이전에 구비문학의 중심부에 위치하였다. 문학의 입장에서 볼 때 단군 신화는 역시 문학성에 근거하여 접근해야 할 것이다. 신화를 상상력, 집단 무의식, 상징적 표현양상, 구조, 주제론, 미의식 등등과 관련해서 해독하고 해석하는 것이 문학적인 접근방식이라고 할 수 있다. 비평 방법론의 범주 가운데 원형비평(原型批評)이 이에 해당한다.

단군 신화는 우리 문학사에서 3대기 소설의 원형이 되었다. 이 3대기 모티프는 조선시대 고전소설 중에서 무수히 존재하는 삼대록(三代錄) 유의 가족사 소설, 염상섭의 「삼대」, 채만식의 「태평천하」, 이문구의 「관촌수필」, 문순태의 「달궁」 등으로 이어져 왔다.

3. 북방의 주몽 신화와 남방의 구지가

상고(上古)의 구전문학 가운데 가장 오래된 기록은 고구려 건국신화를 적은 광개토대왕비문(414) 일부라고 하겠다. 단군 신화를 적은 『삼국유사』의 기록보다 무려 867년이나 앞선 금석문의 기록이라고 할 것이다. 이 기록은 고구려 건국의 주역인 주몽(추모)의 신이한 탄생, 통과의례, 사후이적을 고스란히 제시하고 있다.

> 惟昔始祖鄒牟王之創基也, 出自北夫餘, 天帝之子, 母河伯女郞. 剖卵降世, 生而有聖□□□□□. □命駕, 巡幸南下, 路由夫餘奄利大水. 王臨津言曰, 我是皇天之子, 母河伯女郞, 鄒牟王, 爲我連葭浮龜. 應聲卽爲連葭浮龜. 然後造渡, 於沸流谷, 忽本西, 城山上而建都焉. 不樂世位, 因遣黃龍來下迎王. 王於忽本東罡, 履龍頁昇天.

옛날 시조 추모왕이 나라를 창조하시었다. 북부여에서 나왔는데, 천제의 아들이요, 어머니는 하백녀이다. 알을 깨고 세상에 나시니, 나면서부터 성스러운□□□□□. □명으로 수레를 타고 남으로 순행하다가, 길에서 부여의 엄리대수에 이르렀다. 왕이 나루에 이르러 말하길, "나는 황천의 아들이고, 어머니는 하백녀인, 추모왕이다. 나를 위해 갈대를 엮고, 거북은 떠올라라." 하니 소리에 응하여 갈대가 이어지고, 거북이 떠올랐다. 그러한 연후에 엄리대수를 건널 수 있었고, 비류곡의 홀본 서쪽의 성위에서 도읍을 정하였다. 세상에서의 위치를 즐기지 않아, 황룡을 아래로 보내어 왕을 영접하니, 왕이 홀본동쪽에서 용의 머리에 올라 타고, 하늘로 승천하였다.

인용한 바 광개토대왕비문은 엄연한 사적이기도 하지만 오랫동안 구전되어온 신화의 문학적인 기록이기도 하다. 우리 문학사의 가장 오래된 기록이란 점에서 그 가치는 이루 말할 수가 없다고 하겠다. 고구려 건국신화인 주몽의 고사는 훗날 영웅서사시라는 기록문학으로 이행되기도 한다.

주지하듯이, 영웅 서사시는 신화의 문학적 변용이다. 서양 문학사에서는 신화에서 서사시로의 이행은 비교적 분명히 드러나 있다. 우리의 경우는 고구려 건국신화와 관련된 주몽의 고사가 대표적인 사례이다. 주몽 신화는 김부식의「시조동명성왕」(삼국사기)과 이규보의「동명왕편」(동국이상국집) 등에 기술되어 있다. 특히 이규보의「동명왕편」은 영웅 서사시로의 이행을 잘 제시해 주고 있다. 이것은 오언(五言)의 율문체로 본문을 이루고 있으며, 산문으로 된 서문과 해설을 포함하고 있다. 또, 본문은 왕의 탄생 이전의 계보를 밝힌 서장(序章)과 건국의 성업을 서술하고 묘사한 본장(本章)과 후계자 유리왕의 경력과 작자의 소감을 붙인 종장(終章)으로 나누어져 있다. 그런데, 산문체 해설 가운데 또 다른 삽입가요가 포함되어 있어 눈길을 끌게 한다.

고구려 주몽이 서쪽으로 순행을 하다가 하얀 사슴 한 마리를 잡았다. 그는 그 사슴을 해원(蟹原)에다 거꾸로 달아매고 다음과 같은 노래를 불렀다.

하늘이 만일 비를 내려	天若不雨而漂沒
비류왕의 도읍을 표몰시키지 않는다면,	沸流王都者
내가 너를 놓아주지 않을 것이니	我固不汝放矣
이 고통을 면하려면 네가 하늘에 호소하라.	欲免斯難汝能訴天

그 흰 색 사슴이 슬피 울부짖는 소리가 하늘에 사무치므로 7일 동안 장맛비가 퍼부어 송양(松讓)의 도읍을 표몰시켰다. 송양왕이 갈대밧줄로 흐르는 물을 건너는데 압마(鴨馬)를 탄 백성들이 모두 그 밧줄을 잡아당 겼다. 주몽이 말채찍으로 물을 그으니 그 무서운 물이 갑자기 줄어들었 다. 이런 일이 있은 뒤 6월 달에 송양이 나라를 들고 와서 항복하였다.
　　　　　　　　　　　　　　　　　　　　　　　　　－ 동명왕편 병서

　삽입가요의 명령적이고 위협적인 주술의 언사는 「구지가(구지봉영신 가)」의 내용인, 이를테면 "거북아, 거북아 …… 구워서 먹으리." 하는 경 우와 흡사한 맥락을 이루고 있다. 넓은 의미에선 「구지가」도 가야의 건국신화가 기록된 「가락국기」로부터, 실전된 서사시의 한 편모로 볼 수 있다. 하나의 원형으로 충분히 인정될 수 있기 때문이다. 놓아주지 않겠다, 구워서 먹겠다 등의 위협적인 말은 원시적인 무속에서 흔히 볼 수 있는 표현법이다. 일본의 고대 주사(呪詞)인 '노리토' 역시 이것의 발전된 형태라고 한다.[1]

　우리에게 있어서 곰과 거북은 북방계와 남방계를 각각 대표하는 토 템의 표상인 것 같다. 이들의 서식지가 깊은 산중과 해안이듯이 말이 다. 글자 그대로 '풍요의 바다'를 가리키는 김해가 남방 문화를 받아들 이는 주요한 길목이었다는 지리적인 조건을 굳이 들먹이지 않아도 대

---

1) 서양사 전공의 역사학자 양병우는 세계사의 관점에서 「수로(首露)와 동명(東明) − 우리나 라의 유산(流産)한 신들」이란 의미 있는 논문을 이미 오래 전에 발표한 바 있었다. 그는 하늘에서 금합이 자줏빛 줄 끝에 매어 내려왔는데도 이를 맞이하기 위해 모인 사람들이 하늘과 상관없이 땅을 파는 이상한 행동을 두고 의아하게 생각했었다. 그는 이를 두고 초기 농경 사회에서 흔히 보는 계절제(季節祭)의 의식으로 보았다. 위협적인 언사도 농경 사회나 있을 법한 얘기다. 일본의 한 민속학 사전에 의하면, 일본에선 정월 보름날에 과일 나무에 칼질을 하면서 "열매를 맺겠느냐, 안 맺겠느냐, 안 맺으면 잘라버리겠다."라는 주 언(呪言)의 풍습이 있다.

륙 세력과 해양 세력이 만나는 문화적인 하이브리드의 접점에서 수로 신화와 집단 가요 「구지가」가 탄생했던 것이다.

일본어로 곰을 '쿠마'로 부르고, 거북을 '카메'로 부른다. 두말할 나위도 없이 한반도계 어원으로서 신의 의미를 나타내는 '카미'의 변형인 것이다. 곰과 거북은 신의 존재성을 드러내는 지상의 토템으로서 신령스런 존재물이다. 수로 신화 역시 단군 신화의 경우처럼 북방계의 천손(天孫) 강림 신화의 유형에 속한다. 그러나 수로 신화에는 거북의 상징성에서 보여주듯이 남방계의 요소도 분명하게 드러나 있다.

집단 가요 「구지가」는 남북방의 혼합문화를 상징하는 노래인 것으로 여겨진다.

천상의 신이 지상의 인간들에게, "봉우리 정상의 흙을 파내어 대왕을 맞이하라(掘峯頂撮土 …… 迎大王)."고 명령하는 것은 유목민과 농경민의 화합, 북방문화와 남방문화의 혼합을 의미한다. 거북은 우주적 의미를 암시한다. 겉은 둥근 하늘이며, 속은 정방형 지상이다. 거북을 구워서 먹겠다는 것은 겉껍질이 아니라, 속살이다. 속살은 다름이 아닌 농경문화이다. 흙을 파내든가 속살을 굽는다든가 하는 것은 지극히 남방적인 문화 유형에 속한다. 곡물이 힘차고 알차게 싹트기를 바라는 주술적 기원으로서의 일종의 농경 제식인 것이다. 주지하듯이 김해는 기다랗게 이어져 온 낙동강과 광활한 남해로 싸인 풍요의 땅이다. 농경문화의 최적지이다. 남방계 지석묘가 있는 구지봉에서 토착민 세력 구간(九干)이 북방 유목민 세력 김수로를 받아들여 지배자로 맞이하는 대신에 유목문화를 포용하고 동화하려고 한 것은 아닐까? 「구지가」의 비밀이 여기에 있는 것이다.

　　龜何龜何, 首其現也, 若不現也, 燔炸而喫也.

　　그러면「구지가」의 노랫말을 현대식으로 풀어서 읽어보자. "신군(神君)이시여 / 신군이시여 / 우리의 우두머리로 출현하소서 / 만약 그렇게 하지 아니하면 / 우리는 끝까지 농성할 것이외다." 김수로왕이 머리를 내밀었다고 해서 글자 그대로 이름이 수로(首露)가 된 것이다. 머리는 단순히 머리가 아니라, 한 집단의 우두머리이다. 구워서 먹겠다는 위협적인 주사는 다름 아니라 강청제식(强請祭式)의 상징 언어인 것이다.

　　가야의 건국신화는「가락국기」와 다른 차원에서 한 동안 전승되기도 했다. 조선 시대에『동국여지승람』을 발간할 당시에, 최치원의「석리정전(釋利貞傳)」등의 정체모를 문헌이 전해지고 있었던 모양이었다. 최치원이 가야산 해인사의 언저리에서 은거할 때 승려들과 교유하였는데 이정(利貞)이란 고승의 전기를 쓰면서 가야산 일대에 구전되어온 또 다른 가야 건국신화를 접했을 것이다.『동국여지승람』의 편찬자는 허황되고 믿을 수 없다고 하면서도 가야국 건국신화의 한 조각을 후세에 전해주고 있다.

　　　가야산의 여신 정견모주(正見母主)가 있었다. 하늘의 신 이비가지(夷毗訶之)와 감응(음통)해 두 아들을 낳았다. 한 아들은 뇌질주일(惱窒朱日)인데 대가야의 왕이 되었고, 다른 아들은 뇌질청예(惱窒靑裔)인데 금관국의 왕이 되었다. 뇌질주일의 별칭은 이진아시(伊珍阿豉)이고, 뇌질청예의 별칭은 수로(首露)이다.

　　이상의 기록을 살펴보면, 대가야와 금관국은 형제국이고, 문맥상으로 종주국은 대가야이다. 지금 합천의 가야신이 하나의 개국 성지와 같은 곳이며, 가야국의 태생적인 상징 공간이 된다. 우리가 알고 있는 「가락국기」의 (김해의 금관국이 6가야의 종주국이라는) 관념과 전혀 다르다. 가야산 여신 이야기는 상고의 토착신앙인 산악숭배와 관련이 있는 것으로 보인다.

백제의 건국신화는 중국의 문헌에 남아있는 구태(仇台) 신화와 일본의 문헌에 남아있는 도모(都慕) 신화가 있다. 구태는 동명왕(주몽)의 후손으로서 요동에서 백가(百家)를 이끌고 바다를 건너(濟) 나라를 세웠다고 해서 나라이름을 백제(百濟)라고 했다. 도모는 주몽 같기도 하고 또 아닌 것 같기도 한 모호한 신화적인 인물이다. 상당히 주목을 끌게 하는 이 두 얘기는 상고의 신화 부분에서 앞으로 연구할 가치가 있는 것으로 생각된다.[2]

4. 고대의 제식 : 곰맞이굿과 두렛놀애

상고의 신화와 결부된 고대의 제식은 토착신앙의 형태와 더불어 잔존 문화의 형태로 한동안 남아 있었거나 남아있다. 단군 신화는 고려 중기에서부터 일제강점기까지 황해도 구월산 산신제로 남아 있었다. 제주도 삼성혈(三姓穴) 신화는 1526년 제주목사가 혈제(穴祭)를 지내게 했다는데 그 이전부터 이것이 존재하지 않았나 싶다. 다만 공인한 시점이 1526년인 것 같다. 부여군 은산면 은산리에서 계승해온 은산 별신제(別神祭) 역시 향토 산신제이다. 백제의 부흥 장군인 복신(福信 : 백제

---

2) 백제의 건국신화에 관한 근래의 연구로는 조자현의 「백제 신화에 있어서 마한계 신화의 연구」(2000)와, 김화경의 「백제 건국신화의 연구」(2012)가 있다.

무왕의 조카)의 넋을 기리는 굿과 잔치이지만, (견강부회가 좀 허용된다면)
백제의 신화와도 무관하지 않으리라고 본다.

상고에는 다양한 '신(神)맞이굿'이 있었다.

이는 원시종합예술인 발라드-댄스(Ballad-dance)로부터 발전된 집
단 연희이다. 고구려의 영고(迎鼓)나 금관가야의 구지봉 제식은 전형적
이 곰맞이굿이다.[3] 부여의 은산 별신제도 마찬가지다. 일본의 마을굿
- 이제는 차별적인 용어가 된 부락제(部落祭) - 인 '마츠리(まつり)'도 신
맞이굿의 일본적인 변형인 듯하다. 신맞이, 즉 곰맞이, マ미맞이는 일
본어로 마치 '가미(神), 맞으리!'라고 하는 간절한 외침처럼 들린다. 이
일본 고대인의 집단 원망(願望)이야말로 일본의 마을 축제인 '마츠리'의
직관적인 어원이 되었을 것이다.

신라의 시조 박혁거세가 승하하자 그의 손자인 노례(弩禮) 닛금(임금)
이 신궁(神宮)을 지어 여동생으로 하여금 제(祭)를 주재하게 했다. 신라
제정일치 사회의 신권을 가진 수장을 차차웅(巫王)이라고 하였듯이, 왕
의 사제적인 기능은 건국 초기부터 강화되어 있었다. 지금 일본의 신도
(神道)는 한반도 상고의 토착신앙에서, 그 성소인 신사는 박혁거세의
신궁에서 유래되었다고 짐작해볼 수 있다.

상고에 장구한 세월에 걸쳐 수렵·채취·어로의 사회와 농경 사회가
공존하였으리라고 본다. 고구려의 유리왕이 지었다는 「황조가」 속의
두 여인인 치희(雉姬)와 화희(禾姬)는 꿩과 벼라고 하는 기의를 통해 수
렵과 농경을 기표화한 것이다. 이 노래는 단순한 사랑노래가 아니라,
서사시 속에 삽입된 서정시다. 서사시적 상황 속에 종속된 이 서정시의

---

3) 신(神)은 상고의 언어로 '곰, マ미'라고 했다. 이 말은 일본어로 전해주었고, 우리도 해방
  전까지도 사용했다. 신맞이굿을 '곰맞이굿, マ미맞이굿'이라고 해도 좋겠다.

이면에는 고구려 건국 초기의 정치 세력 사이의 대립적인 상황이 깔려 있다고 보는 것이 지배적이다. 치희와 화희의 다툼은 외래 세력과 토착 세력의 갈등, 한족(漢族)과 동이족의 상쟁, 수렵 사회와 농경 사회의 공존을 상징적으로 보여주는 것 같다. 제주도의 삼성혈 신화에도 다문화적인 탈경계 현상이 드러난다.

> 제주도 원주민의 발상지로 고(高)·양(良 : 뒤에 梁으로 고침)·부(夫)씨의 시조인 고을나(高乙那)·양을나(良乙那)·부을나(夫乙那)의 세 신인(神人)이 솟아났다는 구멍이다. 세 신인은 수렵 생활로 가죽옷을 입고 고기를 먹으며 살다가 오곡의 씨와 송아지·망아지를 가지고 온 벽랑국(碧浪國)의 세 공주를 각각 맞이하여 혼인하고 농경 생활을 시작하여 삶의 터전을 개척하였다…….4)

삼성혈 신화는 농경 사회로 진입하는 과정에서 생긴 신화이다. 푸른 물결의 나라인 벽랑국은 중국 남부 지역이거나 동남아인 것으로 보인다. 김수로 건국신화 속의 허황옥의 경우처럼 다문화적인 접변의 상황을 말해주고 있다. 한반도에서의 농경 사회로의 진입 및 정착은 문학에도 적잖은 영향을 끼쳤을 것이다. 집단의 정체성에서 개인의 감정을 중시하거나, 이야기 양식에서 노래의 격식을 선호하거나 했으리라고 본다. 이 과정에서 등장한 것이 신라 유리왕 때 만들어졌다는 부전가요 「도솔가(兜率歌)」가 아닌가 한다.

---

4) 『한국민족문화대백과사전』 11, 한국정신문화연구원, 1992, 341면.

신라에서는 유리왕대의 도솔가가 있어 이것이 신라 가악의 시초라고 일컬어지고 있다. 이 도솔가는 '차사사뇌격(嗟辭詞腦格)'이 있다고 하나, '도솔(兜率)'의 독음은 '두솔'·'두율'의 두 가지 한자음이 있으므로, 농경 의례 '두류'·'두레'의 어원이 아닌가 한다. 이 '두레'는 주(周)·원(圓)의 뜻 이 있어, 농악에서 악자(樂子)들이 빙빙 둥글게 돌면서 악기를 연주하거 나, 조그만 북을 두드리기도 한다. (일본 '전악(田樂)'의 모습과 같다.) 이 '차사(嗟辭)'는 여음이나 받음 소리로 일본 신악(神樂)의 아지메(阿 知女)에 해당하여 향가에 붙는 간투사이며 '사뇌격'은 향가의 한 장르인 사뇌 – 형식의 노래 – 로 해석되므로 매김 소리와 받음 소리가 있는 원 시적인 가요로 향가의 원류가 여기에 있음이 추측된다.[5]

신라의 상고 가요인 이 「도솔가」는 농경의례 '두레'의 어원이 아닌가 하고 추측이 된다는 점에서 농경 사회의 시대를 알리는 집단 가요가 아닌가 하고 충분히 짐작되고 있다. 「도솔가」는 노래라는 말의 고형(古 形)인 '놀애'를 염두에 두면 '두렛놀애'가 된다. 이때 놀애는 노래와 놀 이가 분화되지 않은 종합적인 형태의 연희이다.

하지만 앞에서 말한 바 있거니와 상고의 문학은 신화와 서사시가 주 류를 이루었다. 말로 된 신화가 13세기에 이르러 문자로 정착한 것이 이규보의 「동명왕편」과 이승휴의 「제왕운기」라면, 이러한 서사시의 전 통을 자국어로 중세에 계승한 것이 「용비어천가」와 「월인천강지곡」이 라고 할 것이다. 서사무가인 「바리공주」와 「당금애기」도 연대를 잘 알 수 없으나, 상고의 신화와 서사시의 흔적을 가진 채 오랫동안 무가(巫 家)에서 전승되어 오지 않았을까 하고 추정해 볼 수 있겠다.

---

5) 김동욱, 『국문학사』, 일신사, 1976, 33~34면.

5. 무속신화 : 바리데기와 당금애기

사령(死靈)굿에서 구연되는 서사무가인 「바리데기(바리공주)」는 전국
적으로 전승되며, 각 편의 내용은 전승 지역에 따라 많은 차이를 보이고
있다. 일명 '바리공주', '오구풀이', '칠공주', '무조전설(巫祖傳說)'이라고
도 하면서 약 20여 편의 이본이 전해지고 있다. 「바리데기」의 대체적인
줄거리를 요약하면 다음과 같다.

> 옛날 국왕 부부가 딸만 계속 일곱을 낳는다. 왕은 일곱째로 태어난 딸
> 을 내버린다. 버림받은 딸은 천우신조로 자라난다. 왕은 병이 든다. 왕의
> 병을 고치기 위해서는 신이한 약물이 필요하다. 만조백관과 여섯 딸이 모
> 두 약물 구하는 것을 거절한다. 버림받은 막내딸이 찾아와 약물을 구하겠
> 다고 떠난다. 막내딸은 약물 관리자의 요구로 고된 일을 여러 해 해주고
> 그와 혼인하여 아들까지 낳은 뒤 겨우 약물을 얻어 돌아온다. 국왕은 이미
> 죽었으나, 막내딸은 신이한 약물로 아버지를 회생시킨다. 그 공으로 막내
> 딸은 저승을 관장하는 신이 된다.

바리데기는 무녀의 시조이다. 그는 죽은 사람을 살려 내는 큰일을
해냈다. 이것은 무당이 가진 권능 중에서 치병의 권능을 인정받은 것이
다. 이런 의미에서 볼 때, 사령제에서 바리데기의 일대기가 서사시로
구연되는 것은 죽은 자를 부활시키고자 하는 산 사람의 희망과도 관련
이 있을 것으로 본다. 바리데기는 개인적으로는 아버지를 살려 낸 효행
을 실천하였고, 사회적으로는 국왕의 생명을 지속시켜 국가의 기틀을
다지는 데 적잖은 공훈을 세웠다. 즉, 개인적 효녀로서의 바리공주가
국가와 집단의 추앙을 받는 영웅이 되고, 다시 모든 사람의 죽음에 관

한 일을 관장하는 신으로서 민중적인 신앙 숭배의 대상이 되었다.[6] 바리데기는 버림을 받은 계집이라는 뜻으로 불리어진 이름이다. 경남 지역에선 '비리데기'로 전해진다.

제주도를 포함해 한반도 전역에서 전승되는 제석신(帝釋神)의 유래를 이야기하는 또 한 편의 무속신화가 있다. 「당금애기(일명 : 제석본풀이)」는 농경 생산신에 대한 무속 제전인 제석굿에서 창송되었다. 그 서사가 미리 정착한 여성과 이후 도래한 남성이 결합하여 3형제 신을 출산한다고 되어 있어, 단군과 주몽와 같은 북방형 건국 신화와 상통하는 면이 있다. (김수로 신화와 삼성혈 신화는 미리 정착한 남성과 이후 도래한 여성이 결합한 남방형 건국 신화와 대조적이다.) 특히 홀어머니에게 태어난 아들이 아버지를 찾아가서 만난다는 '아비찾기형 화소(話素)'는 고구려 건국 신화에서 주몽과 유리 태자의 만남과 상통하는 성격을 보인다. 이런 점에서 고대 건국신화와 같은 뿌리에서 형성된 무속신화라고 본다. 신화의 성격이 비교적 잘 보존된 한반도 북부 지역 전승본을 중심으로 내용을 요약하기로 한다.

옛날 어느 곳에 고귀한 가정에 아들은 아홉 형제를 두었으나 딸이 없어 딸을 점지해 달라는 치성을 드리고 딸을 낳아 이름을 당금애기라고 하였다. 곱게 자란 당금애기가 처녀가 되었을 무렵 부모와 오라비 등 가족이 모두 볼 일을 보러 떠나고 당금애기만 집에 남아 있었다. 그때 서역에서 불도를 닦은 스님이 당금애기를 찾아와 시주를 빙자하여 접촉하고 사라졌는데, 그 후 당금애기는 잉태를 하게 된다. 가족들이 귀가하여 당금애기가 스님의 씨를 잉태한 사실을 알아내고 당금애기를 지함 속에 가두고는 끝내 집에서

---

6) 『한국민족문화대백과사전』 8, 앞의 책, 871면 참고.

내쫓는다. 잉태한 지 열 달 후에 지함 속에 있던 당금애기는 아들 세 쌍둥이
를 출산한다. 당금애기의 아들 3형제가 일곱 살이 되어 서당에 다녔는데
친구들에게 아비 없는 자식이란 욕설과 놀림을 당한다. 3형제는 당금애기
에게 아버지가 누구며 어디 있는가를 물어서 알아내고 당금애기와 함께
스님을 찾아 서천국으로 가서 한 절에 이른다. 스님은 당금애기와 아들
3형제가 찾아온 것을 알고 친자 확인 시험을 한다. 종이옷 입고 청수에서
헤엄치기, 모래성 쌓고 넘나들기, 짚북과 짚닭 울리기 등의 시험을 거쳐,
마지막으로 손가락을 베어 피를 내어 스님과 세 아들의 피가 합쳐지는 것을
확인하고, 친자임을 인정하였다. 그래서 아들들에게 신직을 부여한 후,
스님과 당금애기는 승천하고 아들 3형제는 제석신이 되었다.[7]

무속신화「당금애기」는 스님과 당금애기가 결합하여 아들 3형제를
낳고 이 아들들이 제석신이 된다는 제석신의 본풀이인데 여기에서 제
석신은 농경 생산신이라는 점을 주목해야 한다. 그런데 남주인공이 스
님이라는 점이 문제가 된다. 당금애기에게 잉태시킨 스님은 하늘에서
하강하고 승천하기도 하며 도술을 부려 접근하는 신이성을 보이는데,
이는 해모수와 같은 태양신의 모습으로 불교가 전래된 이후 스님으로
변모한 것으로 본다.

무속신화「당금애기」는 무속의 농경 생산신 신화이면서 한반도의
대표적 무속 서사시로서 귀중한 구비문학의 유산이다. 특히 여성의 일
생을 다룬 소위 '박해 텍스트라'는 점에서, 일부 고전소설과 신소설,
심지어는 근대소설에 이르기까지 서사의 근간을 이루는 데 영향을 끼
치기도 했다.[8]

---

7)「한국민속문학사전 : 설화편」, 『한국민속대백과사전』(국립중앙박물관), 중 '당금애기'조
참조.
8) 당금애기에 관한 연구는 서대석의「제석본풀이 연구」(1980)가 독보적이며, 이를 바탕으

당금애기는 전국적으로 분포해 있기 때문에 이름도 다양하다. 전라
도의 '당금각씨', 평양의 '당구매기', 부산의 '세존아기' 등으로 변이된
다. '당금'이란 말은 고구려어 '돈곰'에서 소원(溯源)을 찾을 수 있다. 고
구려어에서는 곡(谷)을 탄(呑), 단(旦), 돈(頓)으로 표기해온 것을 비추어
볼 때 '당금'은 곡신(谷神)이나 촌신(村神)을 가리키는 말이 된다.[9] 당금
은 그러니까 '마을의 (여)신'이다. 마을을 지키는 수호신이라는 뜻은 아
닐까? 이 당금이 전라도에서 사용하는 무당을 뜻하는 '당골네'와도 무
슨 상관이 있을 듯싶다. 한편, '당금애기'는 전라도 식으로 말해 '당골
에미'에 해당하는 말일 수도 있다.

로 한 서대석의 '당금애기' 집필분이 「한국민속문학사전 : 설화편」, 『한국민속대백과사전』
(국립중앙박물관, 2012)에 실려 있다. 나는 여기에서 서대석의 연구 결과를 참고하였다.
9) 서대석, 『한국무가의 연구』, 문학사상사, 1980, 84~85면 참고.

II
둘째 벼리 : 차자 표기의 문학

1. 두 편의 서기문학

우리나라에 한문이 정착된 시기는 백제의 사서(史書)인『서기(書記)』
가 서기 375년에 이루어졌다는 기록이 남아있는 것으로 보아 대체로
4세기라고 추정해볼 수 있다. 한문이 이 땅에 정착되어도 곧 문학을
한문으로 실현시킨 것은 아닌 듯하다. 우리의 한문학은 장구한 세월에
걸쳐 서서히 진행되어 갔다. 우리의 한문학은 그 첫머리를 실질적으로
장식한 최치원에 의해 융성할 수 있었다. 이 시점이 9세기 말에서 10세
기 초에 이르는 시기이다. 차자(借字) 표기의 문학이 한문학에 비해 먼저
융성하였음이 충분히 확인된다.

한자를 차용해 표기하는 것의 양상은 고유명사 표기, 서기체 표기,
구결, 이두, 향찰로 나누어진다.[1] 이상은 시기적으로 발전해가는 양상

---

1) 이기문,『국어사 개설』개정판, 탑출판사, 1983, 44~54면 참고.

에 따라 배열한 것이기는 하지만, 반드시 그렇지는 않다. 이 다섯 가지
의 개념은 한 특정의 시기에 공존하면서 뒤섞이기도 하였다. 넓은 의미
의 차자 문학은 두 가지의 서기문(誓記文)에서 비롯된다. 서기문이란 맹
세의 내용을 돌이나 금속에 새겨 기록한 문장이다. 서기문의 문학성은
학자에 따라 논란거리가 되겠지만, 나는 일단 넓은 범주의 서기문학으
로 간주하면서 인용해 보려고 한다.

먼저 소개할 것은 이른바 임신서기석(壬申誓記石)에 새겨진 것이다.
이 유물은 비석의 첫머리에 '임신(壬申)'이라는 간지(干支)가 새겨져 있
어 붙여진 이름이다.[2] 한자에 의한 문장 표기의 초기적인 방법을 반영
하고 있는[3] 이 글은 실용적인 기문(記文)이지만 정서의 경건성이랄까,
수사적인 반복이 지닌 초보적인 문학성과, 그 문학적인 의장(意匠)이
엿보인다. 한자 74자로 구성된 이 글을, 한문으로 표기했을 때의 예상
되는 문장, 원문(原文), 국역문의 순서에 따라 서술한다.

> 壬申年六月十六日 二人幷誓記 誓於天前 自今三年以後 忠道執持 誓无過
> 失 若失此事 誓得大罪於天 若國不安大亂世 誓之可容行 又別先辛未年 七
> 月廿二日 大誓 詩尙書禮傳倫得誓三年

> 壬申年六月十六日 二人幷誓記 天前誓 今自三年以後 忠道執持 過失无誓
> 若此事失 天大罪得誓 若國不安大亂世 可容行誓之 又別先辛未年 七月廿二
> 日 大誓 詩尙書禮傳倫得誓三年

---

2) 임신서기석은 1934년 경상북도 경주시 현곡면 금장리 석장사(石丈寺)터 부근에서 발견되
   어 현재 국립경주박물관에 보관되어 있다. 비석은 길이 약 30cm, 너비는 윗부분이 12.5cm
   이나 아래로 내려갈수록 좁아지고 있다. 보물 제1411호로 지정되어 있다.
3) 이기문, 앞의 책, 48면 참고.

임신년 6월 16일에 두 사람이 함께 맹세해 기록한다. 하늘 앞에 맹세한다. 지금으로부터 3년 이후에 충도를 집지하고(충청도를 다스리고) 허물이 없기를 맹세한다. 만약 이 서약을 어기면 하늘에 큰 죄를 지는 것이라고 맹세한다. 만약 나라가 편치 아니하고 크게 세상이 어지러워지면 모름지기 충도를 행할 것을 맹세한다. 또한, 따로 앞서 신미년 7월 22일에 크게 맹세하였다. 즉, 시·상서·예기·전(左傳 아니면 春秋傳일 것으로 짐작됨-인용자)을 차례로 습득하기를 맹세하되 3년으로써 하였다.

이 글은 임신년에 썼다. 어느 임신년이냐가 쟁점이 되겠지만, 상한 선은 진흥왕 13년 서기 552년으로 보인다. 이 글에는 보다시피 우리말의 어순에 따라 기록해 보려는 신라인의 염원이 잘 반영되어 있다.

또 하나의, 차자 표기에 의한 서기문학의 가능성은 8세기 중엽에 만들어진 것으로 보이는 바 '영태(永泰) 2년명(銘) 석(石)비로자나불'에 새겨진 조상(造像)의 기문[4]에서 확인된다. 이 기문 속에는 이두(吏讀)로 표기 된 '서원(誓願)의 산문'이 있다. 맹세하고도 발원한 산문이라고 해도 매우 시적이다. 임신서기석의 문장보다 더 발전된 차자 표기의 방법이면서 훨씬 문학성이 높아 보인다. 사리 단지에 새긴 글자는 한자이지만 글월은 한문이 아니다. 한자를 써서 우리말에 가깝게 적은 글월이다. 766년 당시 승려들은 능숙한 한문을 쓸 수 있었지만 이 단지를 만든 승려들은 중국말로 적지 않고 당시 8세기 중엽의 신라 말에 가깝게 적은 것이다.[5] 원문과 국역문을 보자.[6]

---

4) 이 기문이 적혀 있는 사리합은 2008년에 공인된 국보 제233호이다. '비로자나불'은 보물에서 2016년 국보 제233-1호로 승격되었다. 이 사리합은 부산박물관에 소장되어 있다.

5) 박용식, 「옛 진주 사람의 평등 의식과 문자 생활」, 진주한글학회, 2016 참고.

6) 국역문은 국어학자 박경원, 남풍현, 김성주, 박용식 등의 국어학자들에 의해 연구된 바 있다.

豆溫愛郎靈神又易邯二僧𠂰邯
若見內人邯向尓頂礼为那邯曾
遙聞內邯隨喜为內邯
影中遶類邯
吹尓遶風遶所方處一切衆生邯
一切皆三悪道業滅尓
自毗盧遮邯是𠂰覺
去世为尓誓內之

두온애랑의 넋이시거나 두 스님들이시거나
혹은 본 사람이나 향해서 정례한 누구나
멀리서 들은 누구나 따라서 기뻐한 누구나
(비로자나 부처님의) 그림자를 지나온 무리나
불어온 바람 지나온 곳 방처의 모든 중생들이나
모두 다 삼악도에 떨어질 업을 멸하여서
스스로 비로자나 부처님인 줄 깨달아
세속을 떠나게끔 다짐한다.

기존의 국어학적인 해석을 참고로 해 내가 시험 삼아 시도해본 이 국역문을 좀 더 자세히 풀어보면 다음과 같다. 두온애랑이라는 이름의 영혼이시거나, 아니면 이름 모를 다른 두 스님들이거나, 혹은 불상을 본 사람이나 불상을 향해서 정례(頂禮)한 누군가나, 멀리서 불상의 소식을 들은 누군가나, 불상을 우러러 기뻐한 누군가나, 불상의 그림자를 지나온 무리나, 바람이 불어서 지나쳐온 곳의 방처(方處)에 있는 모든 중생들이나, 모두 다 삼악도에 떨어질 업을 멸하여서, 스스로 비로자나부처님인 줄 깨달아, 세속을 떠나게끔 다짐(서원)한다. 이 서원문의 정점은 '그림자를 지나온 무리나, 불어온 바람이 지나온 곳의 방처의 모든 중생들이나'에 이른다. 이때의 무리와 중생들은 '살아있는 모든 것'을 가리키는, 서로 같은 개념이다. 또 방처는 불교에서 공간의 모든 방면과 층위를 가리키는 용어다.

2. 발굴된 백제의 노래 숙세가

2000년에 부여 능산리 한 절터에서 목간에 쓰인 4언체 시 한 편이 발굴되었다. 12.7cm 길이의 판목에 붓으로 쓴 이 시는 전생(前生)이라는 말과 동의어인 '숙세(宿世)'라는 단어로부터 시작하기 때문에 「숙세가」라는 제목으로 불리고 있다. 물론 제목은 잠정적인 제목이다. 기승전결의 시상으로 구성된 이 글은 운문으로 보아야 한다.

> 宿世結業
> 同生一處
> 是非相問
> 上拜白來

이 4언4구의 시는 오늘날에도 사용하는 두 자의 단어로 쭉 연결되어 있다. 마지막 제4구는 단어와 단어가 아닌 이색적인 문장이다. 해석은 한국어 어순에 따라 읽히기도 한다. 이 목간을 처음으로 본 학자들은 이렇게 읽었다. 숙세(宿世)의 결업(結業)으로, 동생일처(同生一處)하니, 시비(是非)를 상문(相問)하여, 상배(上拜)하고 백래(白來)하져. 신라의 서기문처럼 우리식의 어순에 맞게 읽히는 특징이 있는 운문이다. 특히 백래(白來)는 가장 기본적인 이두문인 것으로 파악된다. 우리식의 어순을 구애받지 않고 좀 더 세련되게 풀이한다면, 이렇게 읽히기도 한다.

> 앞 세상에서 맺은 업보에 따라,
> 더불어 살아가는 한 세상입니다.
> 옳고 그름을 서로 물을 양이면,
> 우러러 절한 후에 사뢰러 오소서.

　이것은 보아 하니 이웃들 사이의 상쟁을 불교의 연기 사상에 따라 극복하려는 의도가 엿보이는 내용의 노래다. 이 노래가 다들 고고학적으로 보아서 7세기 백제 말의 작품인 것으로 추정된다고 하니, 그 무렵에 이웃나라와의 국제 관계가 썩 좋지 않았던 백제인들의 정치외교적인 평화를 기원하고 있는 것도 아닌가 하고 짐작된다. 국어사를 전공하는 김영욱 교수(서울시립대)가 이 노래에 관해 한 신문사와 인터뷰한 내용이 있어 옮겨 적어본다.

> 　「숙세가(宿世歌)」는 현재까지 발견된 백제 시가 중 최고(最古)의 작품으로 내용면에서도 어디에 빠지지 않는 작품입니다. 백제인의 마음을 담은 소박한 가요가 아닌가 하는 생각을 하게 됐지요. 서민적인 냄새를 물씬 풍기면서, 찌그러지고 울퉁불퉁한 판목 위에 새겨진 정겨운 글씨가 마음을 사로잡았지요. 부처님이 맺어준 인연으로 우리 함께 한평생을 살아가고 있는데 세속의 시비쯤이야 가려서 무엇하겠소, 라고 말하는 듯한 넉넉함을 발견했습니다.[7]

　근래에 발굴된 「숙세가」가 목간을 통해 발견하였음에 주목해야 한다. 목간은 서적이나 금석문과 달리 앞으로 발굴될 것이라고 예상되기

---

7)《불교신문》, 2003.7.22.

때문이다. 『삼대목』과 같은 가집(歌集)이 대량의 목간으로 발굴되지 말라는 법이 없다. 어쨌든, 「숙세가」는 차자 표기 문학의 초보 단계에 해당하는 작품이라고 보아야 한다.

3. 잃어버린 옛 노래의 빙산일각

향가는 우리의 오랜 시가(詩歌)이다. 이 말의 어원은 중국의 시에 대한 우리의 독특한 노래라고 하는 뜻에서 비롯되었다. 향가는 신라 시대로부터 고려 초기에 이르는 기간에 걸쳐 제작된 향찰식 표기의 시가이다. 지금 전해지고 있는 작품의 수량은 얼마 되지 않는다. 그럼에도 불구하고 어문학적, 역사적, 민속학적 가치는 이루 말할 수 없이 다대하고, 또 고귀하다.

향가의 내용은 매우 다양한 것으로 추정되며, 이 가운데서도 불교적인 것이 주류를 이루었으며, 그 형식은 민요체에서부터 과도기 성격의 8구체를 거쳐 완성된 형식의, 이른바 3구6명(三句六名)의 10구체에 이르렀다. 오늘날 전해지고 있는 향가는 『삼국유사』에 14수, 『균여전』에 11수, 즉 25수에 지나지 않는다. 이것은 극히 편모에 지나지 않는 것이다. 「도이장가(悼二將歌)」 1수와, 논쟁의 거리가 되고 있는, 새로 발굴된 향가 3수를 합하면 모두 29수가 현전되고 있다고 할 수 있을 것이다.[8]

---

8) 1989년과 1995년에 걸쳐 박창화(朴昌和, 1889~1962) 필사(筆寫)의 『화랑세기(花郎世紀)』와 여기에 수록된 향가 1수(首)가 공개되었다. 필자는 이 작품의 제목을 「송사다함가」로 명명하고자 한다. 한편 국사학자 이남수는 2007년에 필사된 『화랑세기』가 위작임을 밝히기 위해 또 하나의 향찰 표기의 노래가 수록되어 있는 제3의 박창화 사본(寫本)을 발굴하여 공개했다. 최근에는 국어학자 이승재가 목간(木簡)에 단편적으로 전해진 신라의

신라 사람들은 향가를 지어 자주 노래했고 그것은 비일비재하였다, 라는 기록이 있고, 또 진성여왕 때 향가집 『삼대목』을 편찬했다는 기록이 있다는 사실을 미루어보아서, 향가의 전모는 방대했으리라고 짐작된다. 지금 현전하고 있는 향가는 사실상 빙산일각에 지나지 않는다.

음악적인 측면에서 볼 때 향가는 한편으로 사내금(思內琴)이라는 현악기로 불리어지고 후대에 이르러 전문적인 노래꾼인 가척(歌尺)에 의해 연행되어졌으리라고, 다른 한편으로는 전문적인 시승(詩僧)에 의해 만들어져 불교계의 사승 관계를 통해 전승되었으리라고 추정된다. 향가는 세속의 노래와 탈속의 노래, 비종교적인 것과 종교적인 것으로 크게 나누어지는 것 같다. 이 부분에 관해서는 앞으로 연구 과제로 남아 있다.

후자의 것에 관하여, 고려 초의 큰 스님인 균여(均如, 923~973)가 지은 향가 「보현십원가」 11수에 관해 전기적인 글쓰기를 시도한 혁련 정(赫連挺)의 증언이 있다.

> 我仁邦則, 有摩詞兼文則體元, 鑿空雅曲, 元曉與薄凡靈爽, 張本玄音, 惑定猷神亮之賢, 閑飄玉韻, 純義大居之俊, 雅著瓊篇, 莫不綴以碧雲, 清篇可玩, 傳其白雲, 妙響堪聽.[9]

이 글은 대체로 다음과 같이 풀이된다. 우리나라에 마사가 문칙·체원과 함께 전아한 곡을 처음 열기 시작했고, 원효는 박범·영상과 함께 현묘한 소리의 기틀을 마련하였으며, 또 정유·신량과 같은 현자들은 구슬같은 운율을 잘 읊조렸고, 신의·대거와 같은 준재들은 아름다운

향가 1수를 발굴하여 학계에 소개하였다. 세칭 「만신가(万身歌)」로 불리는 것이다.
9) 이 원문은 혁련 정 저, 최철·안대회 역주본, 『역주 균여전』, 새문사, 1986, 58면에서 인용하였다.

시편을 곱게 지어 남겼다. 이 모두는 스님의 뛰어난 시로서 글을 꾸미지 않음이 없는지라 그 맑은 노랫말은 감상할 만하고, 중국 초나라의 고전 음악을 전하지 않음이 없는지라, 그 미묘한 음향은 들을만하였다.

혁련 정은 신라 시대 향가의 대가(시승)의 이름들을 나열하고 있지만 지금의 우리는 그들이 누구인지, 어떤 작품을 남겼는지 전혀 알 수 없다. 그가 살았던 시대까지만 해도 앞 시대의 향가를 인식하고 있었으나, 문학과 사회제도의 중국화가 가속화되면서 향가 역시 전통의 계승과 창조가 정지되었던 사실이 실로 아쉬울 따름이다.

동아시아 문학은 중국의 한자·한문을 공동문어로 받아들였다. 이와 동시에 한자를 통해 자국어 표기를 실현하려던 시도가 있었다. 이 시도에 따른 차자 표기법에 따라 새로운 문자 체계를 이룩하였는데, 한국의 향찰(鄕札), 일본의 만요가나(万葉仮名), 베트남의 쯔놈(chữ Nôm / 字喃)이 바로 그것이다. 한국은 한자의 소리와 뜻을 빌어 자국어를 기록하였고, 일본은 한국 향찰의 방식으로 가집 『만엽집』을 이용했으나, 훗날 한자의 일부를 잘라내 만든 새로운 국자인 가나를 창안해 지금까지 두루 사용하고 있으며, 베트남의 쯔놈은 한자를 그대로 혹은 한자와 한자를 결합시키는 방식으로 차자 표기를 만들었다. 또한, 각 나라는 특히 민족의 단형 서정시를 차자 표기법에 따라 형성시키기도 했다. 한국은 향찰로써 향가(鄕歌)를, 일본은 만요가나를 발전시킨 가나로써 고유의 정형시가인 와카(和歌)를, 베트남은 쯔놈으로써 국음시(國音詩)를 발전시켜 나아갔다. 요컨대 향가의 향(鄕)이나, 와카의 와(和)나, 국음시의 국(國)은 동일한 개념이다. 중국에 대한 자국의 문화적, 내지 문학적인 아이덴티티를 나타내고 있다.

4. 서동요, 혹은 역사의 허위와 문학의 진실

일연의 『삼국유사』에 보면 이런 얘기가 쓰여 있다. 과부인 어머니가 연못의 용과 관계를 맺어 낳은 서동(薯童)은 마를 캐어 생업을 이어갔기 때문에 '맛둥이'라고 불려졌다. 신라 진평왕의 셋째 딸이 세상에서 제일 예쁘다는 소문을 듣고 신라의 서울로 들어갔다. 그는 아이들에게 마를 나누어주면서 헛소문 노래를 널리 퍼지게 했다. 내용은 맛둥이와 선화공주가 그렇고 그런 사이라는 것이다. 이 스캔들러스한 소문 때문에 선화공주는 부왕(진평왕)으로부터 궁중에서 쫓겨나게 되었다. 맛둥이는 쫓겨난 공주 앞에 나서 절을 하면서 자신이 잘 모시겠다고 말했다. 공주도 그가 누군지, 어디에서 온 사람인지 모르지만, 공연히 미더워 기꺼이 받아들였다. 이 일이 인연이 되어 두 사람은 훗날에 부부가 되어 백제를 통치하는 왕과 왕비가 되었다. 보잘것없는 신분의 맛둥이는 백제 무왕이 되었던 것이다. 왕은 왕비의 청을 받아들여 지금의 전북 익산에 미륵사를 창건했다. 이 절을 짓는 일이 나라의 큰 불사(佛事)이기 때문에 장인 진평왕이 사위의 나라인 백제에 많은 기술자를 보내어 도와주었다.

이 얘깃거리는 향가 「서동요」의 배경설화이다.

백제 무왕에 읽힌 설화를 두고 지나치게 역사적 사실로 번역하려는 일이 과거에 있었다. 이 설화의 역사적인 과잉 해석은 사학자 이병도에 의해 이루어졌었다. 그는 익산 폐(廢)미륵사 및 그 석탑의 건조 연대와 그 부근에 있는 쌍릉(雙陵) – 속칭 무강왕(武康王) 혹은 말통대왕(末通大王) 및 그 비릉(妃陵) – 등의 문제와 관련해 볼 때 동성왕의 휘에 나타난 모대(牟大), 마제(麻帝), 모도(牟都), 말다(末多) 등이 오히려 말통대왕에 더 가까우며, 선화공주는 동성왕의 신라 부인인 비지녀(比智女)임에 틀림없다고 한다. 이병도의 주장은 일종의 정황 증거에 의한 것이다. 문학은 문학이고, 역사는 역사이다. 일단 무왕–선화공주 설화의 핵심부에 놓인 노래(향가)의 내용부터 살펴보자.

> 善花公主主隱
> 他密只嫁良置古
> 薯童房乙
> 夜矣卯乙抱遣去如

이 노래는 한자로 표기되어 있지만, 한문 식의 문장으로 전혀 해석이 되지 않는다. 고대 우리말의 문법적인 기능과 혼재되어 있기 때문이다. 이 짧은 시의 내용을 두고 향가를 해독한 초창기 선학(先學)들, 일본인 학자 오구라 신페이(小倉進平)와 무애 양주동 선생은 '선화공주님은 / 남 그으기 정을 통해 두고 / 맛둥방을 / 밤에 몰래 안고가다'라고 대체로 풀이하였다. 이 해독은 여자가 남자를 안고 가다, 라는 말이 지닌 비논리성이 있었지만 한 동안 움직일 수 없는 것으로 믿어 의심하지 않았다. 오랜 세월이 지나 향가와 관련된 사람 중에서 신세대, 즉 제3세대라고 할 수 있는 연구자들이 새로운 해독 모형을 밝혀 놓기도 했다. 고전적인 해석과 사뭇 다른 사례 두 가지를 살펴보자.

> 선화 공주님은
> 남모르게 짝지어 놓고
> 서동 서방을
> 밤에 알을 품고 간다.
> — 고운기 역본

　　선화 공주님은
　　남 몰래 성숙해 있다가
　　맛둥이 서방을
　　밤에 무턱(혹은, 덥석) 안을거다.
　　　　　　　　　　　　　- 신재홍 역본

　　고운기의 해독 모형은 제2세대 연구가의 학설을 받아들여 묘(卯) 자
를 란(卵) 자의 편집자 오기로 보고 기존의 해석 '몰래(卯乙)'를 '알을(卵
乙)'로 보고 있다는 특징을 가지고 있다. 고운기는 이를 가리켜 성적인
상징이나 알레고리로 파악한다. 반면에 신재홍은 '가량치고(嫁良置古)'
를 '얼어두고'로 전사(轉寫)하면서 뜻을 '성숙해 있다가 / 시집갈 / 사랑
할 마음을 두고는'의 뜻으로 새기고 있다. 한 나라의 공주가 시집갈 요
량으로 밀애를 즐긴다는 것은 좀 논리의 비약인 듯하다. 차라리 '음심
(淫心)을 품고서'라는 뜻이 더 적절한 게 아닌가 한다. 또 신재홍은 '무
턱'을 '무턱대고 / 문득'으로, '덥석'을 '덮어놓고 / 불쑥'으로 해석하고
있다. 어쨌든 그의 해석은 제1세대의 해석보다 훨씬 더 복잡해졌고, 현
대적인 감각의 지적 세련이 덧보태어지고 있다. 민요 중에서도 아이들
의 민요인 동요는 가장 원초적이고 단순하고 질박하다. 그 당시의 언술
상황은 지금의 우리로서는 알 수 없다. 다만 오늘의 기준에서 볼 때
한 세대 전의 아이들이라면 이렇게 말해졌으리라고 짐작된다.

　　선화 공주님은요
　　남 몰래 그 짓을 했대요
　　(얼러리 꼴러리, 얼러리 꼴러리)

맛둥이 서방에게
밤에 몰래 안긴대요
(얼러리 꼴러리, 얼러리 꼴러리)

이와 같이 표현되는 신라어가 만약 있다면, 이것이야말로 향가 「서동요」의 실상이 아닌가 한다. 그 동안 이 향가의 해독이 다소 까다로워진 까닭은 '서동방을(薯童房乙)'에서의 '을(乙)'이 현대국어에서의 '을(를)'과 직접 대입되는 것으로 파악해 왔기 때문이 아닌가 한다. 반드시 그 '을(乙)'이 목적격 조사의 '을'이라면 '맛둥이 서방을 찾아가'라는 어구에서 '찾아가'가 생략된 구문 형태로도 수용될 수 있다. 만약 선화공주가 정혼녀이거나 유부녀라면, 서동(맛둥이)은 물론 군서방이요, 새서방(사잇서방)일 수 있다.

결과적으로 서동과 선화공주는 결혼하기에 이르렀다. 본디 사랑은 국경을 넘어선다고 하지 않는가?

사람들 중에는 진평왕과 무왕 시대의 신라와 백제 두 나라는 극히 적대적이어서 이들의 결혼은 불가능한 일이라고 말하는 사람이 있다. 이들의 결혼이 성사되었다면, 일종의 정략결혼이다. 이것은 외교관계가 복잡하거나 악화될수록 더 많이 일어난다. 유럽의 역사에서 증빙되는 사례가 많다. 무왕과 선화공주가 실제로 국제간의 정략결혼을 했다면, 신라와 백제가 적대적이기에 가능한 것이었다. 특히 그것은 말기적인 증상과도 같은 것이다. 여몽(麗蒙) 관계의 막바지에 있었던 공민왕과 노국공주, 한일병합(1910)이 있고 난 다음의 영친왕과 이방자의 사례들과 같이 무왕과 선화공주의 혼인은 말기적인 증상과 같은 정략결혼인 것이다. 적대적이기 때문에 정략결혼이 안 된다는 것은 오히려 거꾸로 얘기한 것이 아닐까 한다. 무왕과 선화공주의 혼인은 충분한 개연성이 있었다.
문제는 다른 데서 발생했다.

최근에 발굴된 새로운 사료는 두 사람의 결혼이 없었던 것이 결정적
으로 증명되고 말았다. 2009년 1월 14일, 국보 제11호 미륵사지 석탑
보수 정비를 위한 해체 조사 과정에서 백제 왕실의 안녕을 위해 조성된
사리장엄을 수습하는 과정에서 '사리봉안기'가 발견되었다. 그 당시에
언론에 보도된 일부 내용 중에 서동설화가 허구적인 전설에 지나지 않
는다는 것을 증빙하는 글을 보자.

> 我百濟王后佐平沙乇
> 積德女種善因於曠劫
> 受勝報於今生撫育萬
> 民棟梁三寶故能謹捨
> 淨財造立伽藍以己亥
> 年正月廿九日奉迎舍利

> 우리 백제 왕후께서는 좌평(佐平)인 사택적덕(沙宅積德)의 따님으로서
> 아주 오랜 세월에 걸쳐 좋은 인연을 심어 금생에 **빼어난** 과보를 받으셨으
> 며, 이를 통해 모든 백성을 어루만져 기르시고, 삼보(불교)의 기둥과 들보
> 가 되었기에 능히 맑은 재물을 희사하여 절을 세우시고, 기해년(己亥年 :
> 639) 정월 29일에 사리(舍利)를 받들어 맞이합니다.10)

이 기문의 번역문은 애최 동국대학교 교수 김상현이 썼다. 내가 기
존의 역문을 참조해 현대어에 가깝게 만들어 보았다. 화자와 작자는
이어지는 문장을 살펴볼 때 신하 중의 한 사람인 것으로 알 수 있다.

---

10) 《연합뉴스》, 2009.1.19, 오전 10 : 43, 참고.

즉, 객관적인 공공성을 띤 화자가 쓴 글이다.

백제 무왕과 배우자인 왕비 사택씨의 혼인 관계는 백제 최고의 명문이요 왕비족인 것으로 짐작되는 사택가(家)의 여식으로서 당당히 국혼을 한 것이지, 가상의 선화공주처럼 국제왕실혼(정략결혼)을 한 것이 결코 아니었음이 판명되었다. 이 때문에 서동설화의 논문도 새롭게 쓰일 수밖에 없었다. 나경수의 「서동설화와 백제 무왕의 미륵사」(2009)는 전환기적인 의미가 부여된 논문이라고 할 수 있다. 이 논문의 시작도 '서동설화가 위기를 맞았다. (······) 역사적 사실에 따르면 이제 서동설화는 거짓으로 판명이 났다.'11) 로 기술되어 있다.

이 논문을 쓴 나경수는 설화의 역사화는 역사학의 관점에서 볼 때위사(僞史) 또는 야사가 된다. 서동설화니 향가 「서동요」도 이러한 범주에서 이해될 수도 있을 것이다. 문자 언어에 의한 주류 문화가 지배층이 독점하는 것이라면, 구비 전승의 문화는 피지배층이 음성을 통해대를 이어 승계되는 것이다. 같은 내용을 두고 「사리봉안기」가 전자에해당한다면, 「서동설화」는 후자에 해당한다. 신라와 백제의 적대적인관계는 일반 백성으로선 굳이 환영할 이유가 없다. 왕권을 강화하고왕실의 안녕과 번영을 위해 국력을 소진할 만큼 장엄한 불사를 하는것은 백제 백성의 삶을 더욱 곤궁하고 황폐하게 만든다.

문자 기록과 달리 설화는 그것을 전승해온 집단의 무의식과 기대 가치가 투사되는 것. 나경수는 역사가 현실이라면 문학은 꿈이라고 말한다. 그의 말마따나 서동설화 역시 집단의 소망이 투사되어 꾸며진 것일테다. 신라와 백제의 양국 백성들은 신라와 백제가 평화롭고 사이좋게

---

11) 나경수, 「서동설화와 백제 무왕의 미륵사」, 미륵사지 사리장엄 출토기념 2009년 학술대회 자료집, 『익산 백제 미륵사지의 재발견』, 고려사학회 주최, 2009, 115면.

살아가기를 염원한다. 이 염원의 집단적인 꿈과 그리움이 바로 서동설화로 변형된 것인지도 모른다.

주지하듯이, 설화는 역사적으로 비켜가는 경우도 있다. 이 거짓 역사는 때로 문학의 진실로 승화된다. 역사의 허위는 때로 문학의 진실이 되기도 한다. 요컨대 신라의 향가인 「서동요」는 왜곡된 역사적 사실 속의 서동설화를 반영한 것. 진평(眞平) 시대에 축자적인 의미의 '진정한 평화'를 염원하고 희구하는 민중들의 집단적인 꿈과 그리움이 엮어낸 위대한 문학의 진실이 이 노래 속에 담겨 있다는 사실이다.

5. 향가는 자주 천지와 귀신을 감동시킨다

일종의 역사책이긴 하지만, 일연의 『삼국유사』는 주력(呪力) 관념의 기술물이라고 할 수 있다. 이에 비해, 향가는 주가(呪歌) 즉 주술적인 힘의 노래이다. 신라 향가를 지은, 현존하는 소수의 작자 중에서 직업적인 작가의 의미를 부여할 수 있는 있는 사람은 월명사와 융천사 정도인데, 실제로는 신라 시대에 향가의 최고 수준의 작가들이 일종의 주술가였을 터이다. 『삼국유사』의 편자인 일연 역시 향가를 두고 '가끔 천지와 귀신을 감동시키는 것(往往能感動天地鬼神者)'이라고 했다. 일연 스스로 밝힌 유일한 향가이기도 하다.

羅人尙鄕歌者尙矣 蓋詩頌之類歟 故往往能感動天地鬼神者 非一[12]

---

12) 일연 저, 『삼국유사』, 영인본, 국학자료원, 2002, 401면.

　신라 사람들은 향가를 숭상하는 것을 풍습으로 삼았다. 이것은 대개 시경(詩經)의 주송(周頌)과 같은 것이다. 그렇기 때문에 자주 천지와 귀신을 능히 감동하게 하는 것이 비일비재 했다.

　이제까지의 연구자들은 대부분 '상향가자상(尙鄕歌者尙)'이란 대목에서 두 번째로 나오는 상(尙)을 '많다'의 뜻으로 새겼지만 용례가 없다. 이는 '풍습으로 삼았다'가 적절해 보인다. '풍속 상 자'라는 새김이 있기 때문이다. 시송(詩頌) 역시 '시와 송가', '시경의 송' 등으로 해석해 왔다. 정확하게는 시경의 주송(周頌)을 가리킨다.13) 다음의 문장과의 의미론적인 상호 호응을 생각해야 하기 때문이다.

　『삼국유사』의 편목 가운데 감통(感通)이란 게 있다. 이 말의 뜻은 '신통력에 의해 일어난 기적을 감응한다'에 해당한다. 본디 이 개념은 감이수통(感而遂通), 즉 이를테면 '감동하여 드디어 통하는 것'이었다. 요즈음 식의 개념으로 말하자면, 이것은 일종의 '피그말리온효과(pygmalion effect)'에 가깝다.14) 감통의 편목에 포함된 설화는 『삼국유사』 설화의 중심이요, 여기에 투영된 향가 중에서, 융천사의 「혜성가」, 광덕(처)의 「원왕생가」, 월명사의 「제망매가」는 신라 향가의 압권이라고 할 수 있다.

　「혜성가」는 향가 중에서도 감통의 테마를 전형적으로 보여준 것이

---

13) 시경의 송(頌)은 주송(周頌), 노송(魯頌), 상송(商頌)으로 나누어지는데, 모두 사람과 사물을 칭송하는 시이다. 이 중에서 주송은 모두 31편으로 서주 초기의 작품이며, 대부분이 소왕, 목왕 이전의 작품이다. 그 내용은 선조를 제사하는 시가 가장 많고, 다음으로 사직, 천지, 하악(河嶽), 백신(百神) 등을 제사하는 시들이다.

14) 그리스신화에 나오는 조각가 피그말리온의 이름에서 유래한 심리학 용어이다. 조각가였던 피그말리온은 아름다운 여인상을 조각하고, 그 여인상을 진심으로 사랑하게 된다. 여신(女神) 아프로디테는 그의 사랑에 감동하여 여인상에게 생명을 주었다. 이처럼 타인의 기대나 관심으로 인하여 능률이 오르거나 결과가 좋아지는 현상을 말한다. 자기충족적인 예언이라고도 한다. 인터넷 두산백과 참조.

다. 이 노래는 진평왕(재위, 579~632) 때 지어졌다. 『삼국유사』에 실려
있는 모든 향가가 그렇듯이 「혜성가」에도 배경설화가 있다. 노래와 관
련된 이야기는 세 마디로 구성된다. 첫 번째 마디는 예로부터 동해 물
가에 때때로 나타나던 신기루(헛그림자)를 보고 왜군도 왔다고 (잘못 알
고) 봉화를 들어 위기(의 상황)를 알린 사람이 있다는 것. 두 번째 마디는
화랑을 환영하기 위해 등불을 켜고 달과 길 쓰는 별을 보고 혜성이 심
대성(心大星 : 전갈자리에 있는 별)을 침범했으니 나라에 큰 변고가 날 것
이라고 사람들은 크게 걱정한다는 것. 마지막 마디는 이봐, 무슨 혜성
이 있단 말야, 하며 익살스럽게 시치미 떼는 것. 이 해석은 「혜성가」에
관한 한, 지금까지의 해석 중에서 가장 정확한 해석이 아닐까 한다. 다
음은 「혜성가」의 현대역본 한 사례이다.

> 옛날 동해 물가
> 건달바가 놀던 성을 바라보고
> "왜군도 왔다!"라고
> 봉화를 든 변방이 있어라.
> 세 화랑의 산 구경 보심을 듣고
> 달도 부지런히 등불을 켜는데
> 길쓸별 바라보며
> "혜성이여!" 사뢴 사람 있구나.
> 아, 달은 저 아래로 떠났더라
> 이 보아서 무슨 혜성이 또 있을까.

융천사가 지은 「혜성가」의 배경설화에 이런 얘기가 있다. 거열랑·실
처랑·보동랑이란 이름의 세 명의 화랑이 금강산에 유람하려고 했다.

그런데 혜성이 심대성을 범하는 일이 생기자 화랑 세 사람은 의아하게 생각하여 산행을 포기했다. 이때 융천사가 노래를 지어 부르니 혜성의 변괴도 없어졌다. 동해안에 침범했던 일본 군대도 때마침 되돌아가 그것은 오히려 복이 되었다.

주지하듯이, 이 노래에 반영된 천문 현상은 핼리 혜성의 주기적인 출현이라고 추정된다. 혜성은 나라의 불길함을 예고하는 징조인데, 융천사가 노래를 통해 이 변괴를 해소시켰다는 것은 이 노래가 주술적인 성격을 띠고 있음을 나타내고 있다. 적국의 침입도 우주의 조화와 질서를 깨뜨리는 행위이다. 이 행위를 응징하기 위해 자신감에 찬 주력(呪力)을 구사하게 되고, 또 그럼으로써 일본군을 물리치게 된다. 이 노래에는 신라인의 불국토 수호 정신이 잘 나타나 있다.

그리고 이 설화는 역사학의 많은 도움을 필요로 하는 것이다. 최근에 새로운 역사학적인 해석이 발표된 바 있었다. 서영교의 『『삼국유사』 감통(感通)의 「혜성가」 창작 배경」(2011)이 바로 그것이다. 이 논문의 내용을 요약하면 다음과 같다.

595년 고구려 영양왕은 승려 혜자를 왜에 파견했다. 이 시기에 영양왕은 왜에 사신을 자주 파견하고 승려와 기술자를 보내는 등 경제문화적인 원조를 아끼지 않았다. 고구려는 앞으로 있을지 모를 중국(수)의 침략을 대비하기 위해, 왜로써 신라를 남쪽에서 견제하려는 의도를 가지고 있었다. 왜의 신라정토 계획이 수립됐다. 602년 왜의 내목황자(來目皇子)가 이 계획의 최고 수행자가 되어 군사 2만 5천명을 동원해 신라와 가까운 구주에 주둔했다. 그러나 그의 병사로 인해 그 계획은 좌절되었다. 603년에는 당마황자(當摩皇子)가 후임으로 임명되었지만 그 역시의 경우도 신라 침공이 좌절되었다. 607년 큰 핼리혜성이 나타나 지구에 백 일간 관측되었다. 이때 출현한 대혜성은 신라인들의 마음에 있는 공포와 두려움의 표상이었다. 향가 「혜성가」는 이 같은 시대의 산물이었던 것이다.[15]

핼리혜성이 나타날 그 무렵에, 왜군의 내습이 있었는지도 모른다. 설화에서 혜성이 심대성을 침범하자 왜침을 확인하는 인과의 순서로 나타나지만, 시에서는 결과인 왜침이 먼저 부정되고 원인인 혜성을 소거하는 역순의 방향이 제시된다. 아니면, 향가에서 왜병의 귀환이 신라 정토 계획의 두 차례 좌절을 가리키는지도 모른다. 어쨌든 서영교의 논문은 역사학적인 창작 배경이 뒷받침하고 있다는 점에서 문학적인 해석의 보조 역할을 충분히 해주고 있다.

알려진 바대로, 일연은, 역사를 서술하면서도 사실 고증의 역사보다는 신이(神異)한 것을 제시하는 역사를 택했다. 하지만 역사학자들은 『삼국유사』의 신이사관(감통사관)에 관해 불만을 표명하기도 한다. 하지만 역사문학에선 이보다 가치 있는 문헌은 없다. 그것은 역사서술(historio-graphy)에서 신비주의 역사관을 드러낸 잘못된 전례로서 성찰의 대상이 될지는 모르겠으나, 역사문헌(historic literature)의 입장에서는 역사의 문학성을 선양한 최고 경지에 이른 것이라고 달리 말할 수밖에 없을 것이다.

문무왕(661~681) 때 지어진 「원왕생가(願往生歌)」가 있었다. 이 노래의 배경설화는 대체로 이렇다. 사문(沙門)에 불교의 도를 닦는 두 승려가 있었다. 광덕(廣德)과 엄장(嚴莊)이라는 사람들이다. 두 사람은 도반으로서, 누구든지 먼저 극락(서방정토)에 가는 사람이 알리기로 하자고 약속

---

15) 서영교, 「『삼국유사』 감통(感通)의 「혜성가」 창작 배경」, 『감동과 신통을 보여준 신라인』, 신라문화제학술논문집, 제32집, 동국대 신라문화연구소, 2011, 164~171면 참고.

하였다. 광덕은 분황사 서쪽에서 신 삼는 일을 하면서 처자와 함께 살고 있었다. 엄장은 남악에 암자를 짓고 농사를 지으며 지냈다. 어느 날, 엄장은 창 밖에 이상한 소리가 들렸다. 나는 벌써 서방으로 가니, 자네는 잘 있다가 날 따라 오게. 하늘에서 들려오는 광덕의 소리였다. 광덕의 아내와 엄장은 광덕의 장사를 지냈다. 그 후 엄장은 광덕의 처에게 함께 살 것을 제안하였다. 그 아내도 응했다. 그러나 몸은 허락하지 않았다. 광덕처는 엄장에게 색욕을 꾸짖으면서 극락에 갈 수 있겠느냐고 말했다. 엄장은 부끄러워하면서 물러나 원효를 찾아가 정성껏 득도의 길을 물었다. 원효의 가르침을 받은 그 역시 훗날 극락으로 올라갔다. 광덕의 아내는 분황사의 여종이었는데 관음보살의 응신(應身)이었다고 한다. 「원왕생가」는 광덕이 살아생전에 지은 노래다.

> 달님이시여, 이제
> 서방까지 가셔서
> 무량수불 전에
> 일러다가 사뢰소서.
> 다짐 깊으신 부처님을 우러러
> 두 손을 모아 올려
> '원왕생(願往生), 원왕생(願往生)'
> 그리는 사람 있다고 사뢰소서.
> 아, 이 몸을 남겨 두고
> 48대원(大願)을 이루실까.
>   – 임기중 역본

> 달아, 이제
> 서방까지 가시거든

무량수 부처님 앞에
일러주게 아뢰어 주시게
다짐 깊으신 세존 우러러
두 손 모두어 비옵나니
왕생을 바랍니다
왕생을 바랍니다
그리워하는 사람 있다 아뢰어 주시게
아, 이 몸 버려두시고
마흔 여덟 가지
큰 소원 이루실까

        - 고운기 역본

　이 두 역본은 서로 유사하다. 임기중 역본은 양주동 해독을 바탕으로 한 것이며, 그 후에 제기한 다른 사람들의 읽기 사례들 사이에도 크게 쟁점이 엿보이지 않는다. 이 가운데서 (필자가 약간 변형한) 고운기 역본은 현대어의 감각에 충실한 것이다.

　김동리의 역사소설 중에서 「원왕생가」라는 게 있다. 제목이 암시하듯이, 광덕과 엄장의 감통 설화를 현대화한 것이다. 주지하듯이 김동리는 고향이 경주이다. 김병욱은 「영원 회귀의 문학」(1970)이란 비평문에서 이 작품을 '잃어버린 낙원'에 대한 회복 의지가 영원 회귀의 개념으로 수렴된 것으로 보았다. '반역사적 영원 회귀의 지향은 동리 문학의 날이며 씨이다. 한 작가의 생애를 지배하는 지리적 환경을 놓고볼 때 그의 고향이 신라의 고도 경주라는 것은 결코 우연이 아니다.'16) 「원왕생가」는 광덕의 향가든, 일연의 기술물(배경설화)이든, 김동리의 역사소설이

---

16) 김병욱, 「영원 회귀의 문학」, 신동욱 외, 『신화와 원형』, 고려원, 1992, 217면.

든 간에 몰역사적인 영원회귀 지향성을 띠고 있다. 이를 두고 감이수통 (感而遂通), 즉 '감동하여 드디어 통하는 것'이라고 해도 괜찮을 터이다.

월명사에 관한 서사물 중에 「월명사 도솔가」 설화가 있다. 물론 이 설화의 중심 서사라면 단연 '도솔가' 이야기일 수밖에 없다. 이것을 축 으로 앞과 뒤에 '피리' 이야기와 '제망매가' 이야기라는 두 가지 위성 서사가 배치되어 있다. 월명사가 향가 「도솔가」를 지어 부르니 이일병 현(二日竝現)의 변괴가 사라졌다는 것은 전형적인 감통의 테마인 것. 그 러나 오늘날의 독자들은 가장 아름답게 공명케 해준 향가 「제망매가」가 비감의 극치로 이끌어준 인상을 잊지 못한다. 나는 감통의 레토릭을 최대치로 응축한 것이 향가라는 점에서 이것이 향가의 배경설화보다 문학적인 가치 면에서 우위에 있다고 보는 입장이다.

> 삶과 죽음의 갈림길이
> 여기 있으매 두려워지고,
> "나는 간다"라는 말도
> 못다 이르고 가버렸느냐?
> 어느 가을 때 이른 바람에
> 여기저기 떨어지는 나뭇잎처럼
> 한 가지에 나고서도
> 네 가는 곳조차 모르겠네!
> 아아, 미타찰(彌陀刹)에서 만날 나는
> 도 닦아 기다리련다.

경덕왕 대에 지은 이 노래는 월명사의 「제망매가」이다. 월명사는 일 찍이 죽은 누이동생을 위해 재를 올리고 향가를 지어 그녀를 추모했는

데, 그때 갑자기 바람이 불어 지전(紙錢)을 서쪽으로 날려 보내 사라지
게 했다. 또 그는 피리를 잘 불었다. 한번은 달 밝은 밤에 그가 사천왕
사 문 앞 큰 길에서 피리를 불며 지나갔는데 달의 운행을 멈추게 하기
도 했다. 그의 향가 역시 때로 천지와 귀신을 감동시켰다.

「제망매가」는 완미한 형식으로 된 서정시의 백미이다. 심원한 종교적
사색이 아니고서는 이룩될 수 없는 예술적인 격조가 그윽이 향그러운
이 불멸의 노래는 이룩될 수가 없었을 것이다. 인간의 원초적인 공포와
실존적 위기의식, 생사의 경계에서 마주친 깊은 격절감과 존재론적 불
안 – 이러한 것을 가리켜 인간 존재의 본원적인 번뇌라고 할 수 있겠다.

이 노래의 빼어난 점은 세속의 번뇌를 끊어버림으로써 인간 조건의
근원적 고통을 초월하고자 한, 구도자적인 제욕(制慾)과, 초인적인 인
내의 정신에 있다고 말할 수 있다. 일연은 월명사의 삶과 문학을 짧은
시 한 편으로 요약해 제시한 바 있었다.

> 風送飛錢資逝妹
> 笛搖明月住姮娥
> 莫言兜率連天遠
> 萬德花迎一曲歌[17]

> 바람은 종이돈 날려 죽은 누이 노자를 삼게 했고
> 피리 소리는 밝은 달 흔들어서 월궁에 머물게 했네.
> 도솔천을 멀다고 말하지 말지어다.
> 만덕화(萬德花) 한 곡조로 쉬이 맞이하리니.

---

17) 일연, 앞의 책, 앞의 면.

앞서 일연이 「제망매가」를 얘기하는 자리에서 천지와 귀신을 감동시킨다고 했다. 이 이론의 원천은 『시경』의 「모시서(毛詩序)」이다. 유교적인 관점에서 보면, 천지는 물리적인 자연으로서의 천지가 아니라 우주 섭리를 상징하는 천지신령이며, 귀신 역시 자연신인 잡귀잡신이 아니라 인간신으로서의 혼백(魂魄)을 총칭하는 개념이다.18) 시와 노래가 모든 부류의 신을 감동시킬 수 있다는 월명사의 논리는 향가의 주술성을 지닌 것으로 해석할 수 있지만, 소위 괴력난신(怪力亂神)의 초자연적인 힘을 인정하지 않는다는 유교적인 관점에서 볼 때 향가가 반드시 주술적이라고 보기는 힘들다.

그러나 일연의 사상이 유교적인가, 탈(脫)유교적인가를 생각해보면 해답은 자명해지리라고 보인다. 그의 향가관의 원천이 비록 「모시서」에 있다고 해도 '감동하여 드디어 통하는 것'의 세계 이해에 기울어진 것은 틀림없는 사실이다. 그가 마치 말하는 것 같다. 세상은 합리적인 것만으로 볼 수 없는 것이라고. 합리와 현실주의의 너머에 환(幻)의 모습을 띤 세상의 비밀 속에 또 다른 진실이 깃들여 있다고 말이다.

6. 사다함과 기파랑 : 향가가 그린 화랑의 모습

최근에 국학계에 필사본 『화랑세기』에 대한 관심이 고조되었다. 20여 년 전에 세상에 알려질 때만 해도 이것에 대한 텍스트 신빙성 여부를 놓고 반신반의하는 분위기였는데, 일련의 진위 논쟁의 과정을 거친 지

---

18) 성기옥, 「'감동천지귀신'의 논리와 향가의 주술성 문제」, 임하최진원박사정년기념논총, 『고전시가의 이념과 표상』, 논총간행위원회, 1991, 69면 참고.

금에 이르러서는 이것을 긍정적으로 평가하는 사람의 수가 우세해졌다. 여기에 향찰로 표기된 향가 1수와 한역된 향가 1수가 실려 있어서 그동안 국어국문학자들의 비상한 관심거리가 되어온 것도 사실이다.

향찰로 표기된 향가는, 이 작품은 대단한 미모의 여인으로 묘사된 미실(美室)에 의해 창작된 것이다. 미실은 가야국 정벌을 위해 출정하는 연인 사다함(斯多含)에게 이 시를 헌정했다. 헤어짐을 아쉬워하면서 재회를 기약하는 내용으로 된 이 작품은 8구체 향가이다.

사다함은 누구인가?

정사인 『삼국사기』와 필사본이 발견된 이래 진위 논쟁이 끊이지 않는 『화랑세기』에 그의 생애에 대한 기록이 남아 있다. 그는 천당과 지옥을 오간 비극적인 인물이다. 그는 왕비와 불륜 관계를 맺고 태어난 이의 아들의 아들로 태어났다. 할아버지의 무골(武骨)과 아버지의 준수한 용모를 이어받은 그는 어린 나이에 화랑의 지도자가 되었다.

그의 삶을 재구성해보면 대체로 이렇다.

15세에 이사부(異斯夫) 장군의 부장이 된다. 16세에 가야국과의 전쟁으로 출전을 한다. 출전할 때 연인인 미실이 향가 한 편 지어 바친다. 그는 소년 장수로서 혁혁한 전과를 올려 전쟁 영웅이 되어 개선한다. 그러나 연인과의 사랑은 이루지 못한다. 태후의 명령으로 미실이 다른 데로 시집을 갔기 때문이다. 17세가 된 그는 사랑을 잃고 방황하다가, 자신의 부관인 무관랑(武官郎)과 동성애에 빠진다. (이것은 필자의 암시적인 행간 읽기에 의한 결과다.) 무관랑은 비천한 신분 탓에 나라의 보답을 받지 못한 채 죽었다. 이에 상심한 그 역시 7일만에 죽어 요절로 생을 마감한다.

미실이 사다함이 출전할 때 노래한 향가 작품의 제목은 본디 없었다.

학자에 따라 다양한 제목이 제안되었다. 즉, 석별가(惜別歌), 풍랑가(風浪歌), 송랑가(送郎歌), 미실연가(美室戀歌), 송사다함가(送斯多含歌), 송가(送歌) 등의 제목이 그것이다. 다음에 인용한 역본은 각각 정연찬 해독의 「송랑가」와 심재기 해독의 「미실연가」에 해당한다.

바람이 분다고 하되
임 앞에 불지 말고
물결이 친다고 하되
임 앞에 치지 말고
빨리 빨리 돌아오라
다시 만나 안고 보고
아아, 임이여 잡은 손을
차마 물리러뇨.[19]

바람아 불고 있구나
오래 도랑(都郎) 앞에 불지 말고
물결아 치는구나
오래 도랑(都郎) 앞(에) 치지 말고
일찍 일찍 돌아와서
다시 만나 안아보고 지고
이 좋은 랑(郎)이여 잡은 손을
차마 (어찌) 뗄 것이뇨[20]

작품의 표제가 「송랑가」이건 「미실연가」이건 작위적인 것은 공통적

---

19) 김학성, 『한국 고시가의 거시적 탐구』, 집문당, 1997, 107면 재인용.
20) 심재기, 「미실연가 설의변증」, 성재 이돈주 선생 화갑기념 논총 『국어학 연구의 새 지평』, 태학사, 1997, 184면.

이다. 「송사다함가(送斯多含歌)」라고 하는 것이 이치에 맞다. 그도 그럴
것이, 제목 명명법(命名法)의 관례가 어느 정도 인정되기 때문이다. 향
가의 표제가 '모죽지랑가'니 '찬기파랑가'니 '도천수관음가'하는 것에서
알 수 있듯이, 향가는 작품의 중심 소재가 된 인물의 이름을 제목에
밝히는 경향이 있다.[21]

　우선 역사적인 사건을 배경으로 하고 있다는 점에서 뚜렷한 특징을
보이고 있다. 또 이보다 향가로서는 유일하게 연가적(戀歌的) 성격을 띠
고 있는 사실이 우리를 더욱 주목하게 한다. 연가는 본디 민요적 취향
을 기조로 하기 십상이다. 『시경(詩經)』의 경우가 대표적이라고 할 수
있다. 「송사다함가」는 시기적으로 볼 때에 향가의 초창기에 지어졌다.
민요체의 질박한 표현 양식과 형식적으로 완미한 10구체 향가 사이에
존재하는 8구체 향가로서 아직 완성되지 않은 과도기적인 의의를 지니
고 있다고 할 것이다. 이 노래의 문학사적인 특징은 여기에 있다.

　위작(僞作)이다, 라는 사실이 결정적으로 입증되지 않는다면, 이 노
래는 연대를 살펴볼 때 최초의 것으로 현존하는 향가 작품이다. 논리적
으로 본다면 8구체 향가는 4구체 향가의 발전적인 형태라고 볼 수 있
다. 이 노래가 아무리 최초의 향가라고 해도 4구로 이루어진 무수한
민요체 향가들이 존재했을 터이다. 일실된 선행 조건이 될 만한 작품의
적례는 「서동요」나 「풍요」와 같은 유의 작품이 아니었을까 하고 짐작
해보지 않을 수 없다.

　향가 속에 등장하는 화랑장(花郎長) – 화랑의 지도자 – 으로 죽지랑(竹
旨郎)과 기파랑(耆婆郎)이 있다. 이들은 사다함과 함께 향가 속에 나타난

---

21) 신재홍, 『향가의 해석』, 집문당, 2002, 443면, 참고.

화랑 캐릭터이다. 특히 「찬기파랑가」는 향가의 대표적인 작품으로 인정
되고 있다.

경덕왕대(742~765)는 향가의 전성기인 것으로 짐작된다. 이 시대에
현전 향가 5수가 지어졌기 때문이다. 그 중의 하나가 충담사의 「찬기파
랑가」이다. 서로 다르게 해독한 두 역본을 현대식 표기로 풀어 나열하
면 다음과 같다.

> 구름을 열치매
> 나타난 달이
> 흰 구름 쫓아 떠가는 것 아닌가?
> 새파란 냇물에
> 기파랑의 모습이 있어라.
> 일오(逸烏) 냇가 조약돌에
> 님이 지니시던
> 마음의 끝을 좇으려 하네
> 아, 잣가지 높아
> 서리조차 모를 화랑장(花郎長)이여!
>
> — 양주동 역본

> 슬픔을 지우며
> 모래가 넓게 펼쳐진 물갓에
> 나타나 밝게 비친 달이
> 흰 구름 따라 멀리 떠난 것은 무슨 까닭인가?
> 지긋하게 인 냇물의 자갈에
> 기랑의 모습이 거기에 있도다.
> 랑(郎)이여! 그대의 지님과 같으신
> 마음의 한 가운데를 따라 가고자 하노라.

아! 잣나무 가지 너무 높고 사랑스러움은
눈조차 내리지 못할 그대의 순열이로구려.

— 김완진 역본

인용한 「찬기파랑가」의 형식은 세 단락으로 구성되어 있다. 제1~3행
은 문사(問辭)이며, 제4~8행은 답사이며, 제9·10행은 결사이다. 일종의
희곡적인 구성이라고 할 수 있다.

이 노래에 사용된 어휘가 원형상징성을 지향하고 있다는 점에서 수
사학적인 표현양식이 매우 이채를 띤다. 달은 한 사람이 세상의 어두움
을 밝힐 수 있다는 전일적(全一的)인 인격의 표상이다. 냇물과 조약돌과
잣가지는 기파랑의 청정한, 원만한, 고매한 인품을 각각을 가리킨다.
서리는 물론 시련과 고난이다.

기파랑은 시기적으로 볼 때 삼국 통일이나, 통일 후 중국과의, 국익
을 위한 일련의 상쟁에서 상무적인 공훈을 이룩했던 화랑 지도자였을
것이다. 그의 죽음은 국민적 애도의 분위기를 불러온 것 같다. 이 노래
속에 구체화된 기파랑의 이미지는 숫제 성자적이요 구도자적이다. 이
노래의 지은이인 충담사가 그를 달로 비유했다는 것은 그가 살아선 정
신적 지도자요 죽어서는 국가 구원의 상징이었음을 반증하고 있다. 잣
나무는 천상과 지상을 잇는 세계축으로서의 일종의 성수(聖樹)이다.

중국 송나라 때 소식(蘇軾)이 「송항주진사시서(送杭州進士詩敍)」에서
"흘러만 갈 뿐 되돌아올 줄 모르는 것은 물이요, 때에 따라 달라지지
않는 것은 송백이로다(流而不返者水也, 不以時遷者松柏也)."라고 읊조렸듯
이, 기파랑의 청정한 세속의 삶은 사라졌지만 그의 고매한 인간됨은
영원할 것이라고, 당대의 신라인들은 굳게 믿었으리라.

7. 숨어있을 것 같은 옛 노래

향찰 문자로 표기된 향가가 지금 우리에게 나타나 있는 것은 빙산의 일각에 지나지 않는다. 비슷한 시기에 만요가나로 실현된 일본의 만엽가(萬葉歌)가 4천 5백수에 달한 것과 대비해볼 때 턱없이 부족한 채 전래되어온 셈이다. 대부분 잃어버린 우리의 옛 노래인 향가는 지금 어딘가에 숨어 있을지도 모른다. 최근에는 목간(木簡)의 형태로 향가 1수의 편모가 발견된 바 있었다. 제목은 「만신가(万身歌)」로 불리어지고 있는 작품이다. 이를 발굴하고 연구한 내력을 밝힌 또 다른 논문 일부에서 다음의 글을 따온다.

> (2012년에) 이승재는 목간에서 발굴한 신라 한시 1수와 향가 1수를 발굴하여 발표하였다. 이는 목간(木簡) 연구사 가운데 가장 중요한 성과일 뿐만 아니라 향가에 대한 다양한 논의를 가능하게 했다. 이승재(2012)가 없었다면 『삼국유사』 미수록 향가에 대한 논의조차 무의미할 수 있다는 점에서 이 글은 이승재가 있었기에 가능한 글이기도 하다. 이승재의 판독과 현대역은 다음과 같다.

國立慶州博物館 미술관 터 1호 목간, 万身歌

	판독	해독
8행 :	万本來?身中有史音□	골 本來 몸기 이심[다]
9행 :	今日□三時爲從?攴?	오늘 [　] 삼으시흐(ㄴ) 좇
10행 :	財?叢?旀?放賜哉	財 몬으며 놓으시직
직역 :	골(은) 본래 (당연히) 몸에 있다.	
	오늘 [式] 삼으심(을) 좇(아),	
	재물(을) 모으며 (내)놓으시는구나.	
의역 :	君主는 본래 (당연히) 臣下나 百姓들에게 있다.	
	오늘 [기준] 삼으신 것을 따라,	
	재물을 모으면서 (동시에) 내 놓으시는구나.	

이승재는 위 자료에 쓰인 글자가 향찰 표기와 일치 비율은 아주 높은 점을 근거로 이 목간에 향가가 기록된 것으로 보고 있다. 그리고 위에서 각 8행~10행으로 표시한 바와 같이 이 목간이 향가의 8·9·10행에 해당한다는 논의를 하였다. 그리고 이 목간의 내용은 신라 성덕왕(聖德王) 시절에 군주가 구휼(救恤)의 기준을 세우고 백성들에게 정전(丁田)을 나누어 준 일이 있으며 시적 화자는 이것을 칭송하는 것으로 풀이하였다.

그러나 이승재의 논의대로 이 목간이 향가를 기록한 것으로 온전히 인정되기 위해서는 몇 가지 논의해야 할 부분이 남아 있다. 첫째는 판독이 적절한지에 대한 것이고 둘째는 해석의 타당성 그리고 셋째는 과연 이 자료가 전체 10행의 향가 가운데 8~10행으로 볼 수 있는지에 대한 것이다.22)

극히 불완전한 향가 작품이라고 해도 그건 우리에게 매우 중요한 자료다. 향가의 그 잃어버린 바다 속에는 그 어떤 작품들이 가라앉아 있을까? 안타까운 마음은 실로 형언할 수 없다. 서책과 목간과 금석문의 형태로 숨어있을지도 모를 향가 작품은 우리에게는 매우 소중하고도 고귀한 것들이다. 지금 우리에게 현존하고 있는 향가 작품은 위작(僞作)의 혐의가 있는 한 편을 포함하여 모두 29수에 이른다. 필자의 생각으로는 그것이 적어도 50편 남짓 정도가 되어야만 우리가 전모의 파악을 제대로 가늠할 수 있거나 실체적인 진실에 대한 입문의 열쇠를 가질 수 있으리라고 본다. 언젠가 그 노래들이 우리 앞에 제 모습을 드러낼 것만 같다.

또 하나의 참고 자료를 제시하고자 한다.

---

22) 박용식, 「향가 2수 : 미실의 송가와 목간본 만신가」, 국제언어문학회 엮음, 『신라의 재발견』, 국학자료원, 2013, 245~246면.

부설거사는 8세기의 신라인이다. 전설적인 인물로 조선 후기의 문
헌에 기록된 인물인데 그의 '팔죽시'는 이두문을 연상시키는, 조선 시
대의 희시(戱詩)와 같은 형태로 남아 있다. 시작되는 부분을 소개하거
니와, 믿을 수 있는 텍스트는 아닌 듯하다.

이런대로 저런대로 되어 가는대로	此竹彼竹化去竹
바람 부는 대로 물결치는 대로	風吹支竹浪打竹
죽이면 죽 밥이면 밥 이런대로 살고	粥粥飯飯生此竹

이 작품을 과연 이두문에 의한 옛 노래로 봐야 할 것인지에 관해서는
과문한 탓에 잘 판단이 서지 않는다. 한문학자 정민은 이 작품이 조선
후기 시화집인『몽유야담(夢遊野談)』에 세사에 달관한 어느 정승의 일화
속에 포함되어 실려 있다고 한다.23) 어쨌거나, 엄정한 텍스트 비판이
요구된다고 하겠다. 참고 자료, 그 이상도 그 이하도 아니라고 하겠다.

8. 차자 표기 문학의 쇠퇴 과정

두루 알다시피, 우리의 말글을 한자의 소리와 뜻을 빌려와 방식을
향찰표기법이라고 한다. 향찰은 신라에 있어서 한자를 이용하여 자국
어를 표기하려는 노력의 집대성이었다.24) 향찰은 신라의 향가를 표기
함으로써 수백 년에 걸쳐 실용적으로 사용해 왔다. 이에 따라 우리 문
학사의 아름다운 꽃을 흐드러지게 피웠다. 긴 역사의 과정에서 볼 때

---

23) 정민,『한시 미학 산책』, 솔, 1996, 351면 참고.
24) 이기문, 앞의 책, 53면.

향가도 화무십일홍에 지나지 않았다. 향찰 표기법도 점진적으로 소멸해 갔고, 차자 표기의 문학도 점차 쇠퇴해 갔다.

향찰이 소멸한 까닭이 어디에 있을까?

첫째는 한자와 한문이 우리 말글을 적을 수 없는 숙명적인 요인에 있다고 본다. 한자는 본디 중국어를 표기하기 위한 특이한 문자이다. 현실의 필요성과 문화의 요인에 의해 한문을 수용한 이상 이를 쉽게 포기할 수 없었다. 둘째는 향찰 표기법이 지닌 체계의 비효율성을 지적하지 않을 수 없다. 한국어와 중국어의 필연적으로 서로 다른 음운체계, 한국어 자체의 매우 복잡한 문법체계가 향찰을 더 이상 발전시키지 않고 단절시켰던 것이다.

균여의 「보현십원가」 11수는 향찰표기법의 고려가요를 대표하는 작품이다. 그가 향찰로써 이 불교가요를 쓰게 된 데는 중생들에게 친근한 '누언(陋言)'에 부쳐 이들로 하여금 선인(善因)을 닦는 길로 이끌게 하는 포교적인 목적에 있었다. 균여는 향찰식 표기법을 두고 '방언고훈(方言古訓)'이라고 했다. 이 방언고훈은 신라의 말 즉 '나언(羅言)'이라고도 했다. 향찰식 표기법인 나언은 보수적인 성격을 지니면서 후대에까지 전승되었는데 점차 의도적으로 배제하는 경향이 짙어져 갔다. 균여의 여러 저술물들이 후대에 간행하는 과정에서 나언(방언)이 삭제되었다고 한다. 그의 저술물 속의 '간삭라언(刊削羅言)'이란 표현이 그때 그 사정을 구체적으로 잘 말해주고 있다. 또 고훈으로 된 가초(歌草)의 글(수고본)이 전해지지 않고 있다는 것으로 보아, 균여에게는 향찰식 표기법의 노래가 「보현십원가」 외에 더 있었다는 사실을 시사해 주고 있기도 하다.

균여의 「보현십원가」는 종교적인 목적으로 이용된 교술적 성격의 향가 문학이다. 이 노래는 고려 초에 만들어진 일종의 찬불가이다. 포교의 목적으로 대중화한 이 찬불가는 향가 정점이자 한계이다. 이를 변곡점으로 하여 향찰 문자도 급속히 기울어져갔다. 무려 열 한 수의 향가로 이루어진 이 노래는 포교적인 교술성에 비해 독자적인 문학성이 유보되었다는 것으로 인해, 여타의 향가에 비해 별로 주목을 받지 않고 있다. 그럼에도 불구하고, 누가 나에게 11편의 보현십원가 가운데 딱 한 편의 작품을 꼽으라고 말한다면, 세 번째 작품인「광수공양가(廣修供養歌)」를 서슴지 않고 선택하겠다. 현대인이 느끼는 우리말 다음에 가장 가깝게 다가서기 때문이다.

> 부젓가락을 잡고
> 부처님 앞에 등잔을 돋우려니,
> 등불의 심지는 수미산이요
> 등불의 기름은 한바다를 이루네.
> 손은 법계에 미치도록 합장하며
> 손에 손마다 법의 공양으로써,
> 법계에 그득 차 계시는 부처님
> 부처님마다 두루 공양하옵니다.
> 아아, 법의 공양이사 많으나
> 이야말로 으뜸이 된 공양이여.

공양이란, 일반적으로 말해 '받들어 베푼다'의 뜻이다. 베풂의 대상은 불보살에게 국한되지 않고, 승단과 대중, 살아계신 어른과 세상을 떠난 이 등에 걸쳐 매우 다양하다. 공양의 종류 역시 다양하다. 재물공양, 법공양, 관행공양, 신업공양, 구업공양, 의업공양 등이 있다. 인용된 노래의 결구의 내용이 '법의 공양이사 많으나 이야말로 으뜸이 된 공양'이라는 부분이 언뜻 이해하기가 힘들 것이다. 법공양을 넓은 뜻과

좁은 뜻으로 잘 범주화해서 이해해야 한다. 그 부분은 결국 '공양의 종류야 많지만, 법공양이야말로 가장 으뜸이 된 공양'이라는 것이다.

공양의 종류 가운데 향과 꽃 등을 바치는 재물공양과, 진리를 바르게 깨쳐 그 힘으로 대중을 해탈의 길에 이끌어 들이며 성숙시키는 법공양이 있다. 『화엄경』 행원품에 '서로 나누어 쓰는 삶의 길'로 재물공양과 법공양을 동시에 제시하고 있는데, 이는 물질과 정신 중에서 어느 한 쪽으로 기울어지면 안 된다는 사실을 말하는 것이다.[25] 이 노래는 재가자의 재물공양보다 출가자의 법공양을 중시하는 의도를 담은 것으로 보인다.

개성군 영남면에 소재한 문화사란 절에 비문을 새겼다. 「문화사비 음기(陰記)」(1022)에 의하면, 고려 현종이 '향풍체가(鄕風體歌)'를 짓고 신하 11인이 '경찬시뇌가(慶讚詩腦歌)'를 지어 바친다. 이때 11세기에만 해도 향찰 표기식의 노래, 즉 신라 향가의 잔영이 남아 한 동안 성행하고 있었다고 보인다. 향풍체의 노래라고 한 것으로 보아 신라 향가와 같은 온전한 형태의 향찰식 표기는 아닐 것 같고, 이두문으로 된 향찬(鄕讚)일 개연성이 높다. 어쨌거나, 「문화사비 음기(陰記)」의 사례를 보면, 얼마간 고려 사회의 향찰 표기법은 유효했으리라고 본다. 균여 이래 향찰 표기법이 불가(佛家)나 유교적인 교양인 층에도 잔존하고 있었으리라고 본다. 그런데 「문화사비 음기(陰記)」로부터 약 200년이 지난 1225년(고종 12년)이 되면, 즉 이규보의 시대에 이르면 향찰 표기법은 사양화되고 있음이 확인된다. 이규보의 문집인 『동국이상국집』 「왕륜사장육금상영

---

25) 예종숙, 「보현십원가의 불교적 해석」, 법륜불자교수회, 『불교와 학문의 만남』, 이사금, 2000, 18~19면 참고.

험수습기(王輪寺丈六金像靈驗收拾記)」에 보면, '모두 방언과 이어로써 과거의 기록을 오래토록 전할 수 없다.(皆方言俚語而不可久其傳)'라고 했다. 향찰 식 표기를 과도기적인 표기 체계로 보았던 것이다. 실제로 그랬다.

고려 시대에까지 잔존한 향찰식 표기법은 대체로 불가에서 계승되었을 것으로 보인다. 신도들이 불교의 가르침을 구송하기 위해서는 한문보다는 국음(방언)이 한층 효과적이었을 것이다. 퇴계 이황이 읽어 마음의 경계로 삼았던 지눌의 '법어가송(法語歌頌)'이 순한문인지, 아니면 이두문인지는 잘 알 수 없다. 현전하지 않기 때문이다. 14세기에 살았던 고승 혜근(나옹화상 : 1320~1376)은 이두문으로 된 불교가사「승원가(僧元歌)」를 썼다. 향가 연구의 전문가인 김종우(부산대 교수)가 한 가정이 비장해온 텍스트를 발굴하여 세상에 내놓았다.

> 주인공 주인공아 세사탐착 그만하고
> 참괴심을 이와다서[26] 한층 염불 어떠하뇨

> 主人公 主人公我 世事貪着 其萬何古
> 慙愧心乙 而臥多西 一層念佛 下等荷堯

이 불교가사는 차자 표기 문학으로서의 가치뿐만 아니라, 이두를 포함한 국어사 및 어석(語釋)의 연구에도 적잖은 도움이 되는 자료이다. 비슷한 시기에 신득청(申得淸)이 지었다는「역대전리가(歷代轉理歌)」(1371)도 이두문으로 표기된 가사이다. 앞으로 비교 연구의 과제가 될 듯싶다.

혜근이 지었다는 한글가사「서왕가」와「증도가」와「자책가」도 있다.

---

26) 가사 전문 연구자 임기중은 '이와다서'를 '일으켜서'로 해석하고 있다. (임기중,『불교가사 원전연구』, 동국대학교 출판부, 2000, 649면 참고.)

소위 국음으로 오랫동안 구송되어 오다가 18세기에 이르러 국자(한글)로 정착된 것이다. 이것은 만약 허균이 한글 고전소설 「홍길동전」을 지었던 것이 확실하다면, 지금에 실전된 원본인 한문소설 홍길동전이 한문의 교양이 있던 독자층에 향유되다가 19세기에 이르러서야 대중 독자를 위해 비로소 한글소설로 정착되었던 이치와 같을 것이다.

혜근의 「승원가」의 사례에서 보듯이 이두로 차자한 문학의 전통은 훈민정음을 창제한 이후에도 드문드문 계승되었다. 정극인의 「불우헌곡」(1472), 김구의 「화전별곡」(1519), 권호문의 「독락팔곡」(1581)으로 계승된 조선조의 경기체가에서도 보인다. 이두라는 문자 체계는 관공서 문서 등의 실용문에서는 19세기까지 이어졌다.

III

셋째 벼리 : 한문학, 버려야 할 유산인가

1. 불후의 성사에 기여하다

우리 한문학은 처음에는 개인의 미시적인 감정을 중시하는 일보다 집단의 이해관계에 얽힌 일, 특히 국익에 봉사하는 일에서 시작했다. 삼국 시대의 한문학은 거의 남아있지 않다. 가야의 여러 나라가 한문학 개인 창작이 거의 전무한 것은 세 나라에 비해 상대적으로 국격(國格)이 떨어졌기 때문이다. 문학에 대한 관심의 부족인지, 기록이 전승되지 아니해서인지 잘 모르겠지만, 현존하는 상고(上古)의 한문학은 대체로 거시적인 관점에서 이해했다.

고구려와 수나라가 전쟁이 있었을 때 적장을 우롱하기 위해 쓴 을지문덕의 「여수장우중문시(與隋將于仲文詩)」의 의도는 일단 외교적인 소통의 힘을 보여주기 위함에 있었다. 이규보는 자신의 산문 「백운소설」 첫머리에서 '이 시는 글 짓는 법이 깊고 기묘하면서도 꾸민 자국이 없으니 뒷사람이 미치지 못할 경지이다.'[1]라고 높이 평한 바 있었다.

상고의 한문학은 7세기부터 시작되었다. 한문의 문장은 대체로 두 가지였다. 하나는 실용의 문장이요, 다른 하나는 문식(文飾)의 문장이었다. 전자는 선진(先秦)의 전적(典籍)에서 학습된 고문(古文)을 말한다. 반면에 후자는 네 글자와 여섯 글자를 적절히 활용해 짝을 짓고 화려하게 꾸미는 사륙병려문(四六騈儷文)을 가리킨다.

사륙병려문은 백제말의 금석문에 일부 나타나고 있다. 무왕비(武王妃) 사택씨가 발원한 익산 미륵사지 금제 사리봉안기(문)와, 사택지적비(문)이 바로 그것이다. 앞으로 백제 문학의 기념비적 성과로 재조명되어야 할 것이다. 최근에 발굴된 전자는 이 책의 '둘째 벼리' 부문에서 이미 소개한 바 있다. 매우 우아하고도 심원한 문장이다. 창작할 당시에는 나랏일을 위한 것에 지나지 않았겠지만, 지금 우리에게는 둘도 없는 소중한 고전이다.

7, 8세기의 신라 한문학 역시 많이 남아 있지 않다. 역사의 맥락에서 볼 때, 그 수준은 꽤 높았던 것으로 생각된다. 이때의 한문학 역시 나랏일에 종사하는 일의 일환으로 여겨졌던 것이다.

> 한문의 사용 빈도가 늘어나고 불교와 유교가 널리 보급됨에 따라서 한문학도 크게 발전하였다. 강수는 외교문서를 맡아 통일에 큰 공헌을 하였다고 하는데, 그가 지은 「김인문을 놓아주기를 청하는 글(請放仁問書)」을 보고 당 고조는 눈물을 흘리며 이에 응하였다고 하므로, 그 문장력을 가히 짐작할 수 있다. 또 설총이 국왕으로서의 도리를 적은 「풍왕계(화왕계)」도 유명하며, 역시 그가 지은 「감산사 조상기」가 전하고 있다. 그 밖에 많은 비문이 있었으나 현재 온전하게 전하는 것은 없고, 김필오가 지은 「성덕대왕신종명(銘)」이 무게 있는 탁월한 문장력을 나타내 주고 있다.2)

---

1) 최행귀 외, 『우리 겨레의 미학 사상』, 보리, 2006, 60면.

가야계 출신의 강수(强首)는 외교 문서를 잘 만들었다. 당 고조 이연의 마음을 움직였을 정도였다. 그의 문장은 실용성을 극대화한 문장이다. 삼국 통일의 위업을 달성한 문무왕도 이를 인정하였다. 그는 문장으로써 '불후(不朽)의 성사(盛事)'에 기여했던 것이다. 삼국 시대의 한문학이라면, 진덕여왕이 쓴 「태평송(太平頌)」이 가장 대표적인 불후의 성사요, 국가 경영의 대사(大事)였던 것이다.

이 시의 제목은 사서마다 서로 다르다. 『삼국사기』에 있는 제목은 「진덕여왕자제태평가(眞德女王自製太平歌)」이고, 『삼국유사』에 있는 제목은 「진덕여왕직금작오언태평송(眞德女王織錦作五言太平頌)」이다. 어쨌든 당의 황제 고조 이치는 이 시를 읽고 기뻐하면서 신라의 진덕여왕에게 상을 내리고, 봉호를 고쳐 계림국왕(雞林國王)으로 삼았다고 한다.

위대한 당(唐)이 나라를 열어 널리 창업하니	大唐開洪業
높이 솟구친 황가(皇家)의 늠품은 번창하리라.	巍巍皇猷昌
전쟁이 그치고 천하가 평정되니	止戈戎衣定
문덕을 닦아 백대를 이어가리라.	修文繼百王
하늘을 받들어 비 내림이 은혜롭고	統天崇雨施
만물을 다스리면 저마다가 모범이어라.	理物體含章
어짊이 깊어서 해와 달이 어울리고	深仁諧日用
시운을 달래어 늘 평화롭기만 한다네.	撫運邁時康
휘날리는 깃발 어찌 저리 빛나며	幡旗何赫赫
징소리와 북소리 어찌 저리 쟁쟁한가.	鉦鼓何鍠鍠
변방의 오랑캐가 감히 황명(皇命)을 어기면	外夷違命者
잘리거나 엎어져 하늘의 재앙을 받으리라.	剪覆被天殃

---

2) 이기백, 『한국사신론』(신수판), 일조각, 1998, 122면.

순박한 풍속은 여기와 저기가 따로 없나니	淳風凝幽顯
멀리서 가까이서 상서로움을 다투네.	邐邐競呈祥
네 계절의 맑고 빛남이 서로 조화롭고	四時和玉燭
칠요(七曜)의 하늘은 만방을 순행하도다.	七曜巡萬方
오악의 신령이 인재를 점지해 내리시면	維嶽降宰輔
황제는 충량한 신하를 신임한다네.	維帝任忠良
삼황과 오제의 큰 덕이 하나를 이루니	五三成一德
우리 황실의 가계를 밝게 비추리라.	昭我唐家皇

당시 신라의 실권자는 진덕여왕이 아니라, 조카인 김춘추(⇒무열왕)였다. 김춘추가 중국에서 만난 당 태종 이세민이 죽은 지 한 해가 지났다. 장남 김법민(⇒문무왕)을 불러 당의 새로운 황제 당 고종 이치를 만나러 가기를 명했다. 법민은 사행에 올랐다 사행의 목적은 겉으로는 새 황제의 즉위를 축하하는 데 있었으나, 속으로는 이세민과 김춘추가 맺은 유대를 변함없이 이어가려는 외교적인 노력에 있었다.3) 이때의 사행은 신라의 외교와 안보가 김춘추가 장악하고 있다는 방증이 된다. 조공의 예로 바친 것 중에서 가장 현저한 것은 진덕여왕이 황제를 찬양하는 시가 적힌 수놓인 비단이었다. 5자로 된 20행의 송시(頌詩)다. 형식논리로 볼 때 이 시의 작자 및 화자가 진덕여왕으로 되어 있으나, 기실은 신라 국학 출신 선비들의 집체작이란 것은 의심할 여지가 없다. 송시의 내용 가운데 핵심이 되는 부분은 "변방의 오랑캐가 감히 황명(皇命)을 어기면 (……) 칠요(七曜)의 하늘은 만방을 순행하도다."이다.

이 중에서도 가장 핵심이 되는 내용은 동아시아적인 사대 – 책봉의 질서이다. 작품의 내용은 쟁투의 어지러움이 아닌 화평의 질서를 지향

---

3) 박순교, 『김춘추–외교의 승부사』, 푸른역사, 2006, 399면 참고.

한다. 칠요(七曜)는 일월과 화수목금토이다. 달을 중심으로 뭇별이 있고, 또 해를 중심으로 달과 뭇별이 함께 돌고 돈다. 즉 동이족의 중심에 신라가 달처럼 떠 있고, 이 주변에 그 밖의 동이족인 고구려·백제·왜·숙신 등이 있다. 또 동이는 북적, 서융, 남만과 함께 하늘에 하나밖에 없는 해와 같은 대당제국을 중심으로 평화롭게 돌고 돈다. 이것이 바로 진정한 사대(事大)의 질서이다.

그런데 을지문덕의 '「여수장우중문시」가 민족주의의 문학이라면, 진덕여왕이 쓴 「태평송」이 사대주의의 문학이다'라고 함부로 재단해선 안 된다. 오늘날의 잣대를 통해 과거의 문학을 재단하기 시작하면, 살아남을 수 있는 작품의 수가 그 얼마일 것인가?

고려 시대에 들어와 문풍이 쇄신되었다. 1110년, 사륙병려체의 고전인 『문선』이 태학에서 교과서로 배제되었다. 그 후 김부식 형제는 사륙병려문에서 탈피하여 정확한 의사소통을 중시하는 고문으로 복귀하였다. 4세기 이후 삼국·통일신라·고려의 문원을 풍미한 그 유려한 미사여구는 여습(餘習)으로 사라지지 않아 조선말 과문에서도 끈질기게 남아 있었다. 고려의 한문학에서 문(文)에서 김부식이 있다면, 시에서는 단연 정지상이 돋보인다. 그의 시가 오늘날에 극히 일부만 전해지고 있지만 그의 대표작 「송인(送人)」은 천고의 절창으로 손꼽힌다.4)

비 개인 긴 강둑에는 짙은 풀색이라네   雨歇長提草色多
그대를 남포에서 보내며 슬픈 노래 부르네   送君南浦動悲歌

---

4) 양주동의 '정지상론'에는, 「송인」을 고평한 이들의 의견들을 소개하고 있다. 그들은 이인로, 최자, 이제현, 김만중, 허균, 신광수 등이다. 이희승 외 엮음, 『고전문학의 대가 13인』, 신구문화사, 1974, 38~40면 참고.

대동강의 물은 언제나 다할 것인가	大洞江水何時盡
이별의 눈물은 해마다 푸른 물결에 더하네	別淚年年添綠波

정지상과 김부식은 서로 적대적인 관계였다. 정지상이 고구려계의 서경(평양)파라면, 김부식은 신라계의 동경(경주)파이다. 불교의 경향으로는 각각 선종과 교종에 기울어져 있다. 송나라의 당색(黨色)으로는 왕안석과 사마광의 정치적 노선의 차이라고 할 수 있다. 묘청·윤언이·정지상 등의 서경 세력이 음양설과 도참사상을 바탕으로 천도와 칭제건원을 주장하며 자주주의를 표방하였다. 이에 비해 김부식·김부의 등의 친신라계 동경 세력은 유교적 합리주의를 바탕으로 한 사대주의를 견지하였다. 문학에 있어서의 두 사람의 결정적인 차이는 문체관(文體觀)에 있었다. 정지상이 사륙병려문을 중시했다면, 김부식은 고문(古文)으로의 복귀를 강조했다. 묘청의 반란이 진압될 때, 김부식은 정지상을 정치적으로나 문학적으로 제거했다.

정지상이 서정시를 통해 개인의 미시적인 감정을 중시하는 일에 치중했다면, 반면에 김부식은 문장으로써 집단의 이해관계에 얽힌 일, 특히 국익에 봉사하는 일에 가치를 두었다. 그가 고문의 복귀를 주장한 것도, 역사서 『삼국사기』를 편찬한 것도 불후의 성사를 위한 것이었다.

2. 신라의 최치원과 고려의 이규보

신라 말의 최치원은 우리나라 한문학을 대표하는 최초의 대가이다. 그의 이름 앞엔 늘 '동국조종'이란 말이 전제된다. 그가 우리 문학사에 남긴 영향력은 이루 말할 수가 없다. 그는 한문학사에 관한 한, 시작인 동시에 최고의 높이라고 할 수 있다. 유럽문학사의 경우를 대비해 비유하자면, 옛 그리스 문학의 대가인 호메로스(Homeros)와 같은 존재이다.

그의 시는 당시풍이요, 문장은 사륙병려체로 이룩된 것이었다. 그의 많은 저술 가운데 『오칠언금체시(五七言今體詩)』와 『사륙집(四六集)』이 남아 있다. 최치원이 즐겨 쓴 사륙병려문의 중국적인 원천 역사는 이렇다.

> 구의 필법은 비록 일정하지 않지만, 구를 이루는 글자의 수에 따른 작용에 대해서는 설명이 가능하다. 4언구는 짧은 구절이지만 그 음절이 결코 촉급하지 않으며, 6언구는 비록 긴 구절이지만 그 음절이 결코 늘어지지 않는다. 때로 3언구나 5언구로 변화되는 경우도 있는데, 이는 정황의 변화에 따라 임기응변으로 처리된 것(若夫句筆無常 而字有條數 四字密而不促 六字格而非緩 或變之以三五 蓋應機之權節也 - 『문심조룡(文心)』) …… 육조(六朝) 시대에는 아직 사륙문이라는 명칭은 나오지 않았다. 당나라 때 작가들이 지은 장주표전(章奏表箋) 등도 모두 이 체제를 이용하였다. 병려문이 사륙문이라는 별칭으로 불리기 시작한 시기는 대략 중·만당 무렵이다 …… 송나라에 이르자 병려문의 사륙구 격식은 완전히 정형화되어 "성률이 그 정교하고 간절한 격조를 극진히 하게(聲律極其精切 - 「문체명변서설(文體明辨序說)」) 되었다.[5]

최치원의 사륙병려문은 그가 중국에서 머물고 있을 때 황소(黃巢)의 반란을 토벌하기 위해 지었다는 「토황소격문」에서 진가를 보여주었다. 이 문장은 역사 경험의 측면에서 볼 때 중국문학이요, 작가의 정체성에서 볼 때 한국문학에 속한다. 이 문장의 첫머리를 인용하면 다음과 같다.

---

5) 임종욱 편, 『중국문학비평용어사전』, 이회, 2011, 375~376면.

　광명(廣明) 2년(881) 7월 8일에 제도도통 검교태위(諸道都統檢校太尉) 아무개(某)는 황소(黃巢)에게 고하노라.

　대저 바름을 지키면서 떳떳함을 닦는 것을 도(道)라고 하고, 위기를 당하여 변신하는 것을 권(權)이라고 한다. 지혜로운 자는 시운에 순응해서 공을 이루고, 어리석은 자는 이치를 거슬러서 패망하고 만다. 그렇다면 백 년의 인생 동안 삶과 죽음을 기약하기는 어렵다 하더라도, 모든 일을 마음으로 판단하여 옳고 그름을 분별할 줄은 알아야 할 것이다. 지금 우리 임금의 범례에 의하면 정벌이 있을 뿐 싸움은 없나니, 군정(軍政)은 은혜를 앞세우고 처벌은 뒤로 미루노라. 장차 상경(上京)을 수복하려는 이때에 우선 큰 믿음을 보여주려고 하니, 타이르는 말을 공경히 잘 듣고서 간악한 계획을 거두도록 하라.

　廣明二年七月八日 諸道都統檢校太尉某 告黃巢

　夫守正修常曰道 臨危制變曰權 智者成之於順時 愚者敗之於逆理 然則雖百年繫命 生死難期 而萬事主心 是非可辨 今我以王師則有征無戰 軍政則先惠後誅 將期剋復上京 固且敷陳大信 敬承嘉諭 用戢奸謀

　최치원은 벼슬을 버리고 여기저기 돌아다니면서 세상과 담을 쌓았다. 그는 신라의 신분제 한계와 현실정치의 적폐를 충분히 알고 있었다. 언젠가 환속한 승려를 만난 것 같다. 그는 이 승려를 꾸짖는 듯한 시를 썼는데 자신의 은거의 이상을 '청산'이라는 단어에 두고 있다. 이 청산은 우리 문학사에 각별한 의미를 지니고 있는 말버릇이기도 하다. 그는 마침내 합천 가야산에 머물면서 더 이상 세속에 나오지 아니하였다.

스님이여, 청산이 좋다고 말하지 말라.　　　　　僧呼莫道靑山好
산이 좋다면서 왜 산에서 나오시는가.　　　　　山好何事更出山
날 보시게, 훗날 내 자취가 어떤가를.　　　　　試看他日吾蹤跡
청산에 한번 들면, 나타나지 않으리니.　　　　　一入靑山更不還

　최치원의 문학사적인 화제로『수이전(殊異傳)』이 있다. 이 책은 신라
말기에 간행된 것으로 추정되는 서사 작품집이다. 그 내용이 주로 신라
시대의 기이한 이야기들이란 점에서 신라 전기(傳奇) 혹은 '신라수이전'
이라고 말할 수 있다. 작가 혹은 편찬자를 최치원이라고도 하고, 또 박
인량이라고도 한다.『수이전』은 당시에 공적인 성격을 띤 저작물이 아
니었을 것이다. 향가를 집대성한『삼대목(三代目)』이 역사의 사실로 기
록되어 있음에 비하여,『수이전』은 편찬에 관련한 기사가 존재하지 않
았던 것으로 보아 국가적인 관심 속에서 편찬, 공간된 책이 아니었음을
말해주고 있다. 하지만 고려와 조선에 이르기까지 부분적으로 전승되
면서 선비들의 사사로운 기록에 남아있었다. 지금『수이전』의 전모는
없고, 편모(片貌)가 여기저기의 문헌 속에 전해지고 있다.『수이전』에
서 전해지는 몇몇 작품 중에서 가장 대표적인 작품은「최치원」이다.
『수이전』의 작자, 혹은 편찬자가 최치원이라면, 이것은 자신이 자신의
이야기를 기술한 자기서사의 형식이 될 것이다.
　최치원의 전기(傳奇)인「최치원」은, 신화(新話)라고 말한 김시습의「만
복사저포기」등에 계승되었고, 현대 소설가 김동리의 역사소설「여수」
로 개작되기도 했다. 죽은 자매의 영혼과 운우지정을 나누면서 삶과
죽음의 경계를 아쉬워하는 얘기는 일종의 초자연적인 신이담(神異談)이
다. 내 생각으로는, 최치원과 죽은 자매와의 낭만적인 사랑은 망해가고
있는 당과 신라에 대한 번화로운 옛 꿈의 알레고리가 아닌가 한다. 그는

가야산에 은거하면서 기울어가는 신라 국운을 예감하고 있었다.

> 달구숲은 누런 낙엽이로다.　　　　鷄林黃葉
> 고니재의 푸르른 솔잎이여.　　　　鵠嶺靑松

　　여기에서 계림을 '달구숲'이라고 풀었다. 요즈음의 어법이라면 '닭의 숲'이다. 경상도 방언으로 '닭의'를 '달구'라고 한다. '닭통'을 '달구통'이라고 하듯이 말이다. 아마 최치원 시대에도 계림을 '달구숲'이라고 불렀을 것이다. 계림은 경주인 동시에, 망해가는 신라의 대유법이기도 하다. 개성에 있는 곡령도 마찬가지이다. 곡령은 뜸북새의 고개, 즉 '고니재'이자, 신흥하는 왕조 고려이다. 계림(신라)은 누런 숲, 곡령(고려)은 푸른 솔이다.

　　최치원은 당나라 시대의 문학 양식인 당시(唐詩)·사륙문·전기(傳奇)를 충실히 받아들였다. 이 사실이 그의 문학적인 한계인지도 모른다. 그가 이두와 향찰로 문자 행위를 했다면, 그의 문학은 어땠을까? 그가 남긴 시문 10분의 1이라도 그런 자각을 보였다면, 이름에 있어서나 실상으로나, 우리 민족문학의 최고 작가로 길이 남아있을 것이다.

　　고려 시대의 한문학은 이규보에 의해 절정에 도달했다. 이규보는 인간적으로는 쟁점의 여지가 남아 있는 문제적인 개인이었다. 최씨 무인 정권 시대에서의 아세형(阿世型) 문인이라는 점에서 그렇다. 그러나 그의 문학은 자유분방하고 웅장한 것이었다. 그는 우리 문학사의 새로운 지평을 열었던 전환기적인 작가였던 것이다.

　　그의 대표작인 민족 서사시 「동명왕편」(1193)은 5언 장편 282구로 된 장편 형식의 서사시이다. 이것은 그의 문집인 『동국이상국집』 제3권에

수록되어 있다. 이 작품은 동명왕 탄생 이전의 계보를 밝힌 서장(序章)
과 출생에서 건국에 이르는 본장(本章), 그리고 후계자인 유리왕의 경
력과 작가의 느낌을 붙인 종장(終章)으로 구성되어 있다.

　이규보는 처음에 동명왕의 이야기가 귀신(鬼)과 곡두(幻)의 것으로
여겼다. 공자도 괴력난신을 말하는 것을 경계하지 않았던가? 그러나
이를 거듭해 읽으면서 참뜻을 깊이 생각한 결과, 귀신같거나 헛것이
아니라, 도리어 신성하다는 것을 깨닫는다. 이것을 시로 쓰고 세상에
펴서 우리나라가 원래 성인이 세운 나라의 터전임을 널리 알리고자 했
다. 그 대강의 내용은 다음과 같다.

　　해동의 해모수(解慕漱)는 천제(天帝)의 아들이다. 고니를 탄 100여 인
　의 종자(從者)를 거느리고 하늘로부터 오룡거(五龍車)를 타고 채색 구름
　속에 떠서 내려 왔다. 성 북쪽에 청하(靑河)가 있고 거기에 하백(河伯)의
　세 딸 유화(柳花)·훤화(萱花)·위화(葦花)가 있었다. 해모수가 사냥을 갔
　다가 이들 세 미녀를 만나서 그 중에 맏딸인 유화와 혼인하도록 해달라고
　하백에게 간청하였다. 하백은 해모수의 신통력을 시험한 뒤에 그에게 신
　변(神變 : 人智로 알 수 없는 무궁무진한 변화)이 있음을 알고 술을 권하였
　다. 하백은 해모수가 술이 취하자 유화와 함께 가죽가마에 넣어서 하늘로
　보내려 하였다. 그런데 술이 깬 해모수는 놀라서 유화의 비녀로 가죽가마
　를 찢고 혼자 하늘로 올라가 돌아오지 않았다. 하백은 유화를 꾸짖으며
　태백산 물속에 버렸다. 유화는 고기잡이에게 발견되어 북부여의 금와왕
　(金蛙王)에 의하여 구출되었다. 유화는 뒤에 해모수와 관계하여 주몽(朱
　蒙)을 낳았다. 주몽은 처음에는 되 크기 만한 알이었다. 금와왕은 상서롭
　지 않은 일이라 하여 마굿간에 버렸다. 말들이 이것을 짓밟지 않아서 깊은
　산 속에 버렸더니 짐승들이 이것을 보호하였다. 알에서 나온 주몽은 골격
　과 생김새가 영특하여 자라면서 재주가 뛰어났다. 뒷날에 부여를 떠나 남
　으로 가서 비류국(沸流國)의 송양왕(松讓王)의 항복을 받고 나라를 세웠

다. 이것이 고구려의 건국이다. 그가 고구려의 시조인 동명성왕이다. 종
장에는 동명성왕의 아들 유리(類利)가 부왕(父王) 동명왕을 찾아서 왕위
를 계승한다.[6]

동명왕이 서쪽으로 순수할 때	東明西狩時
우연히 눈빛 고라니를 얻었네	偶獲雪色麂
해원 위에 거꾸로 매달아	倒懸蟹原上
감히 스스로 저주하기를,	敢自呪而謂
하늘이 비류에 비를 내려	天不雨沸流
그 도성과 변방을 표몰시키지 아니하면	漂沒其都鄙
내가 너를 놓아주지 않으리니	我固不汝放
너는 나의 분함을 풀어다오	汝可助我慣
사슴의 우짖는 슬픔의 소리 심절하여	鹿鳴聲甚哀
위로 천제의 귀에까지 사무쳤네	上徹天之耳
장마비가 이레동안 내리니	霖雨注七日
주룩주룩 회수 사수를 넘쳐나듯하였네	霈若傾淮泗
송양이 근심하고 두려워하여	松讓甚憂懼
흐름을 따라 부질없이 갈대 밧줄을 가로 뻗쳤네	沿流謾橫葦
백성들이 앞다투어 와서 밧줄을 당기면서	士民競來攀
서로 바라보며 땀을 흘리었네	流汗相睊眙
동명왕이 곧 채찍을 들어	東明卽以鞭
물을 그으니 곧 멈추었네	畫水水停沸
송양이 나라를 들어 그예 항복하니	松讓擧國降
이후로는 우리를 업수히 여기지 않았네	是後莫予訾

　이민족과의 영웅적인 쟁투를 통해 서사적인 장엄을 드러내고, 또 이
를 통해 민족의 위대한 황금시대를 찬양한 것이 「동명왕편」이다. 이와

---

6) 『한국민족문화대백과사전』 7, 한국정신문화연구원, 1995, 225~226면.

관련된 것으로 유리태자 설화가 있다. 유리도 공중에 몸을 날리는 등의 신통력을 발휘할 만큼 신성성이 부여되어 있다. 주몽의 원자인 유리는 아버지와 떨어져 있을 때 친자 확인의 신표인 '끝이 부러진 칼'을 찾기 위해 "일곱 고개 일곱 골짜기 돌 위의 소나무 밑에"라는 수수께끼를 풀게 되고 태자로서의 상속권을 얻게 된다. 혈통과 천통을 확인하기 위한 제의의 절차인 것은 물론이다.

이규보의 민족 서사시 「동명왕편」은 당시 중화중심(中華中心)의 사관에서 벗어나 민족자존의 관점에서 고려가 위대한 제국 고구려를 계승하고 있다는 자부심을 밝히는 의도에서 쓰인 것으로서, 고구려가 우리 민족사의 줄기에 오롯이 자리 잡고 있다는 사실과, 역경을 이겨내는 슬기로운 왕의 모습을 통해 후손에게 자긍심을 심어주자는 뜻을 품은 것이었다. 이야말로 고구려의 역사를 우리의 것으로 자리매김하고 웅변한 일대 사건이었다. 김부식의 시대였다면 있을 수 없는 민족사의 자랑거리를, 이규보는 스스로 만들어갔던 것이다.

3. 훈구파·사림파·방외인의 문학

조선 전기의 문학은 유학자들에 의해 주도되었다. 이 시대의 문학은 이들의 정치적인 입지와 이념적인 지향성에 따라 둘 또는 셋으로 나누어져 섹트를 형성하였다. 이 시기 유학자들의 문학은 훈구파와 사림파의 문학으로 양분되었다. 여기에 가세된 것은 방외인 문학이라는 제3의 물결이다.

훈구파는 조선 개국 이래 정치적인 기여와 공헌으로써 기득권을 선점했던 사대부들을 일컫는다. 왕조 사업에 적극적으로 협조함으로써 권력과 토지를 차지한 이들은 문학적으로 체제순응적인 관인문학(官人文學)의 이상을 추구하였다. 이들은 고려 문벌 귀족의 사회경제적인 지위를 재현하여 기득권을 향유하고 지방 사림의 약진에 대해서는 사화(士禍)를 일으켜 정치적인 자기 방어를 꾀했다.

이들의 문학 세계는 표현의 아름다움을 중시하며, 섬세한 감각과 세련된 표현으로써 고답·초탈의 삶을 추구하는 일종의 순수문학의 세계이다. 그래서 문학적 성격에 따라 이들을 사장파(詞章派)라고 부르기도 한다. 대표적인 문인으로는 서거정·성현·이행 등을 꼽을 수 있다. 서거정은 『동문선』·『동인시화』 등을 통해 정치하고 세련된 문장으로써 치세지음(治世之音)의 격식을 갖추어야 한다는 생각을 드러냈다. 성현은 예악의 질서와 조화를 위해 『악학궤범』을 편찬했고, 청담한 품격의 의의를 지닌 문장으로써 『용재총화』를 편집했다.

무릉이 어디인가, 이곳이 도원일세.	武陵何處是桃源
올라서서 그 마을을 찾을 수 없네.	無術躋攀欵洞門
바깥세상 아귀다툼이 그 몇 대나 이어졌으리.	馳馬分爭幾年代
닭 기르고 누에치는 자손들만 예 살아왔다네.	鷄蠶生長已兒孫
시냇물 복사꽃이 서로 어울려 언제나 봄날이요,	一川花合春長在
벼랑에 구름이 깊어 길조차 가늠할 수 없어라.	四壁雲深路不分
이로부터 어부는 좋은 일이 많았지만,	自是漁郎多好事
세상은 그 곳 소식을 끝내 알 수 없었네.	此中消息了難聞

이 작품이 서거정이 안견의 그림 「몽유도원도」를 보고 안평대군에게 보낼 연작시를 지었는데 그 첫머리에 놓이는 시이다. 잘 알다시피,

몽유도원은 가상의 산수이다. 그 전거는 중국의 「도화원기」이다. 이 시에 훈구파의 미의식이 잘 반영해 있다. 이들이 꿈꾸고 동경하는 세계는 몽유도원도의 경우처럼 초현실적인 환각과 황홀경의 세계이다.

금물 든 수양버들 구슬처럼 부서지는 매화,	金入垂楊玉謝梅
작은 연못에 담긴 봄물은 이끼처럼 파래라.	小池春水碧於苔
봄 근심 봄 흥취 어느 것이 깊고 옅으리.	春愁春興誰深淺
제비는 아직 오지 않고 꽃소식도 없어라.	燕子不來花未開

서거정의 시편 「봄날(春日)」이다. 훈구파는 기득권을 선점한 정치적인 세력이기 때문에 굳이 현실을 비판할 필요가 없다. 현실에 안주하면서 심미주의적인 만족을 추구하면 그만이다. 이러한 시적인 취향이면 정치적으로는 성세를 찬미하기에 알맞다고 보인다.

훈구파가 표현 기교를 중시한 데 비해, 사림파는 도덕적인 선(善)의 함양을 중시했다. 즉, 이들은 의리와 절조를 강조하며, 내면적인 성찰에 역점을 두고, 개별적인 심성의 계발에 주력했다. 영남 사림파의 사장(師匠)이면서 조선조 성리학의 종조(宗祖)였던 김종직은 적지 않은 문학 작품을 남겼는데, 신라 부전 가요를 자신의 상상력에 의거해 재현한 「동도악부」, 백성들이 생활 속에서 겪는 현실적인 어려움을 묘파한 「가흥참」·「축성행」·「낙동요」, 지리산 기행 체험을 드러낸 「두류기행록」, 세조의 왕위 찬탈을 풍자한 「조의제문」 등이 대표적인 작품으로 인구에 회자되었다. 또 그는 많은 제자를 길렀는데, 정여창·김일손·김굉필·조위·유호인 등, 당대를 대표하는 학인·문사들이 그의 문하에서 배출되었다. 이 중에서도 조위는 『두시언해』가 공간되는 과정에서 한글 번역 일에 참여했고, 유배가사의 효시가 되는 「만분가」를 지었다. 훈구파를 사장파라고 한다면, 사림파는 도학파라고도 일컬어진다.

황지의 근원은 겨우 잔에 넘칠 정도인데	黃池之源纔濫觴
여기까지 흘러와선 어찌 이리 넓어졌나.	奔流到此何湯湯
한 물이 육십 고을 한가운데를 나누었으니	一水中分六十州
몇 군데 나루터에 돛대가 잇달았나.	津渡幾處聯帆檣
바다 입구까지 곧바로 사백리를 내려가면서	海門直下四百里
바람 따라 오가는 장사꾼들을 나눠 보내네.	便風分送往來商
아침에 월파정에서 떠나면	朝發月波亭
저녁에는 관수루에서 자는데,	暮宿觀水樓
관수루 아래 천만 꿰미 돈 실은 관선이 늘어섰으니	樓下綱舡千萬緡
남쪽 백성들이 가렴주구를 어떻게 견디랴.	南民何以堪誅求
쌀독은 이미 텅 비고 도토리마저 떨어졌는데	缾罌已罄橡栗空
강가 난간에선 풍악 울리며 살진 소를 때려잡네.	江干歌吹椎肥牛
임금의 사자(使者)들은 유성처럼 달려 오지만	皇華使者如流星
길가의 해골에게야 그 누가 이름이나 물어보랴.	道傍髑髏誰問名

인용시는 김종직의 「낙동요」(『점필재집 시집』 권5) 일부이다. 이 시의 내용은 보다시피 상당히 민중친애적이다. 그의 문학 세계에 애민사상, 현실비판의식이 상당 부분에 걸쳐 나타나 있는 사실이 결코 간과될 수 없다. 이 사실은 사림파의 문학이 체제 속의 참여를 통해 제한된 의의의 저항정신을 반영하고 있다는 점을 잘 시사하고 있다.

사림파는 두류산(지리산)을 자신들의 정신적인 성지처럼 생각하면서 순례하고는 여행기를 남기기도 했다. 그는 두류산 천왕봉을 오른 경험을 기행문 「유두류록」(1472)에 남겼다. 멀리 있는 풍광을 묘사하되, "살펴보면 성첩(城堞)을 끌어서 둘러놓은 것과 같이 생긴 것은 함양의 성인

듯하고, 청황색이 복잡하게 섞인 속에 흰 무지개가 관통한 것과 같이 흐르는 모습은 진주의 남강 같으며, 푸른 산봉우리들이 한 점씩 얽히어 사방으로 가로질러서 곧게 늘어 선 것들은 남해와 거제의 무리진 섬일 듯하다."고 했다. 그의 제자인 김일손은 분망함과 웅혼함이 기상이 압도적이라고 평가된 「속두류록」을 이어서 썼고, 또 다른 제자인 정여창은 「두류산에서 놀다 화개현에 이르러 짓다(遊頭流山到花開縣作)」라는 의미 있는 기행시를 남기기도 했다. 영남 사림파를 계승해 경상우도 영남학파를 형성한 조식 역시 두류산을 기행한 후 「유두류록」이란 기행문을 남겼다. 여기에 있는 내용, "선(善)을 좇는 것은 산을 오르는 것처럼 어렵고, 악(惡)을 따르는 것은 산이 무너져 내리는 것처럼 쉽다."라는 어록은 후세 선비들에게 삶의 지침이 되는 금언이다.

훈구파 문학의 서거정과 사림파 문학의 김종직의 경우처럼, 방외인 (方外人) 문학의 대표적인 문인이 있었다. 세조의 왕위 찬탈을 인정하지 않고 은거한 생육신 김시습이다. 방외인은 체제 밖의 인물이다. 지배 체제 안에서 주어진 위치를 받아들이지 않고 반발을 보이며, 이념적으로는 이단의 경향을 띠기도 한다. 훈구파에겐 적대감을 가지고, 사림파에게는 동조감을 표하지 않는다.[7] 김시습이 바로 그런 사람이었다.

김시습은 주지하듯이 저항적인 지식인이었다. 세조의 왕위 찬탈을 끝까지 거부한, 그래서 시대적으로 매우 불우하게 살았던 절의의 방외인이었다. 그의 문학 사상의 키 워드는 절의이다. 그의 인생관, 가치관은 철저하게도 절의에 두고 있다. 그의 소설인 「이생규장전」은 절의의 주제를 잘 보여준 것이란 점에서 14세기를 배경으로 삼았으면서도 15세기

---

7) 조동일, 『한국문학통사』 2, (주)지식산업사, 1994, 419면 참고.

현실주의 문학의 정신적 승리를 대표한다. 그의 문학적 절의 사상은 이뿐만이 아니라 그의 한시에서도 잘 드러난다. 전형적인 것 한 편을 보자.

> 비바람이 쓸쓸히 낚시터에 일어나니,　　　　　風雨蕭蕭拂釣磯
> 위천(渭川)의 물고기와 새들도 세상을 잊었다네.　　渭川魚鳥已忘機
> 어찌해 늘그막에 무왕(武王)의 날랜 장수가 되어,　如何老作鷹揚將
> 고사리를 먹던 백이·숙제를 헛되이 죽게 했나?　　空使夷齊餓採薇

　이 시의 제목은 「위천에서 낚시하는 그림을 보고(渭川漁釣圖)」이다. 그림 속의 주인공은 강태공이다. 그는 위천에서 낚시를 하다가 노년기에 주(周)나라의 문왕(文王)에게 발탁되어, 훗날 문왕의 아들인 무왕(武王)을 도와 은(殷)나라를 공략해 주나라를 천자국으로 만드는 데 큰 공을 세웠다. 이 무렵에 주나라의 패권주의를 반대하여 수양산에 은둔하여 고사리로 연명하다 죽은 백이(伯夷)와 숙제(叔齊)의 입장에서 본다면, 강태공은 역천(逆天)의 앞잡이였던 셈이다. 하루는 한명회가 강태공이 낚시하는 그림을 보이기 위해 김시습을 집에 초청해 놓고는 그림에다 시를 써주기를 부탁했다. 「위천(渭川)에서 낚시하는 그림을 보고(渭川漁釣圖)」는 이때 김시습이 지은 시다. 단종의 왕위를 찬탈한 수양대군(세조)이 주 무왕이라면, 이를 도운 한명회는 강태공이다. 절의를 지킨 백이와 숙제는 사육신과 같은 충신들이다. 유몽인은『어우야담』를 통해, '이 시는 구절마다 풍자하는 뜻을 띠고 있어 읊을수록 애달픈 심정을 누를 수 없다.'[8]라는 평을 부여하고 있다. 김시습이 경주 남산에 은거한 뜻 역시 백이와 숙제의 절의와 무관치 않다. 그는 「옛 산을 생각하며

---

8) 최행귀 외,『우리 겨레의 미학 사상』, 보리, 2006, 161면.

〈憶故山〉」이란 시에서

> 금오산 봉우리 아래에 내 오두막이 있으니,   金鰲峯下是吾廬
> 죽순과 고사리가 살지고 푸성귀도 넉넉해라.   筍蕨香肥饒野蔬

라고 했듯이, 그에겐 금오산이 바로 수양산인 것이다. 이처럼 김시습에게 있어서의 문학 사상의 요체는 절의와 방외(方外)의 처세관으로 귀결하고 있다고 하겠다. 김시습은 문학적, 사상적인 특별한 계승자가 없었다. 자유로운 영혼의 소유자였기 때문이다.

그렇지만 그를 추앙한 후세의 반체제 인사들이 적지 않았다. 서경덕·조식·허균은 사림파와 방외인의 중간 지점에 놓이는 인물들이었다. 방외인적인 기질이 있는 인물들이었다. 서경덕의 제자 중에 손곡 이달이 있었다. 서출에다 비렁뱅이 같은 몰골에 세상으로부터 극심한 업신여김을 당하며 살았다. 하지만 그의 뛰어난 재주는 천재적이었다. 알아주는 사람은 적고, 그의 언저리에 시기하고 헐뜯는 사람만이 있었다. 그는 허엽의 벗으로서 그 자녀인 허난설헌·허균 남매를 제자로 두었다. 임진왜란 전쟁 통에 여기저기 난을 피하면서 쓴 그의 시 한 편이 가슴을 울린다.

> 이 몸은 동서쪽 그 어디로 가야 하나?   此身那復計西東
> 가는 곳 정처 없어 쑥대마냥 흘러가네.   到處悠悠逐轉蓬
> 떠돌다가 친구 만나 한 집에서 잠을 자며   同舍故人流落後
> 난리 겪는 타향에서 새해를 맞이하네.   異鄕新歲亂離中
> 눈 덮인 산 훨훨 날아 기러기는 돌아가는데   歸鴻影度千峰雪
> 새벽녘 바람 타고 나팔소리 들려오네.   殘角聲飛五夜風

서글퍼라, 낯선 땅을 구름처럼 가는 신세　　　　　惆悵水雲關外路
돌아나는 봄풀에는 그리움만 하염없네.　　　　　　漸看芳草思無窮

　인용시는 「객지에서(客懷)」(안대회 옮김)라는 작품이다. 전쟁은 모든 것
을 빼앗아 간다. 아마도 겪어보지 못한 사람은 모를 것이다. 어디를 가더
라도 양식은 없고, 겨울날 높새바람 추위에 몸조차 움직이지 못한다.
새해라고 하는 것을 보니, 절기는 대한과 입춘 사이인 것 같다. 전투를
벌이는 나팔소리가 들리면 살길을 찾아 어디든지 숨어야 한다. 죽지
못해 사는 형국이다. 나는 어느 날 이 시와 해설을 읽고 가슴이 꽉 막히는
것 같은 느낌을 받았다. 이 시를 번역하고 소개해준 한문학자 안대회에
게 감사하면서, 그의 해설을 인용해 볼까 한다.

　　조선 중기의 시인 손곡(蓀谷) 이달(李達, 1539~1612)이 임진왜란 와중
　에 지었다. 평소에도 한곳에 정착하지 못하고 각지를 떠돌았는데 반기는
　이 하나 없는 전란 중에 정처 없이 방랑한다. 어디로 가야 할지 자신도
　잘 알 수가 없다. 우연히 옛 친구를 만나 한 집 한 방에서 새해를 맞은
　것이 그나마 반가운 일이다. 하지만 그것도 잠깐의 위로일 뿐 다시 헤어져
　각자의 행로를 떠난다. 눈에 덮인 첩첩한 산을 넘어 기러기는 제 고향으로
　돌아가건마는 새벽길 떠나는 내 귓속에는 전투를 알리는 나팔 소리가 들
　려와 허둥대게 한다. 편안한 안식의 시간은 언제나 찾아오려나? 처량한
　나그네의 눈에는 돋아나는 풀잎이 자꾸만 들어온다. 그래도 대지에는 새
　봄이 찾아오나 보다.

　난세에도 새봄은 오는가? 봄은 어김없이 찾아온다. 이달은 실존적
인 한계상황 속에서도 희망의 실낱같은, 가녀린 끈을 놓지 아니한다.
두보의 '국파산하재(國破山河在)'를 생각게 하고, 일제강점기 이상화의

명 시구(詩句) '빼앗긴 들에도 봄은 오는가?'를 연상시킨다.

4. 자아와 세계의 대결 : 김시습·허균·박지원

한때 소설 이론의 최고 권위자로 정평이 나 있었던 G. 루카치는 소설을 신이 떠난 세계의 서사시로 규정하고는 그 주인공이 갖는 장르적 성격을 한마디로 말해 '마성적'이라고 단언한 바 있었다. 조동일은 「자아와 세계의 소설적 대결에 관한 시론(試論)」라는 논문에서 "세계의 횡포는 자아에게 세계의 경이(驚異)로 나타나고, 자아는 세계의 경이 때문에 좌절을 경험한다."9)라고 밝힌 바 있다. 이처럼 소설의 장르적 성격은 자아와 세계의 대립 관계에 놓여 있다.

한미한 무반 집안의 출신인 김시습은 신분상의 제약이 없었던 것은 아니었다. 자신의 탁월한 재능 때문에, 그는 세계와 늘 불화 관계에 놓였던 것 같다. 특히 세조의 왕위 찬탈이 초래한 정치 현실에 적응하지 못하게 되어 미치광이 행세를 했다. 그는 '신세모순(身世矛盾)'이니 '신세상위(身世相違)'니 하는 표현으로써 자신의 처지를 완곡히 드러내었다. 자신보다 재능이 낮다고 본 서거정·김수온·노사신 등이 입신하여 권력과 부(富)를 뽐내자 초라한 자신의 처지에 대한 보상책이 있다면 사상과 문학으로써 뒤집어 놓는 일밖에 없었을 것이다.

시와 불교에 관한 저술을 주로 일삼았던 그에게 『금오신화(金鰲新話)』는 필생의 역작이었다. 그는 1465년에서부터 1471년에 이르기까지 동도(경주)의 금오산(남산)에 있었다. 이 시기에 그것이 창작되었다. 그가 이

9) 조동일, 『한국 소설의 이론』, 지식산업사, 1979, 117면.

작품을 완성하면서 감회를 시 한 편으로 남겼는데, 시의 제목이 「금오신화를 짓고(題金鰲新話後)」이다. 7언의 2수로 된 이 시에서 가장 중요한 부분은 다음과 같다.

등불 돋우고 밤늦도록 향을 사르며 앉아서,	挑燈永夜焚香坐
세상이 보지 못한 책을 한가롭게 지었노라.	閑著人間不見書
(……)	(……)
풍류 깃든 기이한 얘깃거리를 찾고 찾았다네.	風流奇話細搜尋

김시습의 「금오신화」는 문자 그대로 금오산에서 쓴 새로운 이야기이다. 인용한 부분에서 알 수 있듯이, 새롭다(新)는 것은 그 동안 '세상이 보지 못한(人間不見)'의 뜻을 지닌 것이다. 그 이야기(話)는 다름이 아니라 '풍류기화(風流奇話)', 즉 풍류가 깃든 기이한 이야기, 혹은 그 이야깃거리이다. 그가 새로운 서사 양식을 스스로 개창했다는 것으로 인해 자신의 서사 창작물을 신화(新話)라고 했거니와, 그는 무엇을 염두에 두고 자신의 이야기가 새롭다고 생각했을까? 아마 구시대의 서사양식인 전기(傳奇)를 염두에 두고 했을 것이다. 주지하듯이 전기는 중국 당송(唐宋) 시대의 소산이다. 우리나라 역시 신라 말의 『수이전(殊異傳)』 역시 전기의 전형적인 양식이었다. 지금은 이것이 온전히 전해지지 않고 있지만, 그것은 신라 말에서 김시습 시대에 이르기까지 500년 남짓 읽혀져 왔다. 김시습의 '새롭다'는 것의 의미는 『수이전』류의 서사양식에 대한 새로움을 말하고 있다고 할 것이다.

그의 「금오신화」는 다섯 가지의 이야기 내용으로 구성되어 있다.

「만복사저포기」는 남원에 사는 양생이 부처님과 저포 놀이 내기를 한 후에 수년전 왜구에게 죽은 처녀의 환신(幻身)을 만나 사랑을 나누었다는 얘기요, 「이생규장전」은 개성의 이생과 최소저의 연애담이 서술되고, 이생이 홍건적의 난에 죽은 아내 최씨의 환신을 만나 부부생활을 하다가 헤어졌다는 얘기요, 「취유부벽정기」는 개성의 홍생이 평양으로 장사를 나갔다가 부벽루에 올라가서 놀 때 수천 년 전의 인물로 지금은 선녀가 되어버린 기씨녀(箕氏女)를 만나 아름다운 사랑을 속삭인다는 얘기요, 「남염부주지」는 경주 박생은 본디 미신과 불교를 배척하는 선비인데 꿈속에 저승에 가서 염라대왕과 토론하고 귀환한다는 얘기요, 「용궁부연록」은 개성의 한생이 꿈속에 용왕의 초대를 받고 용궁에서 시를 지으며 놀았다는 얘기다.

이 중에서 「만복사저포기」는 신화(新話)의 첫 번째에 놓이는 대표작으로 인식되어 왔다. 뿐만 아니라, 이야기의 공간적인 배경이 되는 만복사가 폐사지로 발굴됨으로써 많은 관심을 보여주기도 했다. 「이생규장전」은 주인공들의 불행을 외침에 두고 있다. 고려 말 홍건적의 침입이 공민왕의 복주(안동) 몽진을 초래했을 만큼 초미의 위기를 겪었다. 외침의 국가적인 환난이 개개인의 불행을 가져온다는 절박한 현실 인식은 초자연의 전기적인 모티프를 압도하기도 한다. 김시습의 신화가 비록 비현실적, 전기적이지만 과거의 전기를 뛰어넘은 현실주의의 문학적 가능성을 제시하고 있다. 「남염부주지」는 최근에 주목을 받는 감이 있는 작품이다. 작가의 심오한 사상 체계가 잘 녹아나 있는, 이른바 매우 희귀한 철학적인 소설이다.

김시습의 「금오신화」는 우리 소설의 효시(嚆矢)이다. 유럽에서도 근대소설이 '새로운 이야기'라는 뜻의 '노블(Novel)'이듯이, 김시습의 신화(新話) 역시 우리나라 최초의 소설이라는 데 이견이 없다. 김안로가 「용천담적기」에서 중국의 「전등신화」를 모방했다고 간주한 이래, 20세기

학자인 최남선·김태준도 「금오신화」이 모방작이라는 주장을 답습했다. 그러나 영향을 받는 정도에 불과하다는 것으로 밝혀졌다. 오히려 임진 왜란 때 김시습이 석실에 갖추어놓았던 이 원고를 탈취해간 일본에서 전후 두 차례나 판각을 함으로써 「목단등롱」·「선두신화」 등의 아류작을 생산했다. 퇴계 이황이 「금오신화」를 읽었다고 한 것으로 보아 그의 모본 (母本)이 국내 식자층 사이에 돌려가며 읽혔던 것으로 짐작된다.

소설의 수준에 미달되지만 이를테면 '로망스'의 수준에 머물렀던 몽유록(夢遊錄)이 한때 유행했다. 이 몽유적인 환상담은 육체의 질곡으로부터 벗어나 자유를 성취하려는 원시적인 관념을 내포한다. 임제의 「원생몽유록」·「수성지」, 심의의 「대관재몽유록」, 유영의 「수성궁몽유록」, 그밖에 작자미상의 숱한 몽유록이 있다. 몽유록은 중국의 「남가기(南柯記)」 모티프에 기원을 두고 있다.

허균의 「홍길동전」은 최초의 국문소설로 잘 알려져 있다. 하지만 국문본 「홍길동전」은 허균이 죽은 한참 이후에 쓰인 것이다. 그가 이 소설을 지었다는 것도 믿기 어려운 구석이 많다. 이에 관해서는 후술할 예정이다. 허균도 김시습처럼 세상과의 화해로운 관계를 유지하지 못했다. 그는 불여세합(不與世合)이란 말을 사용했다. 그의 스승 이달이 불우한 처지의 방외인이었듯이 그 역시 방외인적 기질이 농후했다. 서양 문학사에서도 르네상스 이후 출현한 이단정신(paganism)이 긍정적으로 평가되고 있듯이, 방외인(적) 문학은 제 나름의 의의를 지닌다.

어쨌든, 「홍길동전」의 문학적 성격 및 소설사적 의미는 다음과 같다. 첫째, 이것은 이른바 '영웅의 일대기' 유형과 접맥된다. 영웅의 일생을 소설화했으므로 일종의 영웅소설이라고 할 수 있다. 둘째, 허균은 홍길동이 적서차별에 반발하는 것을 통해 근대지향적 인격의 실현을 제시했고, 작자의 사회참여의식은 작품에 활빈(活貧)의 이상과 농민구제의 이 념을 반영했다. 이러한 점은 허균이 「수호지」에 영향을 받았고 또 전래 된 임꺽정 고사(故事)에서 힌트를 얻었으리라고 짐작된다. 셋째, 김시습 의 경우처럼 중세적 세계 질서에 대결하는 절박한 과제가 있었음에도 불구하고 환상 세계로의 현실도피는 하나의 제약이었다. 이상국 율도국 (栗道國) 건설이라는 유토피아니즘이 그것이다. 신출귀몰과 호풍환우의 도술적인 요소도 리얼리즘의 한계를 여실히 드러내는 것이다.

「홍길동전」 외 허균의 다른 작품 전(傳)에도 홍길동과 같은 국외자가 등장하고 있다. 이 점은 허균 문학이 일관성을 유지하고 있는 것이라고 보아야 한다. 그 전(傳)의 줄거리는 다음과 같다.

① 남궁선생전 : 남궁두는 서울의 벼슬아치로 첩이 간통을 하여 죽이고 관가에서 고생하다 풀려났다. 그 후 그는 중이 되었다가 무극 치상산에서 노인에게 선술의 비결을 받아 신선의 도를 터득하지만 수련을 제대로 하 지 않아 속세로 쫓겨 살다가 종적을 감춘 인물이다. 그는 실존인물인데 허균이 남궁두의 행적을 자기 나름대로 독창적인 수법으로 입전하여 쓴 전이 「남궁선생전」이다. 남궁두 앞에서 얘기한 것과 같이 끊임없이 좌절 하고 마는 불우한 인물로 나온다.

② 장산인전 : 장산인은 부친에게서 신선이 되는 비법을 적은 책을 얻 어 귀신을 부릴 수 있었고 지리산에서 신선의 술법을 배운 인물인데 하산 하여 흉가의 뱀을 죽이는 일을 하였다. 장산인 역시 남궁두처럼 신선의 술을 익히는 그런 능력이 있으면서도 그것을 고작 뱀잡이에 쓰는 것으로 밖에 사용하지 못한 불우한 인물로 나온다.

③ 장생전 : 장생은 거지노릇을 하면서 재주를 부릴 수 있는 인물이었 다. 그는 앞으로 일어날 일을 예측하기도 하였으며 그가 죽은 후 송장이 벌레로 변하여 날아가는 등의 재주도 부릴 수 있었다. 하지만 장생도 역시

재능을 가진 인물이지만 세상에 그 재능을 사용하지 못하고 걸인의 복색 밑에 감추어 두는 수밖에 없는 불우한 인물이다. 그는 죽고 난 뒤 해 동일 국사를 찾아간다고 함으로써 현실의 부정적 모습을 드러내고 있다.

④ 손곡산인전 : 손곡 이달은 허균의 시 스승으로 뛰어난 문장과 포부에도 불구하고 서자이기 때문에 세상에서 버림받은 인물이다. 그는 예법에 얽매이지 않았고 시국에 대한 불평도 서슴지 않은 인물이다. 이달 역시 비범한 재능을 갖추고 있지만 그 능력을 인정받지 못하는 불운한 인물의 전형이다. 여기서 허균은 신분제도에 대한 비판을 개진하였다.

⑤ 엄처사전 : 엄처사는 가난하지만 청렴한 사람이었고 국가와 사회에 의미 있는 일을 할 수 있는 능력을 가진 사람이었다. 하지만 그는 세상에 나가 일을 하지 않았는데, 이 엄처사는 이달과 달리 예고에 충실하면서도 세상과 조화를 이루지 못하는 인물이다. 즉 세상과 타협을 하지 않는 인물로 입전되었다.

허균의 문학에 등장하는 인간상은 세상의 중심부로부터 소외된 자들이다. 다시 말하면, 처사·방외인·서류(庶類) 등의 삶에 동정하는, 이를테면 '동반자(sympathizer)' 문학이라고 말할 수 있다. 김시습 문학사상의 키 워드가 절의에 있다면, 허균의 그것은 인격의 실현이라고 하겠다. 두 사람 모두 세상에 불만을 가진 비판적인 지식인이었다.

박지원의 문학사적 위치는 다대하다. 비록 그는 국문으로 문자 행위를 하지 않았지만, 경세적인 문제의 제기와 현실주의적 접근의 방식과 실사구시 이념의 지향성 등은 우리 문학의 전근대성을 한 겹 벗어버린 것으로 평가된다.

「용비어천가」를 역(易)으로 주해(註解)를 가하기도 했던 해방직후의 국사학자 김성칠(金聖七)은 박지원을 가리켜 "영국의 셰익스피어에 견줄 수 있는 우리나라 유일한 국보"라고 추켜세웠던 바 있다. 해외 견문기의 웅편인『열화일기』에 실려 있는 단편 소설은 박지원 문학의 정화이다.

「호질」은 도학자와 정부(貞婦)의 이중인격을 폭로한 것. 북곽 선생으로 상징되는 기성 사대부 사회에 대한 통렬한 비판의식이 잘 드러나 있는 작품이다. (박제가도 선비를 도태시키라는 주장을 폈다.)「양반전」은 양반을 돈으로 사려고 하는 신흥 상업자본 계급의 신분상승욕과 속물근성을 희화적으로 묘파한 작품이다. 이 내용의 이면에 사족의 무능력성에 대한 자기비판이 감추어져 있다. 이 작품에 나타난 매관매직 인물형 모티프는 염상섭의 「삼대」에서도 되풀이되기도 한다.

박지원의 대표작은「허생전」이다.

허생은 남산 샌님으로서 묵적골에 살고 있었다. 그는 독서인이었다. 그의 아내가 경제적으로 무능한 그를 나무라자, 그는 장안의 갑부 변부자에게 가서 다짜고짜 돈을 빌려 달라고 한다. 생면부지의 변부자는 만금을 선뜻 내주었다. 허생이 안성에 가서 잔치나 제사에 쓰이는 과실을 매점매석해버리니 온 나라의 경제가 그의 수중에 휘둘렸다. 그는 도둑들과 함께 공도(空島)에 들어가 땅을 개척하고 나가사키와 교역을 하니 상당한 부와 자본을 축적했다. 그리고 변부자와 이완 장군과 함께 경세와 국사를 논했다. 그리고는 마침내 종적을 감추고 말았다.

소설 속의 허생은 이인(異人)이었다. 박지원에 의하면, 그는 지식과 실천력, 독서와 현실감각을 겸비한 경세가의 표상이었다. 이 작품에 작가가 지닌 바, 이용후생의 이치와 중상주의적인 개방된 마인드가 함축되어 있다.

17·18세기 문학의 사상적 쟁점은 북벌론과 북학론으로 대별된다고 하겠다. 북벌론은 존주대의 화이관(華夷觀)에 의거한다. 효종의 시조 중에 청에 대한 적개심에서 비롯되는 북벌론의 문학은 「비가」·「북천가」·

「임경업전」·「박씨전」 등으로 대표되는 세계이다. 이에 반해 북학론의 문학은 소위 북학파 학인·문사들에 의해 구현되었다. 「허생전」에서 이완과 허생의 논쟁은 북벌론과 북학론의 대립을 우의적으로 보인 것이라고 하겠다.

5. 불우한 문사 : 이옥과 김삿갓

정조 11년, 1787년이었다. 김조순과 이상황은 예문관에서 숙직을 하다가 「평산냉연」을 읽었다. 청나라의 유명한 연애소설인 이것은 젊은 재자가인인 평·산·냉·연이 등장한다. 이 몰래 읽기 행위가 정조에게 발각되었다. 이로 인해 한문의 문체를 바르게 돌려놓아야 한다는 정조의 의지가 강하게 자리를 잡는다. 문체반정이란 역사의 사건이 시작된 것이다. 정조는 조정에 문풍이 비리하고 문체가 부박해져가는 현실의 풍조를 개선할 것을 지시했다. 이 과정에서 1792년, 이옥·남공철·김조순 등이 문책의 대상이 되었고, 박지원을 포함한 북학파는 한미한 관료라는 점에서 가볍게 넘어갔다. 정조의 고문 복고 운동은 왕권 강화의 상징 조작, 이데올로기의 재무장이라는 점에서 한때 국민 통합의 상징이었던 북벌론의 한 변형이라고 할 수 있다.

문학의 가치가 순정문학(醇正文學)과 패관잡설로 이분화되는 상황 속에서, 박지원은 법고창신(法古創新)의 논리를 폈다. 그는 고문 자체를 비판한 것이 아니라, 고문을 피상적으로 모방하거나 고문을 맹목적으로 추종하는 태도를 비판한 것이다. 그의 문학관은 중국의 옛글인 고문을 비판적으로 계승하여 새로운 것을 창조하는 데 있었던 것이다.

박지원은 어찌어찌해 넘어갔지만, 이옥은 정조에게 반성문처럼 하루에 고문 풍의 시를 50편이나 제출해야 하는 혹독한 과제를 형벌처럼 해야 했다. 그러나 이옥은 반성할 기미를 보이지 않았다. 그의 문장은 고문을 모방하는 대신 세계를 모방했기 때문에 늘 생동감이 넘쳤다. 그는 별시 초시에 응시해 수석을 차지했지만 정조에 의해 꼴찌로 강등을 당했다. 이것도 모자라 그는 유배형에 처해졌다. 이러저러한 고초를 겪은 이옥은 언젠가 이런 말을 했다.

> 나는 지금 사람이다. 내 스스로 시를 쓰며 문장을 만드는 데 옛날 진(秦), 한 시대가 무슨 상관이 있으며 위, 진(晉) 시대거나 당나라의 시가 우리와 무슨 관련이 있느냐?[10]

이 말은 그의 동료인 김려의 『담정유고』에 인용되어 있다. 이옥의 글쓰기적인 인간 선언이 매우 감동적으로 다가온다. 이옥은 고문을 배우는 것이 오늘날에 유익하게 활용할 수 있는 문장을 배우는 것만 못하다고 했다. 김려 역시 세상 사람들이 이옥을 가리켜 고문에 능하지 못하다고 비난하는 것을 안타깝게 생각했다.[11] 이 말은 이옥이 고문에 능했음에도 다만 사용하지 않았을 뿐이라는 것이다.

여기에서 짚고 넘어가야 할 사실이 있다.

조선 시대의 임금 중에서 정조는 세종 다음의 명군으로 일반적으로 알려져 있는 것도 사실이지만, 따지고 보면 그가 당대의 지식인에게 표현의 자유를 억압한 혼군인 것도 틀림없는 사실이다.

---

10) 최행귀 외, 앞의 책, 346면 재인용.
11) 같은 책, 347면 참고.

김삿갓이란 시인이 있다. 본명은 김병연이고, 호는 난고(蘭皋), 보통은 삿갓의 한자어에 따라 김립(金笠)이라고 한다. 이옥(1760~1815)과 김삿갓(1807~1863)은 동시대 사람은 아니어도, 인접한 시대에 살았다. 한문학에 있어서 불우한 문사의 대표적인 경우였다. 김삿갓은 장동 김씨 명문가로 태어났으나 홍경래난의 부역자가 된 조부로 인해 폐족이 되어 인생을 망쳤다. 과시에 장원으로 뽑혔지만 부역자의 손자라는 이유로 벼슬길이 좌절된다. 게다가 과문이 자신의 할아버지를 욕하는 내용이었음에랴. 그는 평생을 속죄의 삿갓을 쓰고 전국 방방곡곡을 방랑했다.

그의 한시는 매우 파격적이었다. 현대시로 말할 것 같으면, 영락없는 해체시이다. 그의 시가 화제가 된 것은 일제강점기 말이었다. 20세기의 현대 독자들에게 하나의 우상이 되었다. 한문학의 문사 중에 한때 대중적으로 인기를 끈 작가는 김삿갓 외에 누가 있었던가? 그러나 김삿갓의 적지 않은 시는 진위의 논란거리가 되기도 했다. 그가 남긴 숱한 일화도 누군가에 의해 창작된 것이 있을 것이라고 본다. 그는 불우한 생애를 살다간 문제적인 시인인 것이다. 그는 자주 축객, 문전박대를 당했으리라. 이에 대한 보복을 시로 표현한 것이 대표작으로 손꼽히고 있다.

마을 이름이 개성인데 어찌 문을 닫으며,   邑號開城何閉門
산이 송악인데 어이 땔감이 없다 하느냐.   山名松嶽豈無薪

그가 황해도 개성에 간 모양이다. 재워 달래도 문을 열어주지 않고, 재워주는 경우에도 한겨울에 방이 냉골이다. 이름이 성을 연다는 개성이면서도 문을 닫고, 개성의 산이 소나무 멧부리인데 땔감이 없다고 한다. 세상의 부조리를 교묘한 말장난기로 풍자하는 시이다. 비슷한 시기에 쓴 것 같다. 다음은 구월산을 지나가면서 쓴 시다.

지난해 구월에 구월산 지났는데,	昨年九月過九月
올해도 구월에 구월산을 지나네.	今年九月過九月
해마다 구월이면 구월산 지나니,	年年九月過九月
구월산의 빛깔은 늘 구월이구려.	九月山光長九月

언어의 반복을 가져다온 운율감이 재미를 한층 더해주고 있다. 구월이란 말이 여덟 번이나 되풀이된다. 구월산을 반드시 구월에 지나야 할까닭이 없다. 구월산의 구월은 단풍이 물들 시기이다. 물론 음력 구월이니 시월로 봐야 한다. 아무런 자의성이 없는 구월의 반복감. 이것이 바로기표라고 할 것이다. 구월산의 구월에는 아무런 기호적인 의미가 없다.

서당의 명성을 내 진즉 알았는데	書堂乃早知
방에는 모두 다 존귀한 것들이네	房中皆尊物
생도는 모두 열 명이나 모였는데	生徒諸未十
선생을 보고도 인사할 줄 모르네	先生來不謁

짐작컨대, 이 시는 자신의 서러운 경험을 반영한 것 같다. 그는 안동의 도산서원 아랫마을 서당에서 훈장 노릇을 몇 해 했다고 한다.[12] 자신에게 배우는 어린 것들도 텃세를 부리는 것 같다. 안동이 반촌(班村)입네, 하면서 자기에게 인사도 잘 하지 않는다. 요즘 말로 하면 싸가지없는 것들이다. 나그네 설움도 이런 나그네 설움이 없다. 욕설을 점잖게 함축했다. 내×지, 개×물, 제미×, 내×알, 하면서 말이다. 절묘한

12) 이희승 외 편, 앞의 책, 114면 참고.

중의법은 혀를 내두르게 한다. 또 한 번은 한 사찰의 승려가 술 취해 몽롱한 그를 내치려 했다.

> 시객(詩客)을 내쫓는 법이 있소?
> 당신이 무슨 시객이요? 취객이지.
> 천하의 김삿갓을 정녕 모른다 말이요?
> 천하는 무슨…… 언문풍월이나 하겠지.
> 좋소. 운자(韻字)를 부르시오.
> 운은 각운(脚韻)에 '타'요.

이렇게 해서 그가 하나의 일화로 남긴 언문풍월이 있다. 구전되어온 일화이니, 텍스트의 진위는 정확하게 알 수가 없다. 누가 꾸민 얘기인지도 모른다. 어쨌든, 재미가 있다.

> 사면기둥 붉어타.
> 석양행객 시장타.
> 네 절 인심 고약타.
> 지옥가기 꼭 좋타.

이러저러한 흥미로운 얘깃거리는 사랑방 한담으로 좋았다. 일제강점기, 해방기, 한국전쟁기, 산업화를 어렵게 겪어온 피곤한 대중들에게 웃음거리를 선사한 것이 김삿갓 이야기다. 오랫동안 라디오방송에서 진행해온 '김삿갓 북한 방랑기'도 반공 계몽의 프로그램으로 자리를 잡았었다. 김삿갓을 소재로 한 대중가요도 곡이 원래 일본 엔카(演歌)인데, 이 사실을 속여 우리나라에서 히트곡이 되었다. 이 노래를 각별히 애창했던 보안사령관 전두환 소장도 탈속적이고 탈정치적인 이미지를 가장해 사람들을 속여 대권을 탈취했다. 김삿갓은 지금에도 세속의 욕망에 찌든 우리에게 훈계하는 것 같다.

세상일은 모두 정해져 있는데, 萬事皆有定
뜬세상은 헛되이 절로 바쁘네. 浮生空自忙

불우한 시인 김삿갓은 운명주의자인지 모른다. 잘못 만난 시대를 스스로 한탄하면서 자신의 시적인 재능을, 현실을 풍자하고, 언어를 희롱하고, 세상을 농탕치는 데 아낌없이 쓰다가 가버렸다. 경상도 진주 어느 주막에서 술에 취해 자다가 깨어보니 한 젊은이가 훌쩍훌쩍 울고 있었다. 아들이었다. 그를 데리러 온 아들과 며칠간 지내면서 회포를 풀다가 낙동강가의 기다란 보리밭 이랑에 숨어들어 도망쳤다. 그는 아무런 연고도 없는 전라도 화순 땅에서 눈을 감았다. 그가 내뱉은 마지막 말은 이랬다. 저 등잔불을 꺼 주시오.

IV

넷째 벼리 : 한글 문학의 형성과 운용

1. 한글 문학의 전사 : 경기체가와 선초악장

경기체가는 사대부 문인층이 향유한 특이한 형태의 시가이다. 다소 어정쩡하고 기형적인 장르라고 할 수 있다. 국문 표기 체계로 볼 때 한문과 국문 사이의 과도기에도 미치지 못하는 것이라고 할 것이다.

고려 고종 서기 1216년 한림제유(翰林諸儒) 소작의 「한림별곡」에서 시작된 경기체가는 조선 선조 때까지 400년간 존속되었던 시가이다. 후렴에 '경기하여(景幾何如)' 혹은 '경(景) 긔 엇더ᄒ니잇고'가 있음이 공통적으로 나타난다고 해서 경기체가로 불리어지고 있으나, 이 '경기체가'가 학술 용어로 적절치 못한 것은 사실이다. 과거에는 '별곡체가'라는 명칭을 사용한 바 있었다. 어쨌든, 경기체가는 속요와 대비되는 면이 있다. 속요가 본디 서민대중의 노래라면, 경기체가는 지배계층이 향유하던 노래이다. 속요가 대개 작자미상이라면, 경기체가는 작가가 드러나 있다. 속요가 흔히 사랑노래로 불리어졌다면, 경기체가는 사물이나 경치를 나열, 서술하였다.

초유의 경기체가인 「한림별곡」 전8장은 여덟 가지 경(景)으로 구성되어 있다. 제1장은 문인과 그들의 장기(長技), 2장은 서적, 3장은 서체와 명필, 4장은 술, 5장은 꽃, 6장은 악기와 그에 능한 사람들, 7장은 산과 누각, 8장은 그네로 1장 1경씩 읊었다. 이 중에서 제1장은 당대의 문장가, 시인 등의 시부(詩賦)를 나타낸 것으로, 명문을 찬양한 것으로 볼 수 있다. 작품의 내용은 다음과 같다.

> 원슌문(元淳文) 인노시(仁老詩) 공노亽륙(公老四六)
> 니졍언(李正言) 딘한림(陳翰林) 솽운주필(雙韻走筆)
> 튱긔딕칙(沖基對策) 광균경의(光鈞經義) 량경시부(良鏡詩賦)
> 위 시댱(試場)ᄉ 경(景) 긔 엇더ᄒᆞ니잇고
> (葉) 금학사(琴學士)의 옥슌문싱(玉筍門生) 금학사(琴學士)의 옥슌문싱(玉筍門生)
> 위 날조차 몃부니잇고

인용한 작품의 표기는 훈민정음이 창제한 이후의 문헌인 『악장가사』의 표기를 따랐다. 제4구의 후렴구는 『고려사』 악지에 '위시장경하여(偉試場景何如)'으로 표기되어 있으며, 『악장가사』에 순수한 국어로 된 부분이 『고려사』 악지에는 '운운(云云)'이라 적고 주(註)에 "이어(俚語)임, 가사 중 이어로 된 곳은 다 이같이 싣지 않았다."라고 하였다.

제1장에서는 당시에 유명한 문인들과 그들이 각각 잘하는 글들을 나열하고, 위 시장(試場)의 경이 어떠하냐고 물은 다음에, 금의(琴儀)의 죽순처럼 많은 제자, 나까지 모두 몇 분인가를 노래하였다. 인용한 제1장을 현대어 풀이한다면 다음과 같다.

유원순의 문장, 이인로의 시, 이공로의 사륙병려문.
이규보와 진화의 쌍운을 맞추어 내려간 글.
유충기의 대책문, 민광균의 경서 해의(解義). 김양경의 시와 부
아아, 과거 시험장의 광경, 그것이 어떠합니까? (참으로 굉장합니다.)
금의가 배출한 죽순처럼 많은 제자들, 금의가 배출한 죽순처럼 많은 제
자들.
아아, 나를 위시하여 몇 분입니까? (참으로 많습니다.)

고려시대 충숙왕 때에 지은 안축(安軸 : 1282~1348)의 「죽계별곡」는
전체적으로 5장으로 구성되어 있다. 죽계는 지금의 경상북도 풍기(순
흥)에 있는 시내 이름이다. 이 노래는 제1장은 죽계의 장소성과 경관을
노래하고 있으며, 제2장은 누·대·정자 위에서 노니는 풍류의 정경을
노래하고 있으며, 제3장은 향교에서 공자를 따르는 무리들이 봄에는
학문을 정진하고 여름에는 거문고를 탄주하는 모습을 그리고 있으며,
제4장은 천리 밖에서 떨어져 있는 연인을 그리워하는 사연을 풀고 있
으며, 제5장은 네 계절의 교체 속에 태평성대를 길이 즐기는 모습을
각각 노래함으로써, 고려 말 신흥 사대부의 의욕에 넘치는 생활감정을
잘 드러내고 있다. 이 작품은 경기체가 중에서 가장 아름다워 뛰어난
작품성을 지닌 것으로 평가될 수 있다. 현대어로 만든 임기중 국역본으
로 읽어보자.

죽령 남쪽, 안동 북쪽, 소백산 앞의
천 년의 흥망 속에도 풍류가 한결같은 순흥성 안에
다른 곳 아닌 취화봉에 임금의 태를 묻었네.
아, 이 고을을 중흥시킨 모습 그 어떠합니까!
청렴한 정사를 베풀어 두 나라의 관직을 맡았네.

아, 소백산 높고 죽계수 맑은 풍경 그 어떠합니까!

숙수사의 누각, 복전사의 누대, 승림사의 정자
초암동, 욱금계, 취원루 위에서
반쯤은 취하고 반쯤은 깨어, 붉고 하얀 꽃 피는, 비 내리는 산속을
아, 흥이 나서 노니는 모습 그 어떠합니까!
풍류로운 술꾼들 떼를 지어서
아, 손잡고 노니는 모습 그 어떠합니까!

눈부신 봉황이 나는 듯, 옥이 서리어 있는 듯, 푸른 산 소나무 숲
지필봉, 연묵지를 모두 갖춘 향교
육경(六經)에 마음 담고, 천고를 궁구하는 공자의 제자들
아, 봄에 시 읊고 여름에 거문고 타는 모습 그 어떠합니까!
매년 3월 긴 공부 시작할 때
아, 떠들썩하게 새 벗 맞는 모습 그 어떠합니까!

초산효, 소운영이 한창인 계절
꽃은 난만하게 그대 위해 피었고, 버드나무 골짜기에 우거졌는데
홀로 난간에 기대어 님 오시기 기다리면, 갓 나온 꾀꼬리 노래 부르고
아, 한 떨기 꽃 그림자 드리워졌네!
아름다운 꽃들 조금씩 붉어질 때면
아, 천리 밖의 님 생각 어찌하면 좋으리오.

붉은 살구꽃 어지러이 날리고, 향긋한 풀 우거질 땐 술잔을 기울이고
녹음 무성하고, 화려한 누각 고요하면 거문고 위로 부는 여름의 훈풍
노란 국화 빨간 단풍이 온 산을 수놓은 듯하고, 기러기 날아간 뒤에
아, 눈빛 달빛 어우러지는 모습 그 어떠합니까!
좋은 세상에 길이 태평을 누리면서
아, 사철을 놀아 봅시다.

안축은 지금의 풍기인 고향 순흥의 죽계에 세력 기반을 가지고 중앙 정계에 진출한 신흥 사대부의 한 사람이다. 그는 당대의 재사였다. 국내뿐만 아니라 원나라에서도 등과한 후에 관료·문인·학인으로 성장해 갔다. 당시의 표전(表箋)과 사명(詞命)이 그의 손에 나왔을 만큼, 그는 나라의 인재였다. 강원도 존무사(存撫使)로 재직하고 있을 때 충군애민의 내용을 담은 시문집 「관동와주(關東瓦注)」를 만들어 세상에 유포했다고 한다. 그의 경기체가 「관동별곡」과 함께 훗날 정철의 가사 「관동별곡」에 지대한 영향을 끼친 것은 두 말할 나위가 없다.

그가 죽어갈 때 일생동안 한 일이나 자랑거리가 별로 없다고 겸손해 하면서 후세에 기록할만한 것이 있다면, 국가의 관리로서 '백성으로 억울하게 남의 종이 된 자를 구제해 양인(良人)으로 환원시켜준 일'이라고 말했다고 전해진다.

작자의 고향인 풍기(순흥)의 승경(勝景)을 노래한 이것은 신흥 사대부로서 중흥성대(中興聖代)와 장락태평(長樂太平)을 기원하면서 사계절을 즐기겠다는, 긍정적이고 낙관적인 삶의식을 반영하고 있다. 득의와 환희에 찬, 현실적인 생활 향유는 도학을 추구하면서 금욕적인 생활의 이상을 추구한 조선조 유림 선비들의 삶의식과 대비된다고 하겠다. 이 시는 경기체가임에도 불구하고, 사물 중심의 교술적인 세계관보다는 감정 중심의 서정적인 장르의 성격이 압도적으로 나타나 보인다. 이례적인 장르적인 성격이라고 하겠다.

조선 시대의 시가는 악장(樂章)으로부터 비롯되었다. 악장은 태조 이성계가 예악의 정치적 기능에 깊은 관심을 갖게 됨으로써 발생했다. 이것은 궁중연락과 종묘제악에 사용되었다. 그 내용은 대체로 새 왕조의 창업과 제왕의 위엄을 송영(頌詠)했거나, 임금의 만수무강과 후손의 번창을 축원했다. 다음의 작품은 1394년 서울 정도(定都)를 기념하여 정도전이 지은 「신도가」이다. 표기법에 있어선 경기체가보다 훨씬 진보적인 입장을 취하고 있다. 우리말 운용의 폭이 그만큼 넓어졌기 때문인 것이다.

> 녜는 양주(楊州) 꼬올히여
> 디위예 신도형승(新都形勝)이샷다
> 개국성왕이 성대(聖代)를 니르어샷다
> 잣다온뎌 당금경(當今景) 잣다온뎌
> 성수만년(聖壽萬年)하샤 만민의 함락(咸樂)이샷다
> 아으 다롱다리
> 알픈 한강수여 뒤흔 삼각산이여
> 덕중(德重)하신 강산 즈음에 만세를 누리소서

이 노래는 훈민정음 창제 직전의 작품이지만 악장으로 구송되다가, 시기적으로 가까운 이점에 따라 우리말 표기를 쉬 얻을 수 있었다. 억불숭유의 사상가이며 역성혁명의 기획자인 정도전은 조선 5백년의 제도와 국기를 다진 인물이다. 조선 왕조의 개국에 관한 그의 정치 이념과 시대정신을 담은 악장 문학 여러 편을 스스로 창작했다는 점에서 국문학사 전환기의, 매우 중요한 문인이기도 하다. 그동안 이에 관한 문학사적인 평가는 거의 전무했다. 그의 「신도가」에 나타난 우리 말글의 수준은 최초의 한글 문학인 「용비어천가」의 초석이 되기도 한다. 이와 아울러 「신도가」와 「용비어천가」의 종장(終章)에 나타난 서울의 풍수관은 두 작품의 간(間)텍스트성을 생각할 여지를 남기게 한다.

2. 한글 문학의 서막 : 용비어천가와 월인천강지곡

우리나라 문학사에서 군주시인이라고 하면 고려 예종과 더불어 조선 세종을 들지 않을 수 없다. 조선 세종 이도(李祹)는 오늘날 국민적 존경의 대상이다. 그러나 그가 왕이 되기까지 형제들 사이에는 정치적인 알력이 있었으리라고 본다. 특히 부왕(父王) 태종에 대한 충성 경쟁이 심했을 것이다. 다음에 인용된 시는 세종이 왕자 시절에 쓴 시 「꿈속에 짓다(夢中作)」이다. 정치적인 의도가 담겨있는 일종의 충성서약문이다.

비가 뜨락에 가득하여 백성들이 즐겁고,   雨饒郊野民心樂
햇볕이 도성에 비치므로 기쁨의 기운 새롭다.   日暎京都喜氣新
풍년이 들어 양식이 많이 쌓이고 쌓이나   多黃雖云由積累
다만 우리 주군(主君)의 몸조심을 기원하네.   只爲吾君愼厥身

세종은 많은 치적을 남겼다. 그 중에서도 단연 돋보이는 치적은 훈민정음의 창제이다. 한글이 만들어질 당시의 이름은 훈민정음이었다. 백성을 가르치기 위한 바른 소리이다. 오늘날의 한글은 세종 당시에 훈민(訓民)의 목적으로 만들어진 글이었던 것이다.

훈민정음을 반포하기 전에 세종은 정인지 등의 신하들에게 한글로 된 서사시 「용비어천가」를 짓게 하였다. 한글로 된 2년간의 작업 끝에 1447년에 그것은 열권의 책으로 완성된다. 이를 550부 간행하여 신하들에게 나누어주어 시 속에 담긴 뜻을 전파하는 데 앞장서게 했다.

악장 서사시 「용비어천가」에도 애초에 정치적 의도가 있었다. 태종과 세종이 대를 이어 장자 계승의 정통성을 확보하지 못했다는 점이다. 셋째 아들로서 왕위를 이은 세종에게는 왕위 계승의 정당성을 확보하는 것이

매우 중요한 문제였고, 그것은 왕권의 안정과 깊은 관련이 있었다.[1)

세종의 조상인 여섯 명의 인물들을 '해동 육룡(六龍)'에 비유하였다. 그런데 조선의 두 번째 왕인 정종(定宗)이 빠졌다. 왕위 계승의 정통성을 부여하지 않았기 때문이다.[2) 다시 말하면, 역성혁명의 합리화, 왕위 계승의 정당성을 위해 「용비어천가」를 만든 것이다. 한글로 된 초유의 문학 작품이다. 다음에 인용된 종장(終章) 제125장만큼이나 정치적인 의도와 목적을 가장 분명하게 드러낸 것은 없다. 그것이 만약 논장(論章)의 문학이라면, 결론 부분이다.

> 千世 우에 미리 정하샨 漢水北에 累仁開國하사 卜年이 갓 없으시니
> 聖神이 이어셔도 敬天勤民하셔서 더욱 굳으시리이다.
> 님금하 알으소서 落水에 山行 가서 할아빌 믿으니잇가

서사시 「용비어천가」의 작자들은 입을 모아 후세의 임금들에게 전한다. 천 년 전에 미리 정하신 한강 북의 도성에, 어진 덕을 쌓아 나라를 세워 국운이 영원하리니, 성스러운 후손의 임금이 왕위를 계승해도 하늘을 공경하고 백성을 사랑하셔야만이, 나라를 더욱 안정시키실 것입니다. 후세의 임금께서는 명심하소서, 낙수에 사냥이나 가면서도 할아버지의 음덕만 믿으실 건지요?

중국 하(夏)나라 태강왕(太康王)이 놀음에 빠져 정사를 돌보지 않으니 백성들이 모두 임금으로 인정을 하지 못했다. 그런데도 할아버지 우왕

---

1) 이희근, 『상식을 깨는 즐거움, 색다른 우리 역사』, 기획출판 거름, 2006, 301면.
2) 정종은 태종의 형으로서 왕자의 난을 겪은 후 실권 없는 과도기 왕으로 추대된 것에 다름 없다. 세종 당시부터 숙종에 이르기까지 250년 동안 정종의 묘호가 없었다. 그에게 정종이라는 묘호가 부여되기까지 그는 공정왕(恭靖王)으로 불렸다.

(禹王)의 덕만 믿고 그 놀아나는 버릇을 고치지 못하더니, 마침내는 낙수(洛水)란 곳에 사냥을 간 지 백일이 넘어도 돌아오지 않으므로, 궁(窮)의 제후인 예(羿)가 참을 수 없어 백성을 위해 태강왕을 폐위시켜 버렸다 한다.

세종은 노래의 결미인 제125장에서 후대의 왕들에게 덕성을 지니고 나라의 정사를 잘 살피기를 권계한 것이다.

세종의 문학적 업적으로는 한글로 된 불전(佛傳) 서사시 「월인천강지곡」을 창작했다는 점에 있다. 그는 성리학을 정치에 있어서 새로운 지배 원리로 받아들였지만 개인으로는 불교의 관념 세계에 경도되어 있었다. 세계적인 불전 서사시 「붓다차리타」는 장황하고도 장엄한 다변으로 이루어져 있지만, 세종의 「월인천강지곡」은 디테일을 무시한 요약적 제시라는 독특한 서술 방식을 취하고 있었다. 대신에 매우 함축적인 언어의 아름다움이 있다. 정반왕과 싯다르타 태자의 사연 많은 갈등은 한마디로 이러하다.

칠보천하로 사천하를 다스림이 아버님 뜻이시니.
정각을 이뤄 대천세계 밝힘이 아드님 뜻이시니.

싯다르타 태자의 결단은 세계를 위한 자아의 결단이다. 그의 뜻은 자잘한 욕망이나 세사에 있지 않고 바른 깨달음과 중생 구제를 위한 큰 것의 실현에 있다. 그래서 붓다가 되었다. 「월인천강지곡」은 서사시인으로서의 세종 이도(李祹)의 재능을 유감없이 발휘한 것이다. 시적인 표현력도 아무나 감히 따르지 못한다.

보심이 멀리잇가. 善心이 오을면 앉은 곳에서 말가히 보리니.
가심이 멀리잇가. 善根이 깊으면 彈指 사이에 반다기 가리니.

지금의 말로 풀어보자. 보시는 것이 멀겠습니까, 착한 마음이 온전
하시다면, 앉은 곳에서 맑게 볼 것을. 가시는 것이 멀겠습니까, 착한
일의 원인이 깊으시다면, 손가락 퉁길 새에 반드시 갈 것을. '반다기(반
ᄃ기)'란 말이 재미있다. '반드시'의 옛말이다.

악장의 최고 수준은 「용비어천가」(1445)와 「월인천강지곡」(1447)에
이르러 정점에 도달했다. 선초의 단편 악장과는 스케일부터 다르다.
창작 동기 역시 압도적인 의미를 지니고 있다.

조선 창업의, 6대에 걸친 사적을 찬양한 「용비어천가」는 역성혁명의
정당성과 왕위 계승의 정통성을 합리화하기 위해 국책 사업으로 지은
장엄의 서사시이자, 우리 문학사 마지막 건국신화이다. 지은이는 권제·
정인지·안지이며, 그 형식은 125장으로 이루어져 있다. 최초로 한글로
표기된 작품이란 점에서 문학사적인 의의가 크다.

「월인천강지곡」은 세종이 직접 지었다고 전해지고 있다. 이 사실이
매우 의미 있는 것으로 여겨진다. 이것은 그의 정비인 소헌왕후 심비가
세상을 떠나자 그 추천(追薦)을 위해 석가의 일대기를 서사시의 형식에
맞추어 서술한 위대한 종교문학이다.

이 두 작품에 대한 그 동안의 연구 성과를 살펴보면 운문적인 형태론
의 측면에서 주목할 만한 것이 있다. 「용비어천가」에 관해서는 3음보에
서 4음보로 전이되는 과정에서 시조와 같은 형태로 발전하고 있다고
본 견해가 있고, 「월인천강지곡」에 관해서는 과도기적인 불교가요의
시적인 형태인 화청(和請) 계통에서 분화한 것이라는 견해도 있다.3)

3. 고려속요를 적다 : 충신연주지사와 남녀상열지사

고려가요는 고려 시대에 고려인의 사상이나 생활감정을 잘 나타낸
노래이다. 주지하듯이, 고려 시대에는 다양한 갈래의 노래들이 존재했
었다. 향가의 전통을 계승하여 향찰로 표기한 균여의 「보현십원가」가
있으며, 민간에 구전으로 전승되다가 어느 시기에 이르러 문자로 정착
된 속요(俗謠)가 적잖아 남아 있으며, 고려 후기 신흥 사대부의 계급적
성장과 무관하지 않는 경기체가가 생성되었으며, 그 밖에 한역가(漢譯
歌), 가송(歌頌), 시조 등이 단편적으로 남아있다. 이 중에서도 가장 문
학성이 우수한 것은 속요라고 할 수 있다. 한때 고속가(古俗歌)라고도
이름을 붙이기도 했던 속요는, 작가미상, 3음보, 후렴구 등의 공통점
을 지니고 있는 것이 특징으로 지적된다. 참고로 비교하면, 조선 시대
의 속요는 잡가(雜歌)로 이름되는 것인데, 이는 민요보다 음악적으로
세련되지만 정가(正歌)나 시조에 비해 품격이 떨어진다는 의미로 사용
된 명칭이다.

신라인들이 자기네의 노래를 향가라고 일컬은 것과 마찬가지로, 고
려인들은 중국계 악부·악장이라는 정악(아악)에 대해 자기네들의 노래
인 속악·향악의 노래 이름을 별곡(別曲)이라고 했다. 별곡의 형식은 짐
작컨대 나례·잡희·백희 등의 무대 위에서 불리는 무악곡(舞樂曲)이 요
청됨에 따라서 생겨났던 것 같다.

> 내 님을 그리워하며 울고 지내니
> 산 접동새와 난 비슷합니다.

---

3) 조규익, 『고려속악가사·경기체가·선초악장』, 한샘, 1993, 332면 참고.

사실이 아니며 모든 게 거짓인 줄을, 아
지새는 달과 새벽의 별만이 아실 것입니다.
죽은 넋이라도 님과 함께 가고 싶어라. 아
내 죄를 우기던 이, 그 누구였습니까.
저는 과실도 허물도 전혀 없습니다.
뭇 사람의 모략인저!
슬프구나! 아
님께서 저를 하마 잊으셨습니까.
아, 님이시여 되살펴 들으시어 아끼소서.

여기에 인용된 정서(鄭敍)의 「정과정」은 고려 속요 중에서 작가의 신원이 유일하게 알려져 있는 작품이다. 12세기 중반에 지어졌던 점이나 형식적인 면에서 볼 때, 이 작품은 향가와 속요의 과도기적 작품으로 간주하는 것이 옳다고 본다. 이 노래의 악곡은 속악에서 가장 빠른 템포인 삼진작(三眞勺)이다.

내용이 매우 애틋하고 처연한 가운데 진실된 충성심의 발로라는 점에서 오랫동안 이른바 '충신연주지사'의 전범으로 여겨져 왔으며, 궁중의 전악(典樂)으로 진중히 보존되어 뭇 사대부들이 귀감으로 삼아왔다. 이것이 충신의 노래로서 널리 애송되는 과정에서 훗날 송강가사(松江歌辭)의 원류가 되기도 했다.

조령(鳥嶺) 남쪽 천리 　　　　　嶺以南千里
첩첩 산 속, 음습한 비 내리는 곳 　連山蜑雨鄉
달팽이 점액이 관사 벽에 끈적이고 　蝸涎粘畫壁
이끼도 침침하게 군수인(郡守印)을 덮는 곳 　苔暈翳銅章
밀물은 갈대 숲 포구에 밀려들고 　潮落蒹葭浦

바람은 사철나무 우거진 담장을 흔드네	風搖薛荔墻
정과정(鄭瓜亭) 한 곡을 다 켜고 나니	鄭瓜亭一曲
흐르는 물이 두루마기 다 적시겠네	彈罷自沾裳

이 시는 고경명의 한시 「문금유감(聞琴有感)」(『제봉집』 권5)이다. 그는 임진왜란 때 의병장으로 나서 금산 전투에서 순국했던 충신이다. 그가 울산 군수로 재직할 때 인용시를 지었다. 아득히 먼 변방의 남루한 관사일망정, 그는 임금에 대한 은혜와 충성심을 정과정곡에 의탁해 헤아려보고 있다. 이때까지만 해도 「정과정」은 선비들에 의해 거문고로 탄주되고 노래되어졌음이 확인된다. 그의 순절 역시 평소 즐기던 이 노래가 뜻하는 바와 무관하지 않았으리라 여겨진다.

충신연주지사의 대척점에 소위 '남녀상열지사'가 놓여 있다. 고려 속요의 내용은 대체로 민간의 습속이나 생활감정, 또는 남녀 간의 애정 등으로 이루어져 있다. 이 중에서 남녀 간의 애정이 유교적 윤리관의 기준에서 정도가 지나친 것을 두고 음사(淫詞)니 망탄(妄誕)이니 하면서 조선조 집현전 학사들에 의해 국고정리(國故整理)가 이루어질 때 기록에서 삭제되었다. 이 삭제의 명분은 사리부재(詞俚不載)이거나 '남녀상열지사'였다. 현존하는 고려 속요 중에는 「정읍사」·「가시리」·「서경별곡」·「청산별곡」·「동동」 등의 주옥같은 작품들이 남아 있다. 「쌍화점」은 현전 속요 가운데서도 노랫말이 음란한 것들 중의 하나이다.

> 만두집에 만두 사러 갔더니만
> 회회 아비 내 손목을 쥐었어요.
> 이 소문이 가게 밖에 드나들면
> 다로러거디러 조그마한 새끼 광대 네 말이라 하리라.

더러둥셩 다리러디러 다리러디러 다로러거디러 다로러
그 잠자리에 나도 자러 가리라.
위 위 다로러거디러 다로러
그 잔 데 같이 거친 것이 없다.

삼장사에 불을 켜러 갔더니만
그 절 지주 내 손목을 쥐었어요.
이 소문이 이 절 밖에 드나들면
다로러거디러 조그마한 새끼 상좌 네 말이라 하리라.
더러둥셩 다리러디러 다리러디러 다로러거디러 다로러
그 잠자리에 나도 자러 가리라.
위 위 다로러거디러 다로러
그 잔 데 같이 거친 것이 없다.

두레 우물에 물을 길러 갔더니만
우물 용이 내 손목을 쥐었어요.
이 소문이 우물 밖에 드나들면
다로러거디러 조그마한 두레박아 네 말이라 하리라.
더러둥셩 다리러디러 다리러디러 다로러거디러 다로러
그 잠자리에 나도 자러 가리라.
위 위 다로러거디러 다로러
그 잔 데 같이 거친 것이 없다.

술 파는 집에 술을 사러 갔더니만
그 집 아비 내 손목을 쥐었어요.
이 소문이 이 집 밖에 드나들면
다로러거디러 조그마한 시궁 박아지야 네 말이라 하리라.
더러둥셩 다리러디러 다리러디러 다로러거디러 다로러
그 잠자리에 나도 자러 가리라.

위 위 다로러거디러 다로러
그 잔 데 같이 거친 것이 없다.

 고려 사회는 무신통치 시대에 전사(戰士) 엘리트가 권력을 장악하기 전까지 불교의 힘이 지배하던 사회였다. 사주(社主)는 일종의 '성직 엘리트(theocrat)'라고 할 수 있겠는데, 성스러워야 할 불도의 도량에서도 사음(邪淫)이 행해진다는 것은 타락의 극점을 말해주고 있다. 위로는 용으로 은유된 임금에서부터 아래로 필부에 지나지 않는 술집주인에 이르기까지, 온갖 육체적 향락과 사악한 간음이 횡행하고 있는 사회상을, 익명의 작가는 날카롭게 들춰내고 있다. 타락한 파계승 등을 풍자하는 성적 허무주의 그 이상의 것을 획득하고 있는 작품이다.

 모두 4련으로 된 이 작품은 본문 4행과, 조흥구 2행과, 후렴 3행으로 이루어져 있다. 특히 후렴은 공공연한 비밀로 유포되는 스캔들러스한 상황 속에서 여론과 선망의 심리적 매커니즘을 잘 보여주고 있으며, 또 '그 잔데같이 덤거츠니 없다'로 표현된 것은 더러우면서도 무성한 관능의 늪에 잠든 고려의 사회, 그 황음(荒淫)의 사회에 직핍한 민중적 풍자이며 야유이다.

 북한의 문학사는, 이 작품 속에, 몽고 지배 아래 들어간 충렬왕 시대의 어지러운 도시 세태와 아울러 외래 상업자본의 유입과 결탁된 침략 세력의 횡포가 반영되어 있다고 보았다.

4. 두보의 시를 언해하다 : 우국연민의 사상

성도 시절의 두보(杜甫) 시 가운데 독자들로부터 가장 사랑을 받고 있는 것은 「촉상(蜀相)」이리라. 그만큼 대중적으로 잘 알려져 있다는 것이 된다. 여기에서 말하는 촉상이란, 『삼국지연의』를 통해 친숙해진 촉한의 재상 제갈공명을 가리킨다. 그는 관우와 더불어 중국인의 영원한 영웅상으로 각인되어 있다.

충신된 자 눈물을 흘리지 않고 결코 읽을 수 없었다던 「출사표」는 각오와 결단의 상징적 표현으로 우리 곁에 친숙하게 남아 있는 낱말이다.

두보가 살던 시대에는 성도를 금관성(錦官城)이라고 했다.

성도는 예로부터 상업도시의 대명사로 번성했던 곳이다. 중국에는 양일익이(揚一益二)라는 말이 없었다고 한다. 상업도시의 으뜸이 강남의 양주요, 그 버금이 파촉의 성도라는 것. 성도의 별칭을 한 음절로 표현해 익(益)이라고 한다. 특히 성도는 비단과 종이가 특산품으로 유명했다. 촉금(蜀錦)이라면 지금도 유명한 비단으로 알려져 있다고 한다. 그래서 성도를 두고 예로부터 비단 금자로 된 금관성이라고 한다. 「촉상」의 번역문은 두시언해의 현대문으로 옮겨 보겠다.

> 승상의 사당을 어디 가 찾으리오.
> 금관재 밖의 잣나무 삼렬(森列)한 데로다.
> 버텅에 비추었는 푸른 풀은 절로 봄빛이 되었었고,
> 잎을 사이로 한 꾀꼬리는 속절없이 좋은 소리로다.
> 세 번 돌아봄을 어지러이 함은 천하를 위하여 헤아림이니
> 두 조(朝)를 거친 것은 늙은 신하의 마음이니라.
> 군사를 내어 이기지 못하여서 몸이 먼저 죽으니

길이 영웅으로 하여 눈물을 옷깃에 가득케 하나다.

丞相祠堂何處尋
錦官城外柏森森
映階碧草自春色
隔葉黃리空好音
三顧頻繁天下計
兩朝開濟老臣心
出師未捷身先死
長使英雄淚滿襟

주지하듯이 두시언해는 당나라 시인 두보(杜甫, 712~770)의 시를 언해
한 책이다. 본래의 이름은 『분류두공부시언해(分類杜工部詩諺解)』의 제목
으로 된 25권 17책을 가리키고 있다. 초간본과 중간본이 있는데 을해자
(乙亥字)로 발간된 초간본(初刊本)은 성종(成宗)의 왕명으로 유윤겸(柳允
謙)와 조위(曺偉)와 승려 의침(義砧)이 우리말로 옮겨 1481년(성종12)에 간
행하였다. 머리말에 놓여 있는 조위의 서문에 의하면 세교(世敎)를 위하
여 간행하였음을 알 수 있게 한다. 중간본은 목판본으로 초간본 발간
이후 150여 년이 지난 1632년(인조10)에 간행되었다, 장유(張維)의 서문
에 의하면, 당시 초간본을 구하기 힘들던 차에 경상감사 오숙이 한 질을
얻어 베끼고 교정하여 영남의 여러 고을에서 나누어 간행하였다고 한다.
두시언해는 국가 공식의 문학적인 노선을 제시했다는 데 문학사적
인 의미가 있다고 하겠다. 중국에는 시대마다 해묵은 이두논쟁(李杜論
爭)이 있어 왔는데 우리는 두보의 유교적인 성향에 손을 들어주었다고
할 수 있다. 두시의 우국연민(憂國憐憫) 사상은 훈구파의 순수문학이 아
닌 사림파의 현실주의 문학에 방점을 찍은 것이라고 하겠다.

조선 중기 이후 사림파의 문학적인 승리는 시조와 가사 등의 한글 시가의 발전에 초석을 다졌다고 볼 수 있다. 우리나라 최초의 번역시집 인 『두시언해』가 우리의 한글문학에 어떻게 기여했는지에 관해서 앞으로 많은 연구가 있어야 할 것으로 전망된다.

V

다섯째 벼리 : 한글 문학의 전개 과정

1. 시조와 가사, 국문학사에 기여하다

　시조는 14세기 무렵인 고려 말에 발생하여 조선조 사회의 가장 대표적인 문학 장르로 발전했고, 또 오늘날의 문학도 전통적으로 계승하고 있다. 영조 이전에는 그 명칭이 단가(短歌)로 통용되었다. 시조는 국민가요라고 할 수 있다. 위로는 왕에서부터 아래로는 이름 없는 필부에 이르기까지 창작할 수 있었던 까닭에서다. 왕이나 종친으로서는 효종이 12수, 익종이 9수, 남원군이 30수를 남겼다. 영조 이전의 시조 작자 중에서 가장 많은 수를 차지하고 있는 신분은 유학자 관료였다. 주세붕·이현보·송순·이황·정철·박인로·윤선도·이정보·신흠 등이 그 대표적인 인물이라고 할 수 있다. 이런 점에서 볼 때, 시조는 적어도 유교적 이념과 미의식을 긍정적으로 구현하기 위한 갈래이다.

이화(梨花)에 월백(月白)하고
은한(銀漢)이 삼경(三更)인 제

일지춘심(一枝春心)을
자규(子規)야 알랴마는,

다정(多情)도 병(病)인 양하여
잠 못 들어 하노라.

고려 때의 신흥 사대부인 이조년이 지은 시조다. 시조사의 첫 번째 명편으로 손꼽힌다. 흐드러진 하얀 배꽃, 휘영청 밝은 달빛, 까닭 모를 소쩍새의 울음을 소재로, 봄날 밤의 억제할 수 없는 애상(哀傷)에 잠겨 전전반측 잠 못 이루는 시정(詩情)을 노래하고 있다. "배꽃에 달이 밝고, 이리내가 한밤인 제, 한 가닥 봄의 마음이야, 소쩍새 알랴마는……"로 생각을 모으기에, 아직까지는 모국어 의식이 낮다. '이리내'는 은하수를 말하는 가장 오래된 우리말이다. 지방에 따라, 한때 '미리내'와 '미르내(龍川)'도 있기도 했었다.

15세기 영남 사림파는 김종직으로부터 시작됐다. 그 시원의 땅은 그가 군수로서 머물었던 함양이었다. 그의 제자들은 학문이나 문학으로서도 일가를 이룬 사람들이 많았는데 이 중에서 함양 출신으로서 정여창과 유호인은 학문과 문학의 분야에서 각각 스승의 유지를 잘 계승했다. 물론 함양군수인 김종직에게 밖에서 찾아온 제자들도 있었다. 김 굉필과 김일손이 그들이다. 이런 점에서 볼 때, 함양과 지리산은 사림파의 메카와 같은 곳이다.[1]

---

1) 우리나라의 대표적인 선비의 고장이라면 안동과 함양이 단연 손꼽힌다. 그래서 예로부터

16세기에 이르러서도 함양은 선비향으로서의 전통을 이어갔다. 당곡 정희보(鄭希輔)라고 하는 선비가 있었는데, 그는 본디 남해 사람이었다. 그가 젊은 나이에 함양으로 이주하여 여기에서 평생을 보냈다. 그가 길러낸 제자 가운데 학문에 있어서나 관직에 있어서 크게 성공한 제자들이 적지 않았다. 노진, 양희, 이후백 등을 말한다. 또 강익은 남명 조식의 문하생으로서 그에게도 가르침을 받았다. 특히, 노진은 정여창의 수제자인 노우명의 아들로서 15세기 영남 사림파의 맥을 계승한 인물이기도 했다.

나는 함양 선비 가운데 유호인과 노진이 중앙 정계에 진출하여 귀향하고자 할 때 당시의 임금들이 시조를 지어 헤어짐의 아쉬움을 표현했다는 공통점을 갖고 있다는 점을 주목하고자 한다. 우연의 일치이지만 매우 흥미로운 일이다. 사림파의 문학이 우리 국문학에 끼친 영향을 생각하는 단초가 되기 때문이다.

성종 때의 일이다. 유호인(俞好仁)은 늙으신 어머니를 봉양하기 위해 고향으로 떠나려 한다. 임금은 떠나지 말 것을 만류하면서 다음의 시조를 지었다.

　　있으렴,
　　부디 갈따?
　　아니가든 못할소냐?

'좌안동 우함양'이라고 했다. 경남 지역의 서북부에 위치한 함양은 덕유산과 지리산의 틈새에 위치한 산자수명한 곳. 이곳에서 산처럼 엄숙하고 물처럼 맑은 삶을 살다간 선비들이 많이 배출되었다. 지금도 이곳엔 향교와 서원, 누각과 정자 등의 옛 건축물들이 많이 남아 있다. 역사적으로 볼 때, 최치원, 김종직, 박지원 등이 지방 공직자로서 함양에 머물면서 문화적으로 기여하였고, 김일손은 만년에 여기에 집을 짓고 살던 중에 연산군으로부터 정치적인 화(禍)를 입었다.

무단히 싫더냐?
남의 말을 들었느냐?
그래도
하
애닯구나.
가는 뜻을 일러라.

역사에서 '신진사류'라고 불리는 사림파 젊은 선비들을 적극적으로 후원했던 군주가 성종이다. 이 시조를 지은 성종의 안타까움이 잘 묻어난다. 이 작품은 한때 고등학교 국어 교과서에도 실릴 정도로 시조 문학의 명편이다. 사림파의 정치적인 후원자이기도 했던 성종의 인간적인 감정의 소통을 잘 엿볼 수 있는 대목이다. 물론 훗날에 아버지 성종의 대를 계승한 아들 연산군은 사림파를 무자비하게 탄압한다. 역사는 이를 사화(士禍)라고 말한다. 함양은 영남 사림파 시원의 땅인 동시에, 그 정치적 수난의 진원지가 되었던 것이다. 비슷한 일이 다시 한 번 일어났다. 선조 때 임금은 고향으로 떠나가는 함양 선비를 위해 시조 한 수를 짓는다. 선조가 노진(盧禛)을 위해 지은 시조다.

오면 가려 하고
가면 아니 오네.

오노라 가노라 하니
볼 날이 전혀 없네.

오늘도 가노라 하니
그를 슬퍼 하노라.

아끼고 신임하던 신하 노진이 늙은 어머니를 봉양하기 위해 벼슬을 사양하고 귀향할 때 선조는 아쉬운 마음을 금할 길 없어 은쟁반에다 이 시조를 써서 내관을 시켜 한강을 건너는 그에게 전해주었다. 1571년의 일이었다. 그 후 그는 선조로부터 고향 가까운 곳인 곤양의 군수로 발령을 받게 된다. 우리 시조 문학에 임금의 작품은 거의 찾아보기 힘들다. 성종과 선조의 시조 작품은 매우 이례적인 작품이면서, 또한 그 작품성이나 수준도 매우 뛰어나다. 두 편의 작품 중에 한자어가 전혀 없다는 점에서 그것은 우리말이 도달할 수 있는 시가(詩歌)의 문학적 진경을 유감없이 보여주고 있다.

사림파가 지향하고자 했던 정치적 이상은 왕도(王道)의 실현이었다. 한 나라의 군주는 인의와 덕으로 백성들을 다스려야 한다는 것이다. 그러나 사림이 현실 정치를 상대적으로 가볍게 여겼기 때문에 네 차례의 사화를 당했다. 그럼에도 불구하고 소인배의 권모술수에 영합하는 힘의 정치인 패도(覇道)와 타협하지 않았기 때문에 선비로서의 맑고 큰 뜻을 후세에 남길 수 있었다.

시조사에서 빼놓을 수 없는 발자취를 남긴 이는 면앙정 송순(宋純)이다. 그의 「옥당에서 임금님으로부터 특별히 하사받은 노란 국화의 노래(自上特賜黃菊玉堂歌)」는 창작의 배경이 있는 주옥의 명편이다.

> 풍상이 섞여 친 날
> 갓 핀 황국화를
> 금분(金盆)에 가득 담아
> 옥당(玉堂)에 보내오니,
> 도리(桃李)야, 꽃인 양 마라,
> 님의 뜻을 알괘라.

명종이 어느 날 어원(御苑)의 노란 국화를 옥당(홍문관)에 보내어 노래를 짓게 했다. 그러나 옥당의 관원들은 그 의도를 알 수 없어 안절부절못했다. 이때 송순이 임금의 뜻을 알아차리고 시조를 지어 올리니 명종이 크게 기뻐하면서 상을 내렸다. 국화는 선비의 굳은 절개와 맑고 높은 지조를 상징하는 꽃이요, 복사꽃과 오얏꽃은 겉만 꾸미는 속인의 무리로 비유되는 꽃이다. 의미상의 대조를 잘 이루고 있다. 송순의 시조 가운데 또 하나의 명시조가 있다. 숨은 명작이다.

> 곳이 진다 ᄒ고
> 새들아 슬허 마라
>
> ᄇ람에 훗ᄂᆞᆯ리니
> 곳의 탓 아니로다
>
> 가노라 희짓ᄂᆞᆫ 봄을
> 싀와 므슴 ᄒ리오
>
> – 원문

> 有鳥曉曉 傷彼落花 春風無情 悲惜奈何
>
> – 한역문

이 시조는 정치적인 알레고리다. 사림파 하면 사화(士禍)를 빼놓을 수 없다. 명종이 즉위한 을사년(1545년)에 왕실의 외척인 대윤과 소윤의 반목으로 일어나, 대윤이 소윤으로부터 받은 정치적인 탄압이 있었다. 이 과정에서 많은 무고한 선비들이 죽임을 당했다. 이를 안타깝게 생각하면서 지은 시조가 인용한 '곳이 진다 ᄒ고……'이다. 이 시조가 기방에서 한 기생에 의해 노래되었는데, 이 기생은 당시 권신이던 진복창 (陳復昌)에 의해 지은이가 누구냐는 다그침을 받았다. 이 기생이 모른다 고 해 송순이 정치적으로 무사할 수 있었다고 한다.[2]

진복창은 유자광과 더불어 조선조 악인의 전형적인 인물로 알려져 있다. 권력을 위해 스승도 무고한 '배신의 아이콘'이었다. 그 역시 정치 적인 결말이 좋지 않아 삼수갑산으로 정배되어 그곳에서 죽었다.[3]

시조와 가사의 맥은 사림파에 의해 계승되고 발전되었다. 유교, 특히 성리학의 이념을 긍정적으로 구현하기 위한 시조의 맥은 다음과 같이 그려진다. 이 그림 속에 시조사의 명편으로 손꼽히는 이황의 「도산 십이곡」과 윤선도의 「어부사시사」가 놓여 있다.

이별의 육가(六歌) → 이황의 「도산십이곡」 → 장경세의 「강호연군가」
원어부사(原漁父詞) → 이현보의 「어부사」 → 윤선도의 「어부사시사」

시조는 이와 같이 문학사적인 텍스트 상호관련성을 맺기도 했다. 시 조는 사림파의 몫이었다. 사림파가 16세기의 선조 때 정권을 잡게 됨으 로써 시조와 가사도 크게 발전할 수 있었다. 이황과 윤선도, 그밖에 정 철의 연시조 「훈민가」 등은 시조의 미학적 이념을 잘 반영한 경우라고 할 수 있다. 이 중에서 작품 한 편을 보자.

강원도 백성들아
형제 송사(訟事) 하지 마라

---

2) 김동욱, 『한국가요의 연구·속』, 선명문화사, 1975, 174~175면 참고.
3) 《조선일보》, 2015.10.24. 참고.

> 종뀌밭뀌는
> 얻기에 쉽거니와
> 어디 가 또 얻을 것이라
> 흘긧할긧 하난다.

    형제간의 우애를 교훈적인 주제로 삼은 작품이다. 흥미로운 표현은 물론 '종뀌밭뀌'와 '흘긧할긧'이다. '종뀌밭뀌'에서 '뀌'는 '따위'의 뜻인 접미사이다. 노비 따위와 논밭 따위는 얻기 쉽지만 형제는 얻기 어렵다는 것. 그런데 서로 '흘긧할긧'하고 있다. 즉 서로 눈을 흘기고 손톱으로 할키듯이 서로 헐뜯으려고 한다는 것이다. 우리말의 미묘한 시적 음영(陰影) 및 울림은 사어화된 우리말에서 각별한 친밀감을 가질 수 있다.

> 한 잔(盞) 먹세그려 또 한 잔 먹세그려
> 꽃 꺾어 산(算) 놓고 무진무진 먹세그려
>
> 이 몸 죽은 후면
> 지게 위에 거적 덮어 줄여 매여가나
> 유소보장(流蘇寶帳)의 만인이 울어예나
> 어욱새 속새 떡갈나무 백양 숲에 가기만 하면
> 누른 해 흰 달 가는 비 굵은 눈 소소리 바람 불 제
> 뉘 한잔 먹자 할꼬
>
> 하물며
>
> 무덤 위에 잔나비 파람 불 제
> 뉘우친들 어떠리

한 시대의 풍류객인 정철의 「장진주사(將進酒辭)」이다. 일종의 권주가이다. 우리나라 최초의 사설시조이기도 하다. 18세기 이후에 일반화된 시조의 장형화는, 이처럼 시대를 훨씬 소급해 16세기에도 나타나고 있다. 「농무」의 시인 신경림은 어느 날 우연히 이 작품을 성우의 낭독으로부터 듣는다. 학창 시절에 책을 통해 읽었던 것과 전혀 다른 경험을 한다. 미묘한 울림의 체험이었을 것이다. 그는 다음과 같은 감상을 남긴 바 있었다.

　　이 시를 어찌 퇴폐주의 향락주의적 소박한 권주가쯤으로만 읽을 수 있겠는가. 여기에는 삶에 대한 깊은 회한과 체념이 있고, 자연에의 순응과 귀의가 있다. 또 '누른 해 흰 달 가는 비 굵은 눈 소소리 바람'은 세월의 무상함을 얼마나 실감나게 표현하고 있는가. 이 시는 지나간 역사 속의 시로서가 아니라 오늘의 시로 읽어도 얼마든지 감동적일 수 있다.[4]

16세기의 풍류객과 20세기의 현대시인은 4백년의 격세를 넘어서 서로 공명하는 게 있다. 이것은 읽기의 감동이라기보다 우리말로 전해지는 듣기의 힘이 아닐까. 나는 이 힘을 가리켜 시대를 뛰어넘는 '청감(聽感)의 시학'이라고 말하고 싶다.

수량 면에서 그다지 많이 남아 있지 않지만 기녀의 시조 작품은 독특한 색깔을 띠고 있었다. 비록 지배계층은 아니지만 기녀들은 지배계층의 문학적인 삶 속에 존재했었다. 기녀의 작품 중에서 황진이·매창(梅窓)·홍랑(洪娘)의 작품은 주옥의 명편으로 평가되고 있다.

---

4) 신경림, 「오늘의 시인이 읽은 송강의 시」, 신경림 외 편, 『송강문학연구』, 국학자료원, 1993, 44면.

동짓달 기나긴 밤을
한 허리를 베어내어

춘풍(春風) 이불 아래
서리서리 넣었다가

어른 님
오신 날이어든
굽이굽이 펴리라.

황진이는 기녀 시가의 꼭짓점에 놓이는 시인가객이다. 겨울밤과 봄
바람, 님과 나, 서리서리와 굽이굽이 등의 우리말의 미묘한 맞울림은
이 시조의 우주 화음을 만들어내고 있다. 이 시조는 우리 시조사에서
가장 높은 경지의 언어 운용을 보여준 주옥의 명편이라고 할 수 있다.
다음은 명기 홍랑의 유일한 작품이다.

묏버들 가려 꺾어
보내노라 님의 손에

주무시는 창 밖에
심어 두고 보소서

밤비에 새 잎 돋아나면
나인가도 여기소서

16세기 말, 관리이면서 당대 최고의 시인으로 손꼽혔던 최경창과 기
생 홍랑 간의 로맨틱한 사랑 이야기를 배경으로 하는 이 작품은 최경창
을 떠나보내면서 쓴 홍랑의 시조이다.

　　홍랑의 이 시조 작품은 널리 인구에 회자하고 있다. 고려 속요 「가시리」와 함께 별리(別離)의 절창으로 평가됨직하다. 이처럼 절절하고도 곡진한 사연이 과연 노래가 아니라면 어찌 형용될 수 있었으리. 무릇 조선조 기녀의 노래에는 가녀린 곡선처럼 애원처절한 정서, 은근과 끈기, 그리움의 선율과 기다림의 절주(節奏), 사모와 간구의 정한 ……. 전통적으로 축적된 시적 경험의 총화가 짙게 배어있다.[5]

　　최경창도 「송별(送別)」이란 제목의 한시 두 편을 홍랑에게 써 주었다. 일종의 답시(答詩)라고 할 수 있다. 그 중 하나를 읽어보자.

말없이 마주 보며 유란(幽蘭)을 주노라　　　相看脈脈贈幽蘭
오늘 하늘 끝으로 떠나면 언제 돌아오리　　此去天涯幾日還
함관령의 옛 노래를 부르지 말라　　　　　莫唱咸關舊時曲
지금 비구름에 청산이 어둡나니　　　　　至今雲雨暗靑山

　　최경창이 새로운 임지로 떠나려 한다. 과거의 관기는 관청에 소속된 부자유한 신분이어서 함부로 어디론가 떠날 수가 없다. 이별의 선물로 준 유란은 향기가 그윽한 난이다. 홍랑은 지금 이별가를 부르고 있다. 이별가는 함경도 고개인 함관을 소재로 한 옛 노래다. 지금은 알 수 없는 여창가곡의 일종인 것 같다. 비구름이 청산을 어둡게 한다는 것은 다시 만남의 기약이 없다는 어두운 전망에 대한 감정이입 -자연물에 시인의 감정을 가탁한 기법- 의 소산이다.

　　전라도 부안 기생인 매창도 황진이 못지않은 명기이다. 당대의 재사

---

5) 송희복, 「사랑의 시 : 환희로운 생명의 감촉」, 『현대시학』, 1997.12 참고.

인 허균과 글벗으로 지냈다. 그녀에게 있어서의 허균은 허물없는 친구
였지 연인이 아니었다. 그녀의 연인은 불우한 천민 출신의 시인인 유희
경이었다. 서울로 떠나간 그를 위해 쓴 작품이 다음에 인용할 시조다.

> 이화우(梨花雨) 흩뿌릴 제
> 울며 잡고 이별한 님.
> 추풍낙엽에
> 저도 날 생각는가.
> 천리에 외로운 꿈만
> 오락가락 하노매.

배꽃이 비 오듯이 떨어지는 시절에 헤어지고 가을바람에 지는 낙엽
의 계절이 찾아오니 상사의 정이 더욱 사무친다. 그리움의 애절함은
하늘에 닿는 것과도 같다. 재주는 승하지만 차별적인 신분관이 뿌리
깊게 내려져 있던 시대를 불우하게 살다간 시인들의 사랑이 후세의 내
게도 참으로 애틋하다.

> 소리는
> 혹(或) 있은들
> 마음이 이러하랴
>
> 마음은
> 혹(或) 있은들
> 소리를 누가 하느냐
>
> 마음이
> 소리와 함께 나니

그를 좋아 하노라

시조 문학의 최고 경지에 오른 윤선도의 작품이다. 이 시조의 제목은 「증반금(贈伴琴)」이다. 즉, 음율과 탄금(彈琴)에 능한 벗인 권반금(權伴琴)을 위해 지어준 시이다. 소리와 마음은 하나의 경지에서 불가분의 관계를 맺는다. 노래와 노랫말의 관계를 말하는 것 같다. 1960년대에 반전을 노래한 밥 딜런도 노벨문학상을 받았다. 그에게도 노래와 시는 하나일 것이다. 그래서 세상 사람들은 그를 가리켜 현대판 음유시인이라고 부른다.

영조 이후의 시조는 평민 가객(歌客)에 의해 주도되었다. 직업적인 예인의 등장은 부호층과 왕실의 후원 등의 이유와 같은 경제적인 지위의 향상에 힘을 얻은 것이다. 가객은 이세춘·김천택·김수장·박효관·안민영 등으로 맥을 형성해 갔다. 이들은 시조집을 편찬하고, 가단을 형성하고, 새로운 음률을 계발하고, 풍류적인 삶을 향유했다. 안민영은 옛 시조의 화려한 도미를 장식한 「매화사」 8수를 남겼다. 그는 시조집 『가곡원류』를 편찬했고, 개인 시조집 『금옥총부』를 상재했다. 대원군으로부터 후원을 받고, 또 대원군을 찬양·송축하는 시조를 헌정하기도 한 그는 평민이라기보다 상류층의 삶을 살았다. 평생에 걸쳐 천하를 주유하면서 각 지방의 명기들과 친교를 한 그는 19세기말의 로맨티시스트였다.

어리고 성긴 가지
너를 믿지 아녔더니,

눈 기약(期約) 능히 지켜
두세 송이 피었구나.

> 촉(燭) 잡고 가까이 사랑할 제
> 암향(暗香)조차 부동(浮動)터라

옛시조의 대미를 장식한 안민영은 매화를 특히 사랑했다. 그의 스승인 박효관의 집에서 분재로 된, 눈이 오면 피겠다는 약속에 따라 꽃을 피우는 매화를 보고 느꺼워 지은 작품이다. 다음 아래의 작품은 재색이 겸비한 진주 기생 비연(飛燕)에 대한 러브 콜이 뜻대로 이루어지지 않자 다음과 같은 시조를 지어 추파를 던진 것으로 짐작된다. 헌화와 헌시가 잘 어우러진 작품이다. 또 본디 텍스트에서 드러난 바와 같이 한글 전용의 표기도 예사롭지가 않다.

> 자못 붉은 꽃이
> 짐짓 숨어 뵈지 않네
> 장차 찾으리라
> 굳이 헤쳐 들어가니
> 진실로 그 꽃이어늘
> 문득 꺾어 드렸노라

가사는 4·4조 음수율과 4음보격으로 된 유장한 흐름을 보여주는 갈래이다. 과거의 국문학자들은 가사를 '율문의 수필'이라고 규정하였는데, 전혀 근거가 없는 말은 아니다. 자아의 주관적 감정의 반응보다 세계의 객관적 서술묘사가 비교적 두드러지고 후기에 이를수록 더욱 명백하게 되어갔다는 점에서, 가사는 교훈적 목적을 반영한 교술문학이다.

양반가사는 정극인·정철·박인로 등이 일가를 이루었다. 정철의 가사들은 양반 관료로서의 삶의 의무를 잘 나타내고 있으며, 박인로의 가사들은 임진왜란 때 부산에서 항쟁했던 이로서 꿋꿋한 무인적(武人

的)인 기개를 잘 드러내고 있다.

정극인의 「상춘곡」은 최초의 가사 문학으로 우리 문학사의 새로운 신기원을 세웠다. 송순의 「면앙정가」는 이를 잘 계승하여 사림 문학의 강호가도(江湖歌道)를 수립했으며, 우리 시가사의 주류인 소위 '호남 가단'의 형성에 지대한 영향을 끼쳤다. 가사문학의 정점은 이른바 송강가사이다. 송강 정철이 지은 네 편의 가사는 우리 말글 문학의 진경에 도달하였다. 이 가운데 「사미인곡」 도입부를 인용하려고 한다.

> 이 몸 삼기실 제 님을 좇아 삼기시니,
> 한생 연분이며 하늘 모를 일이런가.
> 나 하나 젊어 있고 님 하나 날 괴시니,
> 이 마음 이 사랑 견줄 데 노여(전혀) 없다.
> 평생에 원하오되 한데 예자(지내자) 하였으니,
> 늙거야 무삼 일로 외오(홀로) 두고 그리는고.
> 엊그제 님을 뫼셔 광한전에 올랐더니,
> (……)
> 마음에 맺힌 시름 첩첩이 쌓여 있어,
> 짓느니 눈물이요 지느니 눈물이라.
> 인생은 유한한데 시름도 그지없다.

정철의 문학은 조선 시대에도 좋은 평을 적잖이 받았다. 신흠은 정철의 한시는 맑고 고상하고, 그의 가사는 아름답고 뜻이 깊으며, 그의 시조는 그지없이 고매하여 마치 무지개같이 영롱하며 구슬같이 아름답다고 했다.[6] 최고의 극찬이 아닌가 한다. 잘 알다시피, 김만중도 『서포만필』에

---

6) 최행귀 외, 『우리 겨레의 미학 사상』, 보리, 2006, 182면 참고.

서 정철의 가사 세 편을 두고 '우리나라의 참다운 문장'이라고 하지 않았
던가. 시인 이안눌은 누가 「사미인곡」을 부르는 것을 듣고 시를 썼다.

강가에서 누가 저 미인곡을 부르나,	江頭誰唱美人詞
외로운 조각배에 달이 지고 있는데.	正是孤舟月落時
구슬피 그리워하는 가없는 뜻일랑,	惆悵戀君無限意
애오라지 세간의 기녀만이 알리라.	世間唯有女郎知

이 시의 주제어는 추창연군(惆悵戀君)이다. 구슬피 님을 그리워하는
상한 마음이다. 여랑(女郎)이 맞을까? 맞다면 노래하는 기생이요, 이것이
오식으로 판단되어 여낭(女娘)이라면 여염집의 젊은 아낙네. 미인곡을
부른다고 했으니 창(唱)하는 기생인 듯하다. 조선 후기의 실학자 이덕무
도 정철의 무덤을 찾아간 일이 있다. 거기에서 이런 글을 남기기도 했다.

> 정철은 불행한 처지에서 나라의 운명을 걱정하는 정성을 국문 시가로
> 노래하였는데 거기에는 충성과 의분이 표현되었다. 그러므로 정철의 가
> 사와 시조 중에는 지금도 많은 사람이 즐겨 부르는 작품이 적지 않다.[7]

조선 후기 가사는 형식면에서의 산문화·장형화, 평민의 자각, 현실
세계로의 안목의 확장 등으로 특징화된다. 그것은 평민가사, 내방가사,
월령체가사, 유배가사, 기행가사, 종교가사 등으로 내용상 분화된다.
이러한 유의 가사들에는 전기 양반 관료의 가사들에서 보여준 음풍농월,
충성의 맹약, 태평성대의 구가 등이 사라지고, 실제적인 삶의 소재로부
터의 자기 발견 및 인간 생활의 영역과 견문의 확대 등이 의미의 중심부

---

7) 같은 책, 293면.

를 형성한다. 이런 점에서 볼 때, 후기 가사는 (특히 기행가사가 더욱 그러하겠거니와) 경험적 삶의 영역을 확대했다는 점에서 실사구시의 이념과 관련성이 전혀 없지 않다. 백광홍과 정철의 기행가사와 김인겸과 홍순학의 기행가사가 지향하는 이념이나 미의식은 본질적으로 다르다. 또, 후기 가사는 교술성이 더욱 강화되어 갔다. 그 끝에 종교적 교훈의 목적지향성을 분명히 드러낸 천주가사와 동학가사, 그리고 근대 전환기의 계몽적인 목적의식이 그대로 명시되어 있는 개화가사 등이 놓인다.

가사는 20세기 초에 이르러 왜곡의 과정을 겪으면서 소멸된다. 상사곡·권주가·장진주 등으로 대표되는 「십이가사(十二歌詞)」가 바로 그 경우이다. 「십이가사」는 가사의 길이가 짧아지고 후렴이 생겨나면서 전통적인 가사로부터 일탈하게 되어 기생들의 교방(教坊)에서 불리어지게 되었다. 이른바 '잡가'의 한 갈래가 되었던 것이다. 애조가 띤 그 쓸쓸한 멜로디로 인해 망국지음(亡國之音)으로 일컬어지기도 했다.

2. 김만중과 김춘택 : 우리 말글에 대한 비평적인 자각

김만중의 『서포만필』은 그의 문학관을 잘 나타내고 있다. 그는 이 책에서 우선 역사보다 문학이 우위에 놓인다고 말했다. 역사가 객관적인 사실을 중시한다면, 문학은 주관적인 상상력을 중시한다. 아리스토텔레스가 일찍이 『시학』에서 역사가 특수하다면 문학이 보편적이라고 한 것과 같다.

　『동파지림(東坡志林)』에 이르기를 '항간에 옛이야기를 하는 사람이 삼
국시대의 이야기를 할 때에 유비가 졌다고 하면 눈물을 흘리고 조조가 패
하였다고 하면 기뻐서 날뛰니 아마도 이것은 나관중의 「삼국지연의」의 영
향인 것 같다.'하였다.
　　이제 진수의 「삼국지」나 사마광의 「통감」 같은 것을 읽고 울 사람이 없
을 것이니, 이것이 곧 소설을 쓰는 까닭이다.[8]

　김만중의 문학사상에 의하면, 그는 유가적인 재도관(載道觀)에 근거
해 있다기보다 인간적인 감동의 효과에 치중한 소위 '미이동인(美而動
人)'의 관점에 기울어져 있다고 하겠다. 그는 진수의 사서(史書)인 「삼국
지」보다는 나관중의 소설인 「삼국지연의」가 훨씬 사람의 마음을 움직
인다는 사실을 깨닫고 있었다.
　김만중의 『서포만필』에서 가장 큰 의미를 가지는 것은 우리나라 시문
이 앵무새가 사람의 말을 흉내 내듯이 남의 나라 말을 배워 사용한다고
일갈했기 때문이다. 마을의 나무꾼 아이와 물 긷는 아낙네들이 흥얼거리
면서 서로 화답하는 민요가 비록 비속하다고 하나, 참과 거짓에 있어서
는 사대부의 시부(詩賦)와 비교할 수 없다고 했다. 당시로선 대단히 진보
적인 발상 전환이다. 그는 또 이어서 정철의 가사를 논하는 자리에서
「관동별곡」·「사미인곡」·「속미인곡」을 가리켜 '(이 세 작품은) 천기가 저
절로 피어올랐고 이속의 천박함도 없으니 예로부터 우리나라의 참다운
문장이다(有天機之自發而無夷俗之鄙俚　自古左海眞文章)'라고 높이 평가했
다.[9] 여기에서 천기지자발(天機之自發)이란, 1800년 콜리지와 워즈워드
가 『서정민요집』 재판 서문에서 밝힌 바 '강렬한 느낌의 자연스러운 발로

---

8) 같은 책, 191면.
9) 김만중, 홍인표 역, 『서포만필』, 일지사, 1987, 389면 참고.

(the spontaneous overflow powerful feelings)'이라고 표명한 것과 흡사한 성격을 띠고 있다. 후세에 낭만주의 선언문이라고 일컬어지고 있는 이 재판 서문의 내용은 이미 김만중에게서도 확인된 셈이다. 김만중의 『서포만필』을 보면 상상력과 영감에 관련한 시인의 주관적, 내면적 세계라는 표현론적인 시의 세계를 중시하는 듯한 암시가 도처에서 발견되는 것처럼, 그는 서양 문학의 미학적 기준이나 선입견에서 볼 때 낭만주의자임에 틀림없다.

아닌 게 아니라, 김만중의 문학에 서구 낭만주의적인 성격이 골고루 갖추어져 있다. 자유, 상상력, 영웅주의, 우울증, 이국정조, 먼 곳에의 그리움, 라틴어로부터 벗어나 로망스어로 표기하려는 의지 등등이 서구 낭만주의의 목록이다. 김만중의 문학에도 현실의 초극, 양소유적인 영웅형, 세속사에 대한 환멸, 유불 갈등, 천하의 동문(同文)인 한문보다 자국어에 가치를 높게 둔 사실 등이 드러나고 있다.

그는 문학사와 관련하여 "운이 없으면 어찌 고려의 풍요(風謠)가 되고 운이 있으면 중국인의 창작이 되겠는가?" 하는 말에서, 혹은 앞서 밝힌 바 정철론에서 인심지발(人心之發)이니 사방지언수부동(四方之言雖不同) 운운이니 하는 표현은 매우 소중하게 여겨지는 발언이어서 값어치가 대단히 높은 것이라고 아니할 수 없다. 그러나 김만중이 중국 중심의 사고로부터 벗어난 것 이상으로, 황하문명론, 화이론, 중화사상으로 이어져 온 중국 중심의 사고에서 벗어나지 못한 점이 더 많다는 사실도 간과되어서는 안 된다.[10]

김만중의 우리 말글에 관한 관심은 그의 어머니 윤씨 부인에게 받은

---

10) 송희복, 『메타비평론』, 월인, 2004, 74면 참고.

영향이 컸으리라고 충분히 짐작된다. 그가 어릴 때 이웃 사람 가운데 옥당의 아전이 된 사람에게 부탁하여 홍문관 안에 있는 사서와 『시경』의 언해를 빌려 모두 손수 베꼈는데 자획이 정교하고 섬세하여 마치 구슬을 꿴 것과 같았다고 했다.[11] 그의 우리 말글에 대한 사랑은 이처럼 원천적이요, 헌신적이었다.

김춘택은 서포 김만중의 종손이다. 노론 가문의 중심에 놓인 집안이라 그는 언제나 김만중처럼 정쟁의 중심에 놓여 여러 차례의 유배를 경험하였다. 시문이 뛰어나 문집으로 『북헌집』이 전한다. 그는 가사 중에서 정철의 「사미인곡」과 「속미인곡」이 가장 뛰어난 작품이라고 했다. 그는 '우리 집 서포 할아버지께서 일찍이 이 두 가사를 한 책에 손수 베껴 썼다.'고, 또 '내가 제주도에 귀양 와서 국문으로 또 다른 사미인곡을 지어서 정철의 두 가사에 화답하려고 하였다.' 증언한 바 있다.[12] 김만중이 송강가사를 개인 필사본으로 남겼다는 얘기는 흥미롭다. 김춘택의 또 다른 경험 이야기도 주목을 할 만하다.

> 일찍이 나는 청음(淸陰) 김상헌(金尙憲)이 「사미인곡」을 몹시 즐겨 불러서 자기 집 여종들이 모두 그것을 외우게끔 하였다는 말을 들었다. 우리 집의 춘대(春臺)라는 늙은 여종이 아이 적에 김상헌의 집에서 일을 보았는데 늙어서까지도 옛일을 떠올릴 때면 정철의 구절을 장 외우고 있었다. 김상헌이 우리나라 말로 된 가사를 이처럼 좋아하였다. 김상헌과 같은 이가 그처럼 좋아한 것이 어찌 까닭이 없겠는가?[13]

---

11) 김만중 지음, 임종욱 옮김, 『서포집』, 남해유배문학관, 2011, 297면 참고.
12) 최행귀 외, 202~203면 참고.
13) 같은 책, 202면.

이 증언이 당시의 상황을 잘 말해주고 있다. 우리가 지금 생각하는 것보다 훨씬 우리말로 된 문학에 대한 의식이 있었다고 본다. 그렇지 않으면 반가의 여종들까지 정철의 가사를 암송할 수 있었을까 한다. 김춘택은 김만중이 「사씨남정기」를 국문으로 썼다고 증언하고 있다. 김만중이 이것을 애최 한문으로 쓰지 않고 국문으로 쓴 것은 거리와 마을의 부녀자들이 다 읽고 감동하게 하자는 데 있다고 했다. 자신은 사대부를 위해 이 소설을 한역했다. 김만중이 국문으로 썼기 때문에 문장이 아름답고 빛이 난다고 했다. 한역한 자신은 이에 미치지 못한다고도 했다.[14]

3. 옛 소설에 나타난 우리말의 아름다움

조선 후기의 문학은 한글(국문) 문학의 절정기였다. 우리말의 아름다움이 문학적으로 잘 실현된 갈래는 뭐니 뭐니 해도 옛 소설이라고 할 수 있다. 허균의 「홍길동전」은 택당 이식(李植)의 증언에 의거한 것이기는 하나 정작 허균 자신의 문헌에는 전혀 나타나지 않았다. 짐작컨대, 「홍길동전」의 모본은 한문으로 표기된 수고본(手稿本)인지도 모른다. 후세에 한글본으로 정착된 것 같다. 아니면 애초부터 허균의 「홍길동전」은 존재하지 않았을 수도 있다.

학계에서는 「홍길동전」의 현존본이 한글본이기 때문에 이것의 원작 역시 국문이라고 주장한다. 이 통설은 한문원작설을 부정하는 논의로서는 충분하지 못하다. 더 나아가 「홍길동전」이 허균의 것이라고 단정

---

14) 같은 책, 204면 참고.

하는 데 아무런 도움이 될 수도 없다. 요컨대 「홍길동전」의 원본은 미궁에 빠져 있고 현존하는 이본들은 조선시대 말엽의 한글 텍스트뿐이다. 우리가 알고 있는 그 한글 텍스트는 허균, 혹은 허균 시대의 언어가 아니라 19세기 민중의 말글이라는 데 문제점이 있다.

요컨대 실물이 없는 최초의 한글 소설은 최초의 것이라고 보기 어렵다는 게 나의 소견이다. 최초의 한글 소설이 발생한 연대를 앞당기고 싶은 민족주의적인 원망(願望)은 모르는 바 아니지만, 그렇게 믿기에는 실증적 토대가 너무 허약하다.

이에 반해, 김만중의 「구운몽」과 「사씨남정기」는 그 자신이 살았던 그 시대의 언어로 남아 있다. 물론 「구운몽」의 원본은 없다. 이것이 한문으로 쓰였는지, 한글로 쓰였는지 모른다. 그럼에도 불구하고 현전하는 한글본은 그가 살던 시대의 언어이다. 그가 한글로 「구운몽」을 썼을 가능성은 높다. 다음의 두 가지 점에서 말이다.

하나는 그가 평소에 한글을 사랑했다는 점이다. 그의 어머니 윤씨부인은 어린 김만중에게 한글을 가르치며 한글 책을 제공해 주었다. 뿐만 아니라, 그는 자국문학의 정체성과 모국어 의식을 철저히 깨달았던 문사였다. 우선 그가 한글 문학을 비사리어(鄙詞俚語)로 폄하한 고루한 유학자를 비판한 글을 살펴보자. 그의 저서 『서포만필』에 나와 있는 유명한 글이다.

사람의 심정이 입으로 표현된 것이 말이 되고, 말에 절주를 붙이면 시가문부(詩歌文賦)가 된다. 여러 나라의 말이 비록 같지 않으나, 진실로 언어를 잘 구사할 줄 아는 사람이 있어 각기 자기의 언어에 맞게 절주를 붙인다면 모두 족히 천지를 감동시키고 신명에 통할 수 있는데 중국만이 그런 것이 아니다. 지금 우리나라의 시문은 제 나라 언어를 버리고 타국의 언어

를 배워 쓰고 있으니 설사 그것이 십분 흡사하게 되더라도 그것은 앵무새의
사람 말 흉내에 불과한 것이다. 시골의 나무하는 아이들이나, 물 긷는 부녀
들이 서로 화합하여 부르는 노래를 비속하다고들 하나, 그 참과 거짓을
따져 말한다면 사대부들의 소위 시부(詩賦) 따위와는 같이 논할 수 없다.

다른 하나는 김만중이 「구운몽」을 창작해 어머니를 위로할 요량이
었고 심산이었다면 사대부 여성이 주로 읽었을 소위 언문(諺文)으로 표
기하지 않고 한문으로 표기해야 할 이유나 개연성이 부족하다.

김만중의 자국어·자국문학에 대한 관심은 그 자신이 국문소설 두
편을 창작함으로써 실천적으로 입증했다. 문학사 인식에 있어서 모국
어의 권능을 회복하기 위한 외로운 분투의 결정이다. 그가 한국 문학의
최대 가치를 이재(二才)나 삼당(三唐)[15]에 두지 않고 송강 정철의 가사
들에 두었다는 것은 우리 문학의 자존심을 최대치로 고양한 것인 동시
에 근대적 산문정신의 맹아를 반증하는 것이기도 하다.

요컨대 「구운몽」은 심오한 주제의식, 치밀한 구성력에 있어서 최대
의 걸작이다. 인생의 환락이 헛된 것임을 변증법적으로 전개하여 당시
로서는 이단에 불과한 불교적 무상관(無常觀)이란 궁극적인 의미 요체
를 드러낸 것도 하나의 체제저항적인 정조 및 논조를 머금고 있다. 유
교적 합리주의와 양반 사회의 백일몽에 그가 성찰과 회의를 보이면서
세속의 삶에 대해 정신적인 승화를 강조한 것은 그의 인생관을 뚜렷이
나타낸 것이라고 하겠다. 다만 인물과 배경이 중국에 의거했다는 점이
옥의 티라고 아니할 수 없다.

---

15) 이재(二才)나 삼당(三唐)은 조선시대 한시의 최고 경지에 이른 시인을 가리킨다. 뛰어난
시재를 발휘한 두 사람의 시인 권필·이안눌이 이재이며, 당나라의 경지에까지 나아간 세
사람의 시인 최경창·백광훈·이달이 삼당이다. 이들은 모두 선조 때에 주로 활동했다.

18세기의 대표적인 소설인 「숙향전」은 대부분 한글본으로 전해지고 있다. 그런데 필자는 일제강점기에 발행된 세칭 딱지본으로 전하는 한문본을 30년 가까이 소장하고 있다. 이를 미루어볼 때, 작자 미상의 「숙향전」의 본디 텍스트는 한문본이었을 가능성이 있다. 만약 한문본이 있었다면 그것은 현토(懸吐) 및 언해(諺解)의 문체로 표기되는 단계가 있었을 것이다. 그러나 이 단계가 확인되지 않는다. 한글본 「숙향전」은 가능한 한 우리말스러운 어휘와 문장과 표현법을 두루 사용하고 있다.

> 이때 날이 저물고 인적이 끊어지니 배고파 갈 바를 아지 못하여 덤불 밑에 의지하여 어미만 부르며 우노라 하니 한 잔나비 삶은 고기 한 덩이를 물어다가 주거늘 먹으니 배는 부르나 이때 추구월이라 밤이면 찬바람이 일어나니 발이 시려 두 손으로 붙들고 우더니 어데서 황새 여남은 마리 날아와 나래로써 숙향의 몸을 두루 덮으니 춥지 아니하더라

글 표기에 안주하지 않고 우리말의 아름다움을 잘 살리려고 노력한 한 문장으로 된 유장하고도 유려한 만연체다. 이처럼 「숙향전」은 한 점에 있어서 높이 평가될 만하다. 이 소설은 한문 번역체의 기본 틀을 해체하면서 새로운 국문체를 창조해 나아가려고 했다. 이 사실은 분명히 새롭게 재평가되어야 점이라고 생각된다.

19세기에 이르면 우리 옛소설은 질량의 면에서 절정기에 이른다.

이 시기의 옛소설 중에서 가장 문학성이 높은 것으로는 판소리 대본을 소설로 재구성한 이른바 판소리계 소설을 꼽을 수 있을 것이다. 이 중에서도 가장 문학성이 돋보이는 것이라면, 국민적인 사랑을 받고 있는 「춘향전」이라고 할 것이다. 이 작품 역시 우리말을 잘 풀어내는 데도 당대의 백미이다. 다음에 인용된 부분은 '완판 33장본'에서 춘향이

가 봄기운에 못 이겨 춘흥을 드러내는 장면이다.

　　봄새 울음 한가지로 왼갓 춘정 못다 이기여 두견화도 질근 꺾어 머리에도 꽂아보며 함박꽃도 질근 꺾어 입에 가득 물여보고 옥수 나삼 반만 걷고 청산유수 흐르난 물에 손도 씻고 발도 씻고 머금어 양수하고 조약돌 덥석 주여 버들가지 꾀꼬리도 희롱하고 버들잎도 주루룩 훑어내여 물에도 훨훨 흘려보고

인용문을 보면 오늘날의 언어에 가까이 접근하고 있음을 보게 된다. 특히 춘향의 속마음을 투명하게 드러내 보이는 내면 풍경은 감각적인 묘사에 의해 하나의 광채를 띠고 있다. 참 눈부신 알몸의 언어다. 누군가가 '모국어의 속살'이라는 표현을 사용한 바 있었는데 이 경우가 가장 적확한 사례가 아닌가 한다.

　문학사의 계보에서 볼 때, 국문학자 설성경은 「춘향전」의 언어가 지닌 독창적인 꾸밈새는 19세기에 절정을 이루었지만, 20세기의 『옥중화』에 이르러서는 더 이상의 성숙을 보여주지 못했다고 평한 바 있었다.

4. 사설시조에서 본 문학적인 입말의 진경

　조선 후기 시조는 때로 안정된 형식의 질서로부터 극심한 파격(破格)의 양상을 보이기도 했다. 사회적인 세태와 풍속의 변동 양상과도 무관하지 않으리라고 본다. 특히 이 시조는 고도의 역설과 모순적 어법을 보여주고 있다는 점에서, 수사학적 표현 방식에 있어서 최고조의 수준에 도달해 있다고 해도 과언이 아닐 것이다.

중놈은 승년의 머리털 손에 틈틈 휘감아 쥐고, 승년은 중놈의 상토를 풀쳐 잡고, 두 끄덩이 마주 잡고 이 왼고 저 왼고 작작궁 쳤는데, 뭇 소경 놈이 굿 보는구나! 어디서, 귀먹은 벙어리는 외다 옳다 하나니.

작가 미상의 시조이다. 종래의 정형화된 시조가 아니라 파격의 양상을 보이는 시조다. 내용도 파격적이다. 모든 것이 모순 진술로 이루어져 있다. 잘못 돌아가는 세상에 대한 야유이기도 하다. 오늘날의 관점에서 볼 때 선(禪)적인 취향에서 보는 '화려한 난센스'의 시학이다.

19세기에는 문학 담당층의 변화도 가속화된다. 이때에 이르면 시조와 가사는 거의 평민화 된다. 평시조도 전문 가객인 중인(中人) 계층이 주도하였다. 사설시조는 거의 평민의 몫이었다. 시집살이에 불행한 삶을 영위해 가는 며느리의 애환과 고조된 불만을 내용으로 한 다음의 작품을 보자. 글말(문어)에서 입말(구어)에로의 드라마틱한 전이 양상을 잘 보여준 것이라고 짐작된다.

시어마님 며늘아기 나빠(미워) 벽바(바닥)를 구르지 마오.
　빚에 받은 며느린가, 값에 쳐 온 며느린가. 밤나무 섞은 들걸(등걸) 휘초리난 같이 알살피신(앙상하신) 시아버님, 볕 뵌(쪼인) 쇠똥 같이 되죵고신(말라빠진) 시어머님, 삼년 결은 망태에 새 송곳 부리 같이 뾰족하신 시누이님, 당피 가론(심은) 밭에 돌피난 같이 샛노란 외꽃 같은 남진 피똥 누는 아들 하나 두고,
　긴(기름진) 밭에 메꽃 같은 며느리를 어디를 나빠하시는고.

우리말의 언술 상황을 잘 보여주고 있는 작품이다. 비유적인 표현으로 인해 문학성이 매우 높다. 이 작품의 내용은 며느리인 나를 까닭 없이 미워하는 시어머니의 언행이 도화선이 되어 시집 식구들로부터

냉대를 받고 왕따를 당하는 화자 며느리의 넋두리이자 신랄한 조롱이다.

화자는 시아버지를 가리켜 고목 등걸에서 어쩌다 삐져나온 '휘초리'로 비유한다. 육체적으로 앙상하고 강퍅한 성품임을 암시하고 있다. 또 시누이를 두고 낡은 망태기에 든 날카로운 송곳같이 신경질적인 여자로 비유한다. 그녀는 노처녀로 시집도 못간 주제에 올케인 자신의 조그만 실수도 용서하지 못한다. 그럼 남편은 어떤가? 잘 자라는 좋은 작물인 당피 사이에 어쩌다 씨앗이 떨어져서 나온 변변찮은 식물인 돌피처럼 비실비실한 모습이다. 얼굴이 새노랗다면 병약한 게 분명하다. 아들도 무슨 병인지 피똥 누는 일이 잦다. 이와 같이 시집 식구들은 볼품없는 존재들이다.

이에 비해 화자인 나는 어떠한가? 나는 비옥한 밭에 탐스럽게 자란 메꽃으로 스스로 비유한다. 성적(性的)으로 왕성하고 생명력이 강한 것의 상징물이다. 자화자찬이래도 밉지가 않다. 되레 통쾌하다.

이 언술의 비대칭은 구어지향적이면서도, 또 근대지향적이다. 소박데기로 살아가던 조선시대의 여인이 있는 그대로 내뱉은 푸념의 말투라는 점에서 언어 실상의 리얼리티를 느끼게 하기에 충분하다. 이리하여 우리 문학사는 더 근대(성)로 향해 한 걸음 한 걸음 다가서고 있었던 것이다.

5. 불륜의 여인이 남긴 내간(內簡)의 필치

기록문학이 우리 문학사에 기여한 것이 적지 않다. 박지원의 「열하일기」가 진보적인 삶과 의식의 지평을 확대했지만 한문으로 쓰인 표기의 한계를 극복하지 못하였으며, 혜경궁 홍씨의 「한중록」은 우아한 우리말로 빚어진 특유의 궁중문학으로서, 궁중음악, 궁중무용, 궁중음식처럼 최상위의 전통문화를 형성했지만 가문과 당색(黨色)을 변호하는 정치적인 저의로부터 자유롭지 못하였다.

이에 비해 규중에 갇힌 여인네의 연애편지는 인간 성정의 가장 진솔한 측면을 드러낸 성질의 것으로서, 자유와 행복의 인간 승리에 값하는 사사로운 기록문학으로 남아 있는 게 아닌가 한다.

정병욱의 「내간 속의 연정」이라는 글에 소개된 옛 여인네의 한글 연애편지는 모두 세 편이다. 이 중에서도 불륜(不倫)의 자취가 뚜렷한 글이 있다. 불륜의 현장에서 사랑하는 사람을 보내고 난 다음에, 마음속의 그리움이 강하게 남아 있어 이를 못이기는 여인이 자신의 사연을 담아 당사자인 내연의 남자, 즉 사이서방에게 보낸 편지글이다. 유학적인 도덕률의 기준에 따르면 추악한 글이라고 할 수 있겠다. 만약에 남편이 있는 여인이라면, 더욱 사랑이 금기시된 경우라고 할 수 있다. 글을 쓴 이와 상대편 남정네의 정보는 전혀 없으니 두 사람을 둘러싼 정황이 사뭇 궁금해진다.

> 훌훌히 가오신 후 펼친 이불 모아 덮고 다시 누워 생각하니 허망한 일이로다. 세상에 못 할 일은 남의 님 사랑이온 듯. 전전반측(輾轉反側) 초조한 모양 남모르는 혼자 시름이오며 삐치옵셔 쉬고 태평하오신가 궁겁삽기 사연이오며 이 모양은 별고 없사오나 스스로 병 되는 일 어이하여 좋사올지 아득하여이다.

이 편지글을 보면, 남자와 여자는 불륜의 현장에 있었다. 이 현장은 정황으로 볼 때 여자의 집이다. 남자는 유부남인 것이 사실이다. 여자

역시 유부녀라면, 가장 강력한 스캔들, 또 그러면서도 문학성 짙은 빼어난 로맨스가 된다. 그런데 그럴 가능성이 적어 보인다. 오늘날의 러브호텔과 같은 비밀스런 숙박업소가 없던 시대이기 때문이다.

그렇다면 편지글의 화자인 그녀는 기생일 개연성이 충분하다. 화자는 불륜의 죄의식에 사로잡혀 있는 여자다. 그런데 기생이 내연남의 아내에게 죄의식에 사로잡힐 수도 있나? 물론 있을 수도 있다. 다만, 이것의 전례를 찾기가 수월해 보이지 않는다. 작은 집의 애첩으로 살아갈 수 있다는 무수한 전례에서 보듯이, 기생첩은 그다지 한 남자의 아내에 대한 죄의식을 크게 가지지 않았을 것이다.

오히려 내 개인적인 의견이 있다면, 여기에서의 화자는 청상(靑孀)이 아닌가 한다. 주변의 쑥덕공론으로 인해 버젓이 유부남과 교제할 수도 없는 청상 말이다. 편지글을 보니, 서른 고개를 좀 넘은 듯이 짐작되는 유부남과, 아직은 20대 초반의 애젊은 과부 사이에 있었던 사랑, 금지된 정염의 불꽃이 타오르는 그런 육체적인 사랑이 내 상상력을 자극하고 있다.

어쨌든 간에, 이 편지글을 오늘날의 독자들이 이해하기 좋게, 맥락에 알맞은 현대어로 다시 옮겨보려고 한다.

> 미련 없이 가신 후 펼쳐진 이불을 모아서 덮고 제가 다시 누워서 생각하니, 우리 사랑도 허망한 일이구나 하고 생각합니다. 세상에 정말 못할 일은 남의 지아비(남편)를 사랑하는 것이 아닌가 합니다. 누운 몸을 이리저리 뒤척이면서 초조해하는 내 처량한 모습이야말로 남이 모르는 혼자 시름일 것입니다. 다리를 뻗어 쉬면서 태평하신가 하고 사연이 궁금하기에 소식을 전합니다. 저는 별고 없으나 스스로 그리움의 병이 되는 일을 어찌해야 좋을지 몰라 마음이 실로 아득합니다.

당해의 편지글에서 재미있는 표현 하나가 있다. 다름이 아니라, '혼자 시름'이라고 하는 표현이 바로 그것이다. 옛 글에 띄어쓰기 개념이 없으므로, 이 말은 한낱 합성어로 사용되었을지도 모르는 일이다. 이것은 한자어 '고독(孤獨)' 이전에 이미 사용되었던 우리의 소중한 토박이말인 것이다. 지금이라도 고독을 대신하여 '혼잣시름'이라는 낱말로 복원해 사용했으면 좋겠다. 우리말이 이와 같이 알맞게 사용되면 될수록, 사람의 성정 역시 그만큼 한결 더 절실해지는 것은 아닐까.

좀 오래된 얘기지만, 문학의 원론을 깊이 천착한 누군가가 문학을 가리켜 '가치 있는 체험의 기록'이라고 정의한 바 있었다. 물론, 썩 흔쾌하게 수용할 만한 문학의 정의는 아니다. 가치가 있다는 것의 기준이 지극히 상대적이기 때문이다. 시대마다 도덕적인, 심미적인 기준이 서로 다르다. 유교의 도덕률이 지배하던 조선 시대에 연주지사(戀主之詞), 효행록, 열녀전 등이 가치 있는 체험의 기록인 것은 어김없는 사실이다.

우리나라만큼 연애와 섹스에 대해 비평적으로 인색한 문학은 없다. 반면에, 전통적인 관습으로나, 오늘의 시각에 있어서나, 일본 문학의 소재주의에는 호색의 취향이 물씬 감지된다. 나는 이 대목에 이르러 우리의 경우에, 아직도 남녀상열지사를 탓하는 유교의 망령이 우리 문학의 언저리에 맴돌고 있지 않는가 하는 물음을 슬쩍 던져보고 싶다.

국문학자 정병욱이 에세이 「내간 속의 연정」을 발표한 지도 반세기가 넘었다. 아직도 비평가·학자들은 내간의 문학성을 인정하려 들지 않거니와, 당해의 편지글도 대중에게 전혀 알려져 있지 않다. 옛 여인이 쓴 불륜의 연애편지라서 추악하기 때문일까. 세인들이 이 글이 추악하다고 생각해도 당사자들은 선미(善美)한 것이라고 생각하였는지도 모른다. 아니, 자신들의 사랑을 두고, 로맨틱한 것, 쓰디쓰지만 달콤새

콤한 것, 지선지미한 염사(艶事)라고 자위했을지도 모른다.

6. 근대의식의 점진적인 맹아

조선 후기 문학에 근대의식의 점진적인 맹아가 엿보이는 것은 사실이다. 이 사실은 조선 후기의 사회 변동과 일정한 상동성(homologie)의 관계를 띠고 있다. 조선 후기의 사회변동은 신분제의 동요와 경제 구조의 변화에 의해 나타났다. 김윤식·김현의『한국문학사』에 "역관 중심의 중인 계급의 개화와 신분이동의 격화가 조선 후기 사회에 지대한 영향을 미친다."[16]라고 기술되어 있거니와, 무엇보다도 자연 경제에서 화폐 경제로의 이행과 상업자본의 대두는 문학사적 변동에 영향을 미치지 않을 수 없었다. 예컨대, 「허생전」은 독점(獨占)의 개념을 보여 주었고, 「이춘풍전」은 상인(商人)의 형상을 묘파하고 있으며, 「흥부전」은 화폐의 위력을 나타내고 있다. 시조창을 업으로 하는 가객(歌客)과 소설낭송을 업으로 하는 전기수(傳奇叟)의 등장, 또한 아전 신분으로 부를 축적하여 판소리 대본을 기록하고 수정한 신재효 등의 예에서 볼 때 문학 유통의 새로운 변화는, 문학도 팔고 사는 행위의 일종일 수 있다거나, 예술이란 경제적인 여유 이후에 향유하는 것일 수 있다거나 하는 인식의 가능성에 점진적으로 눈을 떠갔다는 증좌가 될 것이다.

그러나 진정한 의미의 우리 근대문학의 형성은 영정조 시대로 소급될 수는 없었다. 영정조 시대에서부터 19세기 말에 이르는 기간을 근대선행기, 근대문학에로의 이행기, 아직 때가 이르고 미성숙한 초기근대

---

16) 김윤식·김현,『한국문학사』, 민음사, 1997, 66면.

(Early modern) 등으로 표현될 수밖에 없다.

　판소리계 소설은 근대의식의 맹아를 잘 드러내고 있어 상하층 모두
가 향유했던 국민적인 종합예술 판소리를 계승한 것이다. 그 기원은
서사무가설과 근원설화설로 대변된다.

　판소리에 소설의 주제의식이 현실주의를 지향하고 있다는 것이 주
목의 대상이 된다. 물론 여기에 중세적 지배 이념과 관념적 인과론이
없는 것은 아니지만, 신분적 제약으로부터의 인간 해방 및 인격의 실
현, 여성 신분의 급격하고 가파른 수직 이동, 민감하게 변화된 금전적
인간관계, 무명 병사들의 설움풀이, 권력에 대한 희롱, 원시적인 에로
티시즘 등은 민중의 집단적 욕망을 분출하는 축제인 동시에 현실주의
세계관에로 향한 입문식과도 같다.

　판소리계 소설 중에서 가장 독특한 가치를 발하고 있는 것은 「변강쇠
전」이다. 이것의 모본은 판소리 「가루지기타령」(일명, 횡부가 혹은 변강쇠
타령)이다. 천하잡놈 변강쇠와 음녀 옹녀가 청석골에서 우연히 만나 부
부가 되어 질펀하게 육체적으로 농탕친다는 이 이야기는 1949년 이명선
이 '조선 연(軟)문학의 최고봉'이라고 평가한 이래 거의 학문적 논의의
대상이 되지 못했다. 이 소설은 궁민화(窮民化)되어가는 하층 유랑민의
처참한 삶을 통해 조선 후기의 사회적 환경을 가장 절실하게 묘사했다
본능적인 음란과 원색적인 색욕은 상층의 위선적 윤리에 대한 강렬한
폭로성을 띠고 있다. 이 소설에 등장한 행상인(行商人)·풍각장이·사당
패·중인·향리 등의 각양각색의 인간 군상은 당대 기층 사회의 총체성에
접근한다. 리얼리즘의 승리에 값하는 것이라고 아니할 수 없다. 재해석
과 재평가가 요구되는 작품이다.

제3부

고전문학 작가작품론

I

국문학사 전환기의 군주 시인

고려 예종 왕우

고려 시대를 대표하는 군주 시인으로는 단연 예종(睿宗) 왕우(王俁, 1079~1122, 재위 1105~1122)를 손꼽을 수 있다. 숙종의 맏아들로 태어났으면서도 후계자의 자리를 아우에게 빼앗기고 왕태자 아우의 갑작스런 죽음을 둘러싸고 또 다른 권력 암투의 우여곡절을 겪은 다음에야 비로소 부왕의 승하와 함께 27세의 나이로 왕위에 오른 그였다. 그의 정치관은 이상주의의 성격을 띠었다. 이를테면 요순 시대의 낙원을 그리워하는 왕도(王道)의 실현이라고 할 수 있겠다. 그는 감옥이 없는 세상을 꿈꾸었고, 이것의 실천으로 옥공(獄空) 정책을 표방했다. 이처럼 고려 예종은 왕위에 오르자마자 파격적인 개혁 드라이브 정책을 펼치게 되는데 즉위한 지 두 달도 되지 않아 지방의 토착 비리를 예방하고 백성의 삶의 질을 높이기 위한 교서를 내린다. 교서의 일부는 이렇게 씌어졌다.

지금 여러 지방의 주군 수령들 중 백성을 진심으로 돌보아주는 청렴한 자는 열에 한 둘도 없다. 모두가 이익을 탐내고 공명에 팔려서 사욕을 채

우며 백성을 박해하고 있다. 이때문에 유랑하고 도망하는 백성이 속출하여 열 집 중 아홉 집은 비었으니 심히 마음 아픈 일이다.[1]

예종의 애민사상은 어릴 때부터 길들여진 문학적 소양에서 비롯된 것이다. 그가 재위 중에 신하들과 시를 주고받은 일이 잦았다. 시로써 군신이 소통하고자 했던 예는 전무후무한 일이다. 그가 죽은 후에 그와 신하들이 주고받은 시를 사후에 모아 시집을 내었는데 그 시집의 표제가 『예종창화집(睿宗唱和集)』이다. 그런데 아쉽게도 이 시집은 오늘날에 전해지지 않고 있다.

시를 무척 애호한 예종의 많은 한시가 사라져 현전하지 않지만, 『파한집』에 기록되어 있듯이, 그가 곽여(郭璵, 1058~1130)에게 준 시 한 편이 남아 있다. 그가 개성 동쪽에 위치한 약두산(若頭山)의 기슭에 있던 곽여의 집을 방문하였으나 때마침 부재중이어서 벽에 시를 써 붙이고 돌아왔던 것이다. 이 시는 예종의 문학적인 의미를 논하는 데 있어서 매우 중요한 자료가 된다.

어느 곳이든지 술을 잊기는 어려운데,	何處難忘酒
진인을 찾아왔다가 만나지 못하고 돌아가네.	尋眞不遇回
서창에는 석양빛이 밝은데,	書窓明返照
옥전은 불 꺼진 재에 가렸도다.	玉篆掩殘灰
방장에는 지키는 사람 없고,	方丈無人守
선계의 사립문은 종일토록 열려 있네.	仙扉盡日開
동산 꾀꼬리는 고목에서 울고,	園鶯啼老樹
뜰의 학은 검푸른 이끼에서 졸고 있네.	庭鶴睡蒼苔

---

1) 한국인물사연구원 편저, 『알기 쉬운 고려왕 이야기』, 도서출판 타오름, 2009, 270면.

도(道)의 의미를 누구와 함께 이야기하겠는가,   道味誰同話
선생이 가서 오지 않는데.   先生去不來
　　　　　　　　　　　– 예종의 「하처난망주」『파한집』 권 中2)

　고려 16대 국왕인 예종은 동궁 시절부터 측근에 요좌(보좌역)를 두었
다. 예종은 천성이 명철하여 일찍이 동궁에 있을 때에도 어진 선비를
예로 대접하였다(「고려사절요」, 예종 17년 4월). 그가 왕위에 올랐어도 요
좌 세력은 건재했다. 김황원·이중약·은원충·곽여 등이 왕의 요좌 세
력을 형성하고 있었다. 요즘 말로 하면 비선 실세라고 하겠다. 이들은
미관말직이거나, 아예 벼슬이 없었다. 이들 가운데 가장 중시될 인물
이 곽여인데 처사 –벼슬이 없는 선비– 였다. 이들은 현실 정치와 일정
한 거리를 두면서 도가적인 경향을 띠고 있었다.

　곽여는 1083년 이자현과 함께 과거에 급제했으나, 두 사람 모두 벼슬
길을 포기했다. 이런 사람들을 두고 당시에 처사방(處士榜)이라고 불렀
다. 곽여는 오사모(烏紗帽)를 쓰고 학창의(鶴氅衣)를 입고 궁중을 출입할
만큼 도가적인 생활에 충실했다. 별명조차 금문우객(金門羽客)이었다.
예종과는 매우 절친했다. 예종은 (국학진흥책을 도모하려고 한 것처럼 보이듯
이) 곽여를 1년 이상 궁전에 머물게 해 함께 술을 마시면서 시를 짓고
정치를 논했다. 사서의 기록에 의하면, 1115년 9월에, 곽여가 있는 곳에
행차해 술을 두고 문장을 논하면서 새벽녘에야 파했다. 이듬해 4월에는

　　병인 : 곽여에게 시를 짓게 하고, 왕이 이를 화답했다.
　　무진 : 곽여를 불러 주연을 베풀고, 왕이 시 3편을 지어 곽여로 하여금

---

2) 이상각, 『열정과 자존의 오백년 고려사』, 들녘, 2010, 210면 재인용.

　　화답케 했다.
　　병자 : 영명사에 이어(移御)해 곽여를 불러 주연을 베풀고 시를 창화했다.

라고 『고려사』는 서술하고 있다. 두 사람은 이 달에 적어도 세 차례나 만나 술을 마시면서 시를 썼던 것이다.[3]

　　예종이 곽여의 집을 찾아가 남긴 시편 「하처난망주」의 본문에서 보듯이 곽여에게 예를 갖춘 것으로 보인다. 곽여가 과거를 급제할 나이에 예종이 4세인 것으로 보아 연령의 차가 20년 가까이 나는 것으로 여겨진다. 벼슬 없는 선비의 집을 예고 없이 방문하거나, 시에 진인(眞人)이니 선생(先生)이니 하는 말을 남기거나 한 것은 국왕으로서 신하에게 예를 다한 것처럼 보인다. 곽여 역시 부재중에 찾아온 국왕을 위해 감사의 내용이 담긴 시를 남겼다.

어느 곳에서나 술 잊기 어려워	何處難忘酒
헛되이 임금 수레 돌아가게 했네.	虛經寶輦回
재상 댁 작은 잔치 따라갔다가,	朱門追小宴
단약 달이는 부엌에 찬 재만 남게 했네.	丹竈落寒灰
밤새 마시다 술자리 끝나니,	卿飲通宵罷
성문이 새벽을 기다려 열리네.	天門待曉開
지팡이 짚고 봉래산 길 찾아 돌아오니,	杖還蓬島逕
나막신에 서울 이끼가 어지럽구나.	屐惹洛城苔
나무 아래 청의동자 말하기를,	樹下青童語
구름 사이로 임금님께서 오셨었다고.	人間玉帝來
자라집 같은 동산재에 적막함이 많은데,	鰲宮多寂寞

---

3) 김병인, 『고려 예종대 정치세력 연구』, 경인문화사, 2003, 60~63면 참고.

임금님 수레 타시고 오래 배회하시다.	龍馭久徘徊
뜻이 있어 곧 붓을 뽑아 시 지으시고,	有意仍抽筆
사람 없이 홀로 대(臺)에 오르셨다.	無心獨上臺
일월 같은 용안 뵙지 못하고,	未能瞻日月
도리어 먼지 속 향한 것이 한스러워,	却恨向塵埃
머리 긁적이며 섬돌 아래 서 있다가,	搔首立階下
돌 모퉁이에 기대어 수심 머금네.	含愁傍石隈
이때 술 한 잔 없으면,	此時無一盞
마음을 어찌 달래랴.	豈慰寸心哉

– 곽여의 「동산재응제시」 전문4)

곽여의 시는 김인환 역해의 『고려 한시 삼백수』(2014)에 세 편 실려 있어 고려 시단의 중요한 시인임을 말해주고 있다. 예종과 곽여의 시적 교유는 한 시대의 긴요한 그물망을 문학사적으로 형성하고 있다.

예종은 내정과 문치를 표방하였으나 실제로는 대외 관계가 불안정 했고 전쟁도 한 차례 있었다. 그가 왕위에 오를 즈음에 북방에선 요를 세운 거란족이 약화되고 대신에 금으로 통합되어가는 여진족이 약진하고 있었다. 여진족의 일파와 충돌하게 됨은 불가피했다. 여진족과의 전쟁 초기 양상이 유리하여 동북방 지역에 9성을 개척했다. 그 역시 고구려 고토를 수립했다고 하여 기뻐했다. 그러나 기쁨도 잠시. 전쟁은 장기적인 소모전의 양상을 보였다. 고려의 평화를 위해 끊임없는 반환 요구에 응하지 않을 수 없었다. 9성 지역에 머물 여진족 추장들에게 충성과 조공을 맹세하는 선에서 여진족과의 3년 전쟁은 막을 내렸다. 이로부터 6년 후 여진족의 강력한 추장 아골타(阿骨打)가 여진족을

---

4) 김인환 역해, 『고려 한시 삼백수』, 문학과지성사, 2014, 36면.

통일하여 지금의 흑룡강성 어느 곳에 도읍을 정해 금 제국의 황제로 등극했다. 지난번 예종과 맞선 추장 오아속(烏雅束)의 조카라고 한다.

예종은 요와 금의 틈서리에서 실리적인 등거리 외교로 전환기의 위기를 타개해갔다. 요와 금의 전쟁 상황을 예의 주시하던 그는 고구려 고토임을 주장해 아골타로부터 점유의 승인을 받은 땅도 있었고, 요가 철수하던 영토를 압록강까지 확장하였다. 금의 도움이 있었다. 이에 고려는 120여 년간 사용해오던 요의 연호를 폐지하고 외교 관계를 단절하였다. 요컨대 예종은 죽음 직후에 당대의 사관으로부터 '17년간 통치는 후세의 모범으로 될 만하다.'5)라는 평가를 받았다. 뿐만 아니라, 그는 북송의 선진 문화를 받아들여 유학의 발전에 기여하는 등 고려 문화를 한 단계 끌어올린 명군이었다고 한다.6)

예종은 마지막 향가로 남아있는 「도이장가(悼二將歌)」를 지음으로써 국문학사에 기여한 면모도 뚜렷하다. 태조 왕건이 견훤과 싸우다가 궁지에 몰렸을 때 왕건을 대신하여 전사한 장군 신숭겸과 김낙의 공을 높이 치하하기 위해 만든 노래이다. 이 노래는 8구체 향가의 형식으로 이루어져 있다. 두 공신의 마음과 넋과 몸을 나누어 추모, 찬양하고 있음에 주목된다고 하겠다.

> 님을 온전케 하온 마음은
> 하늘 끝까지 미치니,
> 넋은 가셨으되 몸 세우고 하신 말씀.
> 직분 맡으려 활 잡는

---

5) 한국인물사연구원 편저, 『알기 쉬운 고려왕 이야기』, 도서출판 타오름, 2009, 287면.
6) 이상각, 『열정과 자존의 오백년 고려사』, 들녘, 2010, 201면 참고.

이 마음 새로와지기를
좋다, 두 공신이여 오래오래
곧은 자취를 나타내신저.

이 「도이장가」는 고려 왕조의 건국 과정에서 자칫 잊혀지거나 축소될 수 있는 역사의 행적을 강조함으로써 그 정통성의 확보라는 정치적인 의도가 담긴 노래라고 할 수 있다.

또 예종은 「벌곡조(伐谷鳥)」라는 노래를 지었다. 『고려사』 악지에 의하면 예종이 자기 잘못이나 정치의 득실을 알고자 하여 언어를 크게 열었으나 신하들이 두려워 말을 하지 않으려고 하자 이 노래를 지어 신하를 풍자했다고 한다. 이 노래는 『시용향악보』에 실린 고려 속요 「유구곡(維鳩曲)」과 같은 노래라고 추정되기도 한다. 이 「벌곡조」 역시 향찰로 표기된 것일 수 있다는 추정도 하나의 가능성을 얻고 있다.

고려 예종 왕우(王俁)는 향찰로 기록된 노래 「도이장가」와 한시 「하처난망주」만이 분명히 현전하고 있다. 속요인 「벌곡조」와 「유구곡」의 상관관계는 확실하지 않고 의견만 분분하다. 단 두 편의 작품이 현전한다고 해도 그는 문학사적으로 매우 중요한 작가이다. 그는 국문학사의 결정적인 전환기에 놓여 있다. 그는 향가의 도미(掉尾)를 장식한 시인이요, 속요를 지어 한글 표기의 문학이 도래할 시기까지 구전하게 했을지도 모를 가능성을 남기기도 했던 것이다.

II

갈대꽃은 저물녘의 가을바람에 흔들리네

정서의 「정과정곡」

1. 단 한 편의 작품을 남긴 작가, 그가 남긴 단 한 편의 시가

정서(鄭敍)는 단 한 편의 시가를 남긴 작가이다. 노래로 불리는 짧은 시 한 편을 남긴 시인으로서 이처럼 역사적으로나 문학적인 평판에 있어서 유명한 사람은 전(全)세계적으로 유례가 없을 성 싶다. 그에 관한 정사(正史)의 기록은 그의 아버지를 다룬 기사인 『고려사』 열전 정항전에 덧붙여져 전해져 오고 있다.

여기에 의하면, 그는 벼슬이 내시낭중(內侍郞中)에 이르렀다. 이 벼슬의 품계는 그다지 높지 않다. 그가 아직 젊었기 때문에, 당시의 그는 중간층 관료에 머물고 있었다. 그가 비록 품계는 높지 않았지만 종실의 핵심 인물들과 관련을 맺고 있었으며, 인맥이 닿은 사람들은 왕권과 직, 간접적으로 관련이 있었다.

그의 성정을 두고 경박하다고 했다. 다만 인간으로서의 장기가 있다면, 재주와 기예를 갖추고 있었다는 것.

왕(의종)의 주변에 있는 사람들이 그를 모함했다.

뿐만 아니라 대간(臺諫)에서도 그를 탄핵했다. 탄핵의 내용은 이런 것이었다. 정서는 종실들과 은연중에 친교를 맺어, 밤마다 모여 술놀음을 한다. 왕은 정서를 그 자신 집안의 세거지인 동래로 유배를 보낸다. 왕은 그에게 조의(朝議)에 몰린 일이니 머잖아 다시 소환하게 될 것이라고 했다. 하지만 그를 부르지 않았다. 그의 귀양살이는 거의 20년에 이르렀다. 그는 적소(謫所)의 밭에서 오이를 재배하면서 밭의 언저리에 정자를 지었다. 그가 자호를 과정(瓜亭)이라고 한 까닭도 여기에 있다. 그는 왕에 대한 그리움을 거문고로 연주하면서 노래했다. 그 가사는 지극히 처량했다.

대체로 이러한 내용들이 정사 『고려사』에 담겨 있다.

정서가 왕이 자신을 부를 것이라는 약속을 저버리자 원망하지 않고 왕에 대한 변함없는 충성의 시심을 가다듬는다. 이 가다듬은 시가가 저 불후의 명작인 「정과정곡」인 것이다. 이 노래는 그가 남긴 작품 가운데 유일하게 현존하는 것이기도 하다. 이 작품에 관한 기사 역시 『고려사』 악지(樂志)에 실려 있다. 작가가 남긴 단 한 편의 시가인 이 노래를 소개한 정사의 내용은 다음과 같다.

> 정과정은 내시낭중 정서가 지은 것이다. 그는 스스로 과정이라고 했는데 외척과 혼인을 맺어 인종의 총애를 받았다. 의종이 즉위하자 그 고향인 동래에 돌려보내면서 이르기를 '오늘 귀양을 가게 된 것은 조정의 논의에 따른 결과이니 머잖아 그대를 소환할 것이다.'라고 했다. 그는 동래에 한참 머물러 있었으나 자신을 부르는 명령이 도착하지 않자 거문고를 어루만지면서 노래했는데, 그 노랫말은 자못 슬퍼서 비탄에 젖어 있었다.

인용문은 『고려사』 악지가 객관적으로 밝혀 놓은 「정과정곡」의 유래
에 관한 것이다. 이 노래는 군신간의 소통이 없었거나 또 다른 정치적
인 이유로 말미암아 약속이 지켜지지 않았음에 대한 안타까움과 비탄
의 노래이다.

2. 정과정곡 노랫말의 뜻을 풀어온 어석(語釋)의 내력

정서가 소인배의 모함을 받고 동래로 유배형을 당한 때는 고려 의종
때인 1151년이었다. 그에게 있어서의 동래는 조상들의 고향, 즉 상재지
향(上梓之鄕)이었다. 그가 유배되어 내려올 때 왕으로부터 정치적인 복
권에 대한 약속을 받았지만 약속이 지켜지지 않았다. 그는 한스럽게
우짖는 접동새에 자신을 투사하면서 애절한 정조, 처절한 하소연의 노
래를 짓는다. 이 노래는 충신이 임금을 그리워하는 것의 모범적인 텍스
트로 높이 평가되어 왔다.

      (前腔) 내님믈 그리ᄉᆞ와 우니나니
      (中腔) 山 졉동새 난 이슷ᄒᆞ요이다
      (後腔) 아니시며 거츠르신ᄃᆞᆯ 아으
      (附葉) 殘月曉星이 아ᄅᆞ시리이다
      (大葉) 넉시라도 님은 ᄒᆞᆫ디 녀져라 아으
      (附葉) 벼기시더니 뉘러시니잇가
      (二葉) 過도 허믈도 千萬 업소이다
      (三葉) 물힛 마러신뎌
      (四葉) 술읏브뎌 아으
      (附葉) 니미 나ᄅᆞᆯ ᄒᆞ마 니ᄌᆞ시니잇가

(五葉) 아소 님하 도람 드르샤 괴오쇼셔

이 노래를 처음으로 풀이한 사람은 양주동(1947)이다. 그가 어석한 것은 한 동안 해석의 전범으로 공인되어 온 게 사실이다. 다른 용례가 보이지 않은 '믈힛'은 그에게 '믈핫(말)'의 오각(誤刻)으로 간주된다. 요컨대 '믈핫말'은 무리의 참언(讒言)이다. 간신들의 모함에 의한 말 때문에 지금 자신이 곤궁한 처지에 빠졌음을 말하고 있다. 그러나 '아니시며 거츠르신둘'에서 주체높임 선어말어미인 '시'를 특별한 이유도 없이 비존칭으로 처리했다는 점이 문제점으로 남아 있다. 양주동의 어석에 의한 텍스트 정본은 다음과 같다.

> 내 님을 그리워하여 울고 있더니
> 산 접동새와 나는 비슷하오이다
> (신하들의 참소가) 참이 아니며 망위(妄僞)인 것을 아아
> 잔월효성이 알고 있습니다.
> 넋이라도 님과 같은 곳에 가고 싶어라 아아
> 우기시던 이 누구였습니까
> 저는 과실도 허물도 천만 없습니다
> 믈핫말인 것을
> 슬프도다 아아
> 님이 나를 장차 잊으셨습니까
> 아서라 님이시여 잔사설 들어시어 사랑하소서

여기에서 좀 더 진전된 어석은 강길운(1960)의 경우에서 찾을 수 있다. 그는 난해한 부분을 해석하는 데 치중하고 있다. '아니시며 거츠르신둘 아으'는 '님께서 머잖아 불러주겠다고 하신 말씀이 그저 위로에

그치는 아무 것도 아니신, 즉(卽) 허망하신 줄 모르고 미련스럽게 나는
곧이들었구나, 아'로 해석된다. 또 주장하다는 사람의 구체적인 설명
도 밝히고 있다. 이를테면, 그 사람은 저에게 허물이 없다고 주장하시
던 분이다. '몰힛 마러신뎌'도 난해한 부분이다. 강길운은 이 부분을
'무릇(대저) 불러들이기를 그만두신 거로구나'로 풀이하였다.

> 강길운(1960)에서의 정과정곡 노랫말 뜻풀이에는 몇 가지 특징이 있
> 다. 그것은 양주동(1947)에서 제대로 밝혀지지 않았던 '아니시며'에 있는
> 주체 높임을 나타내는 '-시-'의 주체를 밝혀놓았다는 점과 '벼기시더니'
> 에 대한 구체적인 설명이 있으며, '몰힛 마러신뎌'에서 '몰힛'은 '무릇'으
> 로, '마러신뎌'는 '그만 두셨구나'를 풀이하였다는 점이다.
>
> (『과정문학의 재조명』, 20면)

강길운이 제시한 역본 텍스트는 상당히 합리적인 해석으로 평가될
수 있다. 양주동의 미흡한 부분을 보완했다고도 말할 수 있을 것이다.
그 이후의 해석 가운데 가장 독창적인 것은 권영철(1968)의 것이라고
하겠다. 그의 역본 텍스트에서 단연 주목되는 부분은 문제의 '아니시며
거츠르신돌'이다. 그는 이를 두고 '개성 조정에 아니 이시며(있으며) 거
츨(동래)에 이신돌(있는줄)'로 풀이했다. 형태소 분석이 가능하다면 다음
과 같은 그림이 그려질 것이다. 즉, '아니+이시+며, 거츨+으(에)+이
시+ㄴ돌'인 것이다. 이렇게 되면 양주동 이래에 문제로 남아있던 주체
높임 선어말어미 '시'의 아포리아가 말끔히 해소된다.

원문 '거츠르신'은 일반적으로 '거짓인 줄은' 혹은 '허황된 줄은'으로
풀이되어 왔으나 권영철의 학설을 계기로 일부 향토 국문학자들은 이와
유사한 맥락의 '거칠뫼의 달' 곧 '황령산(荒嶺山)의 달'로 이해하기도 한다.

어쨌든 정과정곡의 노랫말 중에서 가장 난해한 것은 '믈힛 마러신뎌'
인데 이것을 '힛말' 즉 이항지어(里巷之語)로 보는 이도 있다. 황병익(2004)
의 새로운 견해가 바로 그것이다. 다름 아니라 이것이 항간에 떠도는
믿지 못할 와언(訛言)이라면, 마을에 떠도는 말을 뜻하는 바 '마을엣말'이
라고 하는 것은 어떨까?

따라서 양주동 이래 여러 학설을 종합적으로 수용해 모범적인 역본
텍스트를 작성해보면 대체로 다음과 같이 될 것이다.

> 내가 님을 그리워해 울고 있더니
> 산 접동새와 비슷하옵니다.
> 제가 개성이 아닌 동래에 있는 줄은 아아
> 기우는 달 새벽별이 알 것입니다.
> 넋이라도 님과 함께 가고 싶어라, 아아
> 저의 죄를 우기시던 이 누구였습니까?
> 저에겐 잘못도 허물도 전혀 없소이다.
> 터무니없는 마을엣말이고녀!
> 슬프도다, 아아
> 님이 나를 벌써 잊으셨습니까?
> 맙소사 님이시여, 다시 돌이켜 사랑하소서.

3. 충신연주지사와 남녀상열지사

고려가요는 잘 알다시피 고려 시대에 고려인의 사상이나 생활감정을
잘 나타낸 노래이다. 주지하듯이, 고려 시대에는 다양한 갈래의 노래들
이 존재했었다. 향가의 전통을 계승하여 향찰로 표기한 균여의 「보현십

원가」가 있으며, 민간에 구전으로 전승되다가 어느 시기에 이르러 문자로 정착된 속요가 적잖아 남아 있으며, 고려 후기 신흥 사대부의 계급적 성장과 무관하지 않는 경기체가가 생성되었으며, 그 밖에 한역가(漢譯歌), 가송(歌頌), 시조 등이 단편적으로 남아있다.

이 중에서도 가장 문학성이 우수한 것은 속요(俗謠)라고 할 수 있다. 한때 고속가(古俗歌)라고도 이름을 붙이기도 했던 속요는, 작가미상, 3음보, 후렴구 등의 공통점을 지니고 있는 것이 특징으로 지적된다. 참고로 비교하면, 조선 시대의 속요는 잡가(雜歌)로 이름되는 것인데, 이는 민요보다 음악적으로 세련되지만 정가(正歌)나 시조에 비해 품격이 떨어진다는 의미로 쓰인 명칭이다.

신라인들이 자기네의 노래를 향가라고 일컬은 것과 마찬가지로, 고려인들은 자기네들의 노래인 속악·향악의 노래 이름을 별곡(別曲)이라고 했다. 별곡의 형식은 짐작컨대 나례·잡희·백희 등의 무대 위에서 불리는 토착적인 악곡의 요청됨에 따라서 생겨났던 것 같다.

고려가요의 대표적인 노래는 조선 시대에 이르러 정서의 「정과정곡」이 손에 꼽혔다. 이 노래가 유교적인 가치관에 알맞는 충절의 노래, 즉 충신연주지사이기 때문이다. 그것의 문학(사)적인 가치는 충신연주지사로서 후대의 노래에 많은 영향을 미쳤다는 데 있다.

정서의 「정과정곡」은 고려 속요 중에서 작가의 신원이 유일하게 알려져 있는 작품이다. 12세기 중반에 지어졌던 점이나 형식적인 면에서 볼 때, 이 작품은 향가와 속요의 과도기적 작품으로 간주하는 것이 옳다고 본다. 이 노래의 악곡은 속악에서 가장 빠른 템포인 삼진작(三眞勺)이다. 내용이 매우 애틋하고 처연한 가운데 진실된 충성심의 발로라는 점에서 오랫동안 이른바 '충신연주지사'의 전범으로 여겨져 왔으며,

궁중의 전악(典樂)으로 진중히 보존되어 뭇 사대부들이 귀감으로 삼아
왔다. 이것이 충신의 노래로서 널리 애송되는 과정에서 훗날 송강가사
(松江歌辭)의 원류가 되기도 했다.

충신연주지사의 대척점에 소위 '남녀상열지사'가 놓여 있다. 고려
속요의 내용은 대체로 민간의 습속이나 생활감정, 또는 남녀 간의 애정
등으로 이루어져 있다. 이 중에서 남녀 간의 애정이 유교적 윤리관의
기준에서 정도가 지나친 것을 두고 음사(淫詞)니 망탄(妄誕)이니 하면서
조선조 집현전 학사들에 의해 국고정리(國故整理)가 이루어질 때 기록
에서 삭제되었다.

남녀상열지사의 대표작인 「쌍화점」은 용으로 은유된 임금에서부터
아래로 필부에 지나지 않는 술집주인에 이르기까지, 온갖 육체적 향락
과 사악한 간음이 횡행하고 있는 사회상을, 익명의 작가는 날카롭게
들춰내고 있다. 타락한 파계승 등을 풍자하는 성적 허무주의 그 이상의
것을 획득하고 있는 작품이다. 여기에서 '그 잔데같이 덤거츠니 없다'
로 표현된 것은 더러우면서도 무성한 관능의 늪에 잠든 고려의 사회,
그 황음(荒淫)의 사회에 직핍한 민중적 풍자이며 야유이다.

충신연주지사와 남녀상열지사는 대조적인 개념으로 사용되어 온 것
이 확실하다. 전자가 가치 개념이라면, 후자는 몰(沒)가치 개념이다. 이
상대 가치를 적나라하게 보여주는 실록의 기사가 있다.

특진관 이세좌가 다음과 같이 아뢰었다.
요즈음 음악은 거의 남녀상열지사를 쓰고 있는데 이는 전하께서 잔치
에 참여하거나 사냥에 행차하실 땐 괜찮습니다만 정전에 나타나시어 군신
간에 공식적인 회합을 가질 때 우리 말을 사용하는 게 사리에 어떠하시겠
습니까? 저는 음악과 관련된 분야에서 음률을 잘 알지 못합니다. 그러나

들은 바대로 말씀 올리자면, 진작(眞勺 : 정과정곡−인용자)은 비록 우리
말이라고 해도 충신연주지사이므로 사용해도 괜찮을 것 같습니다. 단지
후정화와 만전춘유의 비루하고 저속한 노랫말의 노래도 간간히 있음을 말
씀 올립니다. (성종실록, 성종 19년 8월 13일 갑진조)

이세좌의 말은 남녀상열지사가 충신연주지사보다 더 유행하고 있는
당시 궁중음악의 상황을 증언하고 있다. 다만 「정과정곡」이 비록 한문
이 아닌 우리말로 불리어졌다고 해도 충신연주지사이기 때문에 가치
있는 것이라는 견해를 임금(성종)에게 밝히고 있다. 특진관 이세좌는
임금에게 강의를 하는 경연관이다. 학식이나 경험에 있어서 당대의 최
고가 아니면 경연관이 될 수 없다.

4. 창작의 시기와 장소에 관한 쟁점에 대하여

정서의 「정과정곡」은 정서가 20년 가까운 유배 생활을 하는 가운데
지어진 노래다. 『고려사』 악지에 의하면, 그가 유배지 동래에서 임금
의 소명을 가다리다가 소식이 없어 거문고를 뜯어 노래하였는데 노랫
말이 극히 슬프고 곡진하였다고 한다. 그런데 이 기록만으로 창작의
시기와 장소는 전혀 알 수 없다고 한다. 그도 그럴 것이 그가 동래에
오래 머물러 있었지만 도중에 거제로 이배된 경우도 있었기 때문이다.
이 대목에서 정서의 「정과정곡」을 둘러싼 쟁점이 생겨나게 되었다. 창
작의 시기와 장소에 관한 소수의 견해가 등장한 경우이다. 그 대표적인
것이 이가원의 학설(1952)이다.

「정과정곡」은 반드시 의종에게 복직을 뜻하고 애원을 하소연한 동래 시대의 작품이라고 보아버리기보다는 의종이 정중부에게 피축되었음을 슬퍼하는 동시에 자기의 곧은 절개를 변하지 않겠다는 맹서에서 이루어진 거제 시대의 작품이라고 보는 것이 좋을 것이다. 그리고 의종의 거제 시대를 따지건대 정서가 거제로 옮긴 지 13년이 되었던 그 해이었으며, 김보당 등에 의한 의종의 복위 운동도 비밀리에 진행되는 중이었던 것이다. 그러면 「정과정곡」은 의종 24년 9월에서 10월까지의 대략 1개월 사이에 이루어진 작품으로 인정하면 가장 타당할 것이다.

이가원의 학설은 후배 연구자들에게 일부 계승되기도 한 바 없지 않았으나 「정과정곡」이 거제에서 지었다는 설은 아무도 받아들이지 않았다. 다수설이 완강하게 지배하고 있는 상황 속에 존재하는 외로운 소수 의견이라고 할 수 있겠다.

　　문헌의 기록이나 여러 가지 방증 자료나 당시 정황 등으로 보아 그 창작 시기는 동래 유배 시절로 확정할 수 있고, 이 견해는 많은 연구자들의 지지를 받고 있기 때문에 더 이상의 논의의 여지는 없는 듯하다. (조태흠)

정서가 동래와 거제에서 유배 생활을 했다는 것은 역사적인 친연성이라고 할 수 있다. 독로국 쟁점과 더불어 상징적인 의미의 가교가 된다. 정서의 「정과정곡」은 고려 시대의 거가대교와 같은 것이다. 거제-부산의 인적 가교는 근현대사에 있어서 적지 않은 사례가 있거니와, 그 원천은 정서에까지 미친다고 하겠다.

5. 음악적인 관점에서 들었던 사람들이 남긴 청감(聽感)의 세계

정서의 「정과정곡」이 노랫말인 문학이 아니라 음곡으로서의 예술로 살펴볼 때 또다른 측면의 전문적인 지식이 요구된다. 나는 이에 관한 얘깃거리를 선행 연구자들의 정보에 의존할 수밖에 없다. 주지하듯이, 이 노래는 『악학궤범』에 실려 있다. 악곡의 제명에 의하면 삼진작(三眞勺)이 된다.

진작은 무엇인가?

먼저 이것을 보통명사로 볼 때는 속악(俗樂)의 조명(調名)이다. 이것은 음악의 빠르기와 관련된다. 본디 우리말이었으나, 진작(眞勺)·진작(嗔雀)·진작(嗔鵲) 등으로 표기된다. 이 진작은 '좀 더 일찍이 또는 빨리'라는 의미로 흔히 쓰는 진작(진즉)인데, 이 진작이 만조, 평조, 삭조로 점점 빠르게 변주되는 것을 나타내는 우리말 속악의 조명이라고 전문가들은 본다.

진작을 고유명사로 간주한다면, (삼)진작과 「정과정곡」은 동일한 개념이 된다.

이 노래를 들었던 고려 시대의 사람은 도은 이숭인이다. 그는 이 노래를 듣고 시 「가을날 빗속의 감회(秋日雨中有感)」를 남겼는데 다음과 같다.

비파로 탄주하는 한 곡조 정과정은　　　　　琵琶一曲鄭瓜庭
남은 여운이 처연해 차마 듣기 어렵네　　　　遺響悽然不忍聽
지난날을 두루 살피니 원한은 많은데　　　　俯仰古今多少恨
주렴의 성근 비와 함께 『이소경』을 읊노라.　滿簾疎雨讀騷經

이숭인은 지나치게 곡이 처연(凄然)하여 불인청(不忍聽), 즉 차마 듣기 어렵다고 말한다. 음악이 비극적이어서 오히려 불편하다는 거다. 이 시는 정과정곡에 관한 최초의 청감 반응이다. 그 다음으로 소개할 것은 조선 시대의 사람으로 거문고 연주의 대가이자 국악 이론의 전문가인 양덕수(1567~1608)가 밝힌 비평적인 견해이다.

> 고려 의종 때에 낭중 정서가 동래에 유배되었는데 소명(召命)이 오래 이르지 않자 거문고를 뜯어 노래를 지었다. 그 가사가 매우 슬펐다. 뒤의 사람들은 이를 정과정이라고 했다. 요즈음 사용하는 대엽(大葉)의 만중삭(慢中數)은 모두 여기에서 비롯했다.

양덕수는 임진왜란 때 남원으로 피난 가서 『양금신보(梁琴新譜)』를 저술한 인물이었다.

임진왜란 때의 의병 장인 고경명의 한시에서도 「정과정곡」의 실재를 증언하고 있듯이, 동시대의 양덕수도 이 음악을 들었다. 그가 살던 당대 악곡의 원천을 여기에서 찾았다.

한편 실학자 성호 이익(1567~1608)은 정과정곡의 유산을 부정적으로 보고 있다. 그가 이 노래를 직접 들었는지에 관해서는 잘 알 수 없다.

> 지금 사람들이 계면조를 대단히 좋아한다. 이것은 고려 때 정서가 지은 바로 일명 과정곡이라고 하는데, 이를 듣는 자가 눈물이 흘러 얼굴이 흔적을 이루기 때문에 그렇게 말하는 것이다. 그 소리가 슬프고 원망스러우니 곧 상간복상(桑間濮上)의 여류(餘流)이다.

상간복상은 『예기』에 나오는 말이다. 복수 강변의 뽕나무 숲 사이라는 뜻이다. 남녀가 만나 밀애를 나누는 곳. 여기에서 망국지음이 나온다. 망국의 소리란, 나라를 망칠 만큼 슬프고도 음란한 노랫소리를 말한다. 이익의 시대에 계면조의 망국지음이 유행했다면 그건 잡가(雜歌)의 출현이 아닐까? 그 원류로 「정과정곡」을 지목하고 있다. 16세기의 말에 이르면 「정과정곡」의 충신연주지사의 이미지는 점차 가려지고 조선적인 망국지음의 원류로 인식되기 시작한 것이다.

나는 음곡으로서의 「정과정곡」에 대해선 문외한이다. 국악을 즐겨 듣지만 전문적인 이론은 전혀 모른다. 다만 이것이 근래에 복원되었다고 하는데, 왜 그 실체를 쉽게 접할 수 없는지 나는 모르겠다. 복원의 내력은 황의종의 「진작의 악곡 분석」이란 글에 다음과 같이 쓰여 있다.

> 1994년 여름에 부산 MBC 방송국의 이을규 차장으로부터 정과정을 복원해 달라는 의뢰를 받았다. 『대악후보』에 실려 있는 진작 가운데 잔가락이 가장 많은 진작 1을 채택하여 현보를 중심으로 노래 선율을 만들고 대금과 거문고의 반주 선율을 붙였다. 노래 선율을 만들 때 경우에 따라서는 관보의 선율을 채택하기도 하였고 대금에는 약간의 장식음을 첨가하고 거문고에는 거문고의 특징을 나타내는 슬기둥과 싸랭주법을 사용하였다. 궁을 Eb으로 하고 평조로 편곡하였으며 박자는 한 정간을 8분음표(♪)로 잡았으며 한 행을 한 소절로 표기하였다.
>
> 곡의 전체적인 분위기는 전통 가곡의 유장하고 그윽한 분위기가 나도록 하였다.
>
> 이렇게 복원된 정과정곡은 1994년 10월 5일 부산의 날에 MBC FM 특별 기획 프로그램 「부산의 소리」에서 방송되었는데, 노래에 이두원(부산교육대학교 교수)·대금에 신광훈(부산대학교 국악과 대학원)·거문고에 임세란(부산대학교 국악과 2년)이 연주하였다.

정과정이 이처럼 복원된 지 21년이 흘렀다. 음곡으로 복원된 정과정곡이 그 동안 왜 대중화되지 않았는가 하는 사실이 난 매우 궁금하다. 나는 국악에 애정과 관심이 많기 때문에 CD 등의 자료를 매우 폭넓게 모으고 있다. 아직까지 복원된 음곡 「정과정곡」을 접하지 못했다. 이 글을 읽는 중에 이에 관한 정보를 알고 있으면 알려주시기를 바란다.

6. 부산의 시적 정취, 문학지리학적 감수성의 촉수

문학지리학이란 게 최근에 이르러 관심의 대상이 되고 있다. 특히 지역문학론에서 관심의 대상이 되고 있다. 문학지리학은 지리학의 인간주의 전통을 극대화하기 위해 지표의 인간적이고 문화적인 측면을 보다 심오하게 이해하기 위해서는 문학 작품, 문학 속의 인간상을 필요로 한다. 소위 '문학 속의 경관(Landscape in Literature)'이란 개념이 결코 경시될 수 없는 것으로 여기게 된 것은 바로 이 때문이라고 하겠다.

문학 속의 경관이라면 부산 지역문학의 역사적 전통을 손에 꼽지 않을 수 없다. 경주가 유적지가 많은 곳이라면 부산은 경승지(景勝地)가 많은 곳이다. 경주의 신라문학은 한 왕조의 중심권 문학이었다. 이를 지방문학으로 인정한다고 해도, 그 이후 부산만큼 지방 문학사로서의 호재(好材)가 되는 경우는 없다고 하겠다. 부산 지방문학의 전통이 '문학 속의 경관'과의 깊은 연관성을 맺었기 때문에 산문보다는 시에 치우쳤다고 볼 수 있다.

한 마디로 말해 부산은 시정(詩情)이 한껏 넘쳐나는 곳이었다. 문학지리학적인 감수성의 촉수는 부산을 향해 이미 오래 전부터 뻗어져 있었던 것이다.

부산 지방문학사의 첫머리에 놓이는 것은 정서의 「정과정곡」이다. 이를 가리켜 부산 문화의 중핵이라고 보는 이도 있다. 정서는 평소에 인품도 있었고 시문을 짓는 남다른 재주도 널리 인정받았던 것 같다. 그가 죽었을 때 임춘(林椿)이 남긴 추도시를 보면 잘 알 수 있다. 변종현의 논문인 「신라·고려 한시를 통해 본 한시의 한국적 변용」(민족문화, 제13장, 1990)에서 재인용한다. 그 시의 제목은 「추도정학사서(追悼鄭學士敍)」이다.

> 선생님께서 맑고 깨끗하게 세속을 떠나시니,
> 갑자기 바람 앞에 좋은 나무가 꺾인 듯 슬퍼지네.
> 옥황상제가 이하(李賀)를 데려가심인가,
> 해산(海山)이 백거이(白居易)를 기다림인가.
> 해마다 지은 시문은 남들의 보배가 되니,
> 세상에 높은 명성 조물주가 시샘했나?
> 이제는 사명산 하지장(賀知章)도 없으니,
> 적선의 이 재능 누가 알아주리오.

「정과정곡」은 알려진 바대로 충신연주지사로 인구에 회자되어온 노래였다. 스스로 충신으로 자처한 자, 이 노래를 듣고 감명되지 아니한 자 없었을 것이다. 후세의 사람들은 정과정의 유적지를 찾거나 노래 「정과정곡」을 듣거나 하면서 옷깃을 여미었을 것이다. 고려 말 정추가 동래 현령으로 내려와 시를 지었고, 조선조 선조 때 윤훤이 동래부사로 부임해 시를 썼고, 효종 때의 동래부사 이원진은 정과정 옛터가 그대로임을 확인하는 소회의 시를 덧보태었다. 이 중에서 윤훤의 시 부분을 보자.

아무도 정과정곡 이해해 부르지 못하고,
갈대꽃만 저물녘의 가을바람에 흔들리네.

윤훤의 시에 의하면, 정서의 「정과정」 노래 곡조가 5백 년이 지난 후에도 불리어졌다는 것을 잘 알 수 있다. 노래는 오랜 세월이 지나도 남아 있지만, 그 속뜻을 제대로 알고 부르는 사람이 없다는 것. 그는 동시대에 진정한 의미의 충신이 과연 몇이나 될까 하고 되묻고 있다. 정자로서의 건축물 정과정은 이원진이 살았던 효종 때까지도 남아 있었던 것으로 추정된다. 짐작컨대, 이것은 동래 백성들의 자랑거리였는지도 모른다.

어쨌든 「정과정곡」에는 문학적 가치가 충분하다. 이것이 개인의 영달을 바라는 마음에서 창작된 것이 아니라, 당대의 정치적인 현실을 안타까워하는 마음이 반영되어 있으며, 또 인간관계에서 믿음이 무엇보다 중요하다는 사실을 일깨워주고 있기 때문에 더욱 그렇다.

III
단테와 김만중, 세계문학사의 맥락과 의미

1

이탈리아의 가장 위대한 시인 단테 알리기에리(1265~1321)는 불후의 명작을 발표하여 세계문학사의 빛나는 금자탑을 세웠다. 서사시 「신생 (Vita Nuova)」이 바로 그것이다. 단테의 문학에 관한 성과와 의의는 많은 사람들에 의해 줄기차게 논의되어 왔다. 내가 읽은 단테 문학의 비평서 가운데 하나가 조지 홈즈의 「단테의 생애와 시학」인데 이 책의 마지막 부분에 인상적인 내용이 있다.

(……) 분명한 것은 고전에 대한 열정과 우리가 단테에게서 발견할 수 있는 기독교적이고 신플라톤적인 우주와는 상반된 개념으로 설정된, 고 양된 개개 인간의 운명에 대한 비전이 이탈리아와 유럽 르네상스의 특징 이 되었다는 것이다. 이것은 이탈리아 도시의 정신과 북부 스콜라주의의 만남의 산물이었다. 그 만남의 첫 번째 열매가 단테의 탄생이었다.[1]

단테의 문학이 형성된 배경에 중세의 주도적인 철학만이 아니라, 그 것에는 근대의 여명으로 향한 신흥의 기운 같은 것, 말하자면 이탈리아 의 도시 정신이라고 이름될 수 있는 시대적인 분위기가 반영되어 있다 는 사실을, 인용문에서 말하고 있다.

그런데 단테와 여러 모로 비슷한 면이 많은 김만중(1637~16912)의 경 우에는 조지 홉즈가 지적한 소위 '도시 정신' 같은 것이 없다. 김만중의 문학에 이 점이 없었다는 것은 당시 우리나라가 자본주의 단계로 진입 하는 데 있어서의 미성숙성에 기인하고 있다. 비슷한 시기의 일본 작가 이하라 사이카쿠(井原西鶴)의 경우에는 거침없는 성적 자유가 반영되어 있고, 쵸닌(町人)의 금전 감각은 재화의 근대적 유통 이전 단계를 보여 주고 있다는 점에서 그의 소설에 도시 정신이 어느 정도까지는 있다고 하겠다.

그렇지만 요컨대 단테와 김만중의 닮은꼴은 뜻밖에도 많다. 이 글은 이 사실에 착안하여 김만중 문학의 세계문학적인 단서를 찾아보려고 하는 데 초점을 두고자 한다.

2

단테와 김만중은 문인이기 이전에 정치인으로서의 삶을 영위하고 있었다. 이들이 속해 있던 시대의 상황은 비슷했다. 당파 싸움은 극 심했고, 정정(政情)은 늘 불안했다. 두 사람 모두 첨예한 정쟁(政爭)의 중심인물이었다.

---

1) 조지 홉즈, 한성철 역, 『단테의 생애와 시학』, 명지출판사, 1991, 15면.

　단테가 살던 13세기 말의 피렌체는 중산층을 옹호하는 궬피당과, 기득권층을 대변하는 기벨리니당으로 나누어져 있었다. 두 당파의 대립 과정에서 궬피당이 정치적으로 승리를 거둔다. 그러나 승리의 자만과 함께 내부의 분열이 뒤따랐다. 궬피당은 또 흑당(Neri)과 백당(Bianchi)으로 나누어진다. 전자는 교황청의 종교적인 권위에 눈치를 보는 그룹이었고, 후자는 교황청의 영향이나 세속의 정치권력으로부터 벗어나 피렌체를 독립해야 한다고 주장하는 부류였다. 단테는 백당에 소속되어 있었다.

　김만중이 관인으로 성장하는 과정은 정치적인 격동기였다고 할 수 있다. 효종 때 남인과 서인 사이에 예송이 있었는데, 효종이 남인의 손을 들어줌으로써 서인은 몰락한다. 서인이 정치 무대에 재등장하게 된 것은 숙종의 등극 때문이었다. 서인이 집권하게 되자 내부 분열이 일어나 노론과 소론으로 나누어진다. 그는 향후 노론의 영수인 송시열과 정치적인 운명을 함께한다. 마침내는 장희빈과 관련된 사건에 연루되어 정치적인 입지를 빼앗기게 된다.

　단테와 김만중은 정치권으로부터 추방당했다. 단테는 교황으로부터 분노의 표적이 되고, 김만중은 임금의 미움을 받게 된다. 단테는 필생토록 끝없는 유랑 생활을 하게 된다. 그는 살아서는 그의 고향인 피렌체에 돌아오지 못했다. 김만중 역시 세 차례에 걸친 유배의 쓰디쓴 생활을 겪게 된다. 그는 마지막 적소인 남해에서 운명함으로써 중앙 정치 무대인 한양에 결국 귀환하지 못했다. 그의 일생을 미루어 짐작해 볼 때 그는 유달리 당색(黨色)이 뚜렷한 사람이었다. 그가 속한 노론이 그가 죽은 2년 후에 마침내 정치적인 승리를 이룩해낼 수 있었지만 그는 결과적으로 정쟁의 승리와 복권의 기쁨을 맛보지 못했다.

　김만중의 사람됨을 비교적 객관적으로 평가한『조선왕조실록』졸기

(卒記) 기사를 한번 살펴보도록 하자.

> 전 판서 김만중이 남해에서 졸했는데, 나이는 56이었다. 김만중의 자는 중숙이고 김만기의 아우이다. 사람됨이 청렴하게 행동하고 마음이 온화했으며 효성과 우애가 돈독했다. 벼슬을 하면서는 언론이 강직하여 선이 위축되고 악이 신장하게 될 때마다 더욱 정직이 드러나 청렴함이 다른 사람들보다 뛰어났고, 벼슬이 높은 품계에 이르렀지만 가난하고 검소함이 유생과 같았다.
>
> (……)
>
> 글솜씨가 기발하고 시는 더욱 고아하여 근세의 조잡한 어구를 쓰지 않았으며, 또한 재주를 감추고 나타내지 않았는데, 사람들이 그의 천품이 도에 가까우면서도 학문에 공력을 들이지 못한 것을 한스럽게 여겼었다. 유배지에 있으면서 어머니의 상을 만나 상을 치룰 수 없음을 애통해 하며 울부짖다가 병이 되어 졸하게 되었으므로, 한때 슬퍼하며 상심하지 않는 사람이 없었다.[2]

김만중에 관한 당대의 세평은 매우 좋다. 실록에 폄훼와 증오 섞인 기록들로 점철해 있는 허균에 관한 것과 비교하자면 너무 대조적이다. 그가 비록 정치적인 문제에는 언제나 꼬여 있었음에도 불구하고 실록(實錄)은 그가 살아생전에 좋은 인격의 소유자였음을 널리 알리는 듯하며, 그의 문재가 뛰어났음도 있는 그대로 기술하고 있다. 정치인으로서의 그가 비록 비극으로 생을 마감했지만, 문학적으로는 불멸의 대열에 이미 들어섰다.

---

2) 윤용철 편저, 『조선왕조실록』 졸기, 도서출판 다울, 2007, 231~232면.

3

단테와 김만중은 정치적으로 추방된 상태에서 문학적인 글쓰기를 내
처 시도했었다. 단테의 「신곡」과 「신생」, 김만중의 「구운몽」과 「사씨남
정기」는 비극적인 인간 조건의 한계 상황 속에서 씌어진 것들이다. 이들
에게 있어서의 현실적인 곤궁함은 위대한 문학적 성취로 나타난다. 이
들의 문학적인 성취가 공통적인 것은 둘 다 여행적 우화의 형식을 지니
고 있다는 사실이다. 이들이 정치적으로 추방된 상태에 놓여 있다는
것이 다름 아니라 여행 상황의 처지에 있다는 것을 의미하기 때문이다.

> 「신곡」은 단테가 7일 동안 하나님의 세계를 여행한 문학적 상상의 기록
> 이다. (……) 단테는 하나님의 품에서 이 세상으로 돌아와 우리에게 얘기
> 를 들려준다. (……) 단테의 여행이 지옥에서 연옥을 거쳐 천국으로 상승
> 하고, (……) 단테는 확신에 찬 목소리로 우리를 그 길로 유인한다.[3]

단테의 전공자들이 대체로 지적하고 있듯이, 「신곡」이 '죽음 이후의
세계를 편력하는 환상 여행'[4]인 것은 틀림없는 사실인 것 같다. 단테
가 죽음의 세계를 여행한 데는 그의 각별한 종교 체험이 전제되어 있다
고 하겠다. 이것이 어떠한 형태로 그에게, 그의 내면세계에, 그의 작품
의 심층적인 구조 속에 수용되었는지에 관해서는 문외한인 필자로선
잘 알 수 없으나, 요컨대 그의 종교 체험은 여행적인 성격을 바탕으로
하고 있다.

---

3) 박상진, 「천의 얼굴 단테를 벗겨보자」, 이진경 외 지음, 『고전의 향연』, 한겨레출판사,
2007, 190~192면.
4) 한형곤, 「신곡에 투영된 산타마리아의 이미지」, 『이탈리아어문학』 제2집, 한국이탈리아
어문학회, 2008, 205면.

주지하듯이, 단테의 종교적인 영성(靈性) 체험은 개인적인 구원의 차원이 아니라 인류보편적인 실낙원의 문제 제기와 그 대안의 성찰을 보여줌으로써 그의 「신곡」을 중세 기독교 문학의 최고의 경지에까지 올려놓은 결과를 빚어내었다. 단테를 가리켜 완벽에 가까운 가상현실을 창조한 장본인으로 본 마거릿 버트하임이란 인물이 있다. 그의 저서 『공간의 역사 : 단테에서 사이버스페이스까지 그 심원한 공간의 문화사』에 보면 단테의 「신곡」이 지닌 행려(行旅) 체험의 요소 내지 그 모티프에 관한 얘기들이 얼핏 암시되어 있는 바, 다음의 인용문이 이에 관련된 적절한 예문이 아닌가 한다.

> 단테의 여행은 육체를 이용한 여행이면서 동시에 육체를 초월한 여행이다. 현대의 과학적 세계상이 오직 육체만을, 따라서 오직 살아있는 공간만을 포함시킨 반면에 중세 기독교 시대의 세계상은 살아있는 자와 죽은 자의 공간, 즉 현세와 내세를 모두 포함시켰다. 사자(死者)의 세계에 관한 살아있는 자의 기록으로서 「신곡」은 기독교적 영혼 공간에 관한 최고의 지도이다.5)

김만중의 경우도 여행적 우화의 형식을 취하고 있다. 여행적인 우화의 형식에 있어서 「사씨남정기」가 「구운몽」보다 더 명료하게 드러나고 있다. 제목부터가 남정(南征)이다. 남쪽 지방에로의 여행을 가리키는 말인 남정이 제목 속에 포함되어 있다는 것은 여행적 성격을 한결 강화시킨다.

그러나 「구운몽」이 여행적 상황에 처한 인간의 실존적인 문제를 더 깊이 있게 건드리고 있다고 할 것이다. 주인공의 이른바 명명법(命名法)

---

5) 마거릿 버트하임, 박인찬 옮김, 『공간의 역사 : 단테에서 사이버스페이스까지 그 심원한 공간의 문화사』, 생각의 나무, 2002, 59면.

부터 그렇다. 한 논문의 어느 부분에 이 같은 사실이 다음의 표현으로
적시되어 있다.

> 성진(性眞)과 대(對)가 되는 소유(少游)란 이름 – 이 속에 이미 인간 세
> 상과 생을 바라보는 시선이 반영되어 있다. 인간 세상은 유명(有明) 진여
> (眞如)의 세계에 대해 무명(無明) 고해(苦海)의 세계요, 이 세상에 던져진
> 삶은 이 망망한 대해(大海)에서 '수유(須臾) 동안 헤엄치다가 가는 것'이
> 라고 하는 작자의 인식이 '소유(少游)'라고 하는 작중인물의 이름 속에 깔
> 려 있음을 본다.6)

뿐만 아니라, 「구운몽」은 '현실 → 꿈 → 현실'이라는 원환적인 구조
를 갖는다. 이는 '격리 → 입사 → 귀환'이라는 통과의례적인 입문식 구
조와도 비슷하다. 또 불교적 윤회관의 재생원형(rebirth archetype)으로
설명할 수 있는 신화론적인 모형이 되기도 한다. 이러한 구조들은 기행
적인 유의 글쓰기에서 흔히 볼 수 있는 여정의 구조를 연상시키기에
충분하다. 환각의 극치 속에 동양적인 이상의 낙토를 묘파한 그림 「몽
유도원도」와, 신라 때의 조신(調信) 설화에서부터 최근의 한승원의 소
설에 이르는 기몽(記夢)의 연대기 속에서 가장 빛나는 몽상의 시학을
빚어낸 「구운몽」은 심원한 꿈의 세계를 예술적으로 반응했다는 점에서
한마디로 말해 쌍벽이다.

종교체험으로써 문학적 판타지의 경지를 구현한 단테와 더불어서,
저 빛나는 몽상의 시학을 빚어낸 김만중의 문학은 자신들이 현실적으
로 정착하거나 안주하지 못하는 현실적인 조건과 처지로부터 꽃을 피
운 것이라고 할 수 있겠다.

---

6) 성현경, 「구운몽과 김만중의 삶의식」, 김열규 외 편, 『김만중연구』, 새문사, 1990, Ⅱ-15.

4

단테의 생애가 파란만장했던 데서 알 수 있듯이 그는 지적으로나 사상적으로 딜레마의 상황에 빠져 있었다. 겉으로 보기에 그는 위대한 시성(詩聖)으로 조화와 융합의 삶을 추구해 나아간 것 같지만, 문학이니 예술이니 하는 것은 다름 아니라 창작하는 사람이 현실의 결여된 부분들을 보상받으려는 원망(願望)의 표현이 아니겠는가? 현실적으로 형언할 수 없이 아득하게 간구되는 것들, 안타까운 그리움의 세계 등이 꿈결처럼 몽롱하게, 혹은 이상적으로 꾸며진 채 만들어져 가는 것이 문학과 예술이 아닐 것인가? 그렇다면 베아트리체도, 하나님의 나라도 단테에게 현실적으로는 충족될 수 없는 세계일 터이다.

일반적으로 단테는 중세의 종말과 근대의 시작을 알리는 나팔수로 비유된다. 르네상스의 인문주의가 페트라르카에서 시작되었다고 보는 것이 일반적인 견해이지만, 그 뿌리를 단테에서 찾아야 한다고 주장하는 사람들도 적지 않다. 그는 지적으로나 사상적으로 딜레마의 상황에 놓여 있었다. 말하자면, 중세의 낙일과 근대의 여명, 정신과 물질, 전제화된 교권과 세속의 정치권력, 신의 섭리와 인간의 자유의지, 카톨리시즘의 교의(敎義)와 인문주의의 교양 등의 경계에서 한 시대를 번민했던 과도기 시대 상황의 인물이 바로 단테였던 것. 그의 문학도 속으로 들어갈수록 이러한 딜레마가 반영되어 있음이 드러난다.

김만중의 경우도 마찬가지로 보인다.

그 역시 사상적 통합주의자인 것처럼 여겨지고 있다. 그는 『서포만필』에서 오유(吾儒)니 석씨(釋氏)니 하는 표현을 사용한 것으로 보아서 불교를 타자로 분명히 인식하고 있었다. 그런데도 왜 그가 친불교적인 성향을 보였을까? 『서포만필』을 중역한 홍인표는 이것 역시 유가, 신유학(新儒學)의 정도를 찾기 위한 수단이라고 보고 있다.

> 서포는, (……) 맹자·한유·주희에 대한 맹렬한 비판을 가하고 있는 듯한 논조를 펴고 있는데, 이는 그가 반유적(反儒的)인 입장에서가 아니라 유가의 정도를 찾기 위함이었고, 불가설에 대한 잦은 인용과 찬양하는 듯한 내용도 친불적인 입장이 아니라 신유학의 정도를 찾기 위함이었다고 판단된다.[7]

김만중의 문학이나 사상이 불교적인 것과 불가분의 관계를 맺고 있다는 사실을 깊이 있게 다루었거나 주목한 연구 결과가 근래에 있었다.[8] 그의 한글소설 두 편은 표면적으로는 유교와 불교가 손을 잡고 있는 것처럼 보이지만 심층적으로 들어가면 들어갈수록 분리되어 있다. 단테의 작품에 이교정신(異敎精神 : paganism)이 반영되어 있지만, 김만중의 경우는 그 정도가 훨씬 심하다. 그는 유교와 불교, 주자학과 관음신앙의 경계에서 양쪽을 기웃거렸던 것이다. 그는 비록 정통파 유자(儒者)로서 삶을 살았지만 만년에 피폐해지면서 문학적인 글쓰기로 현실에의 보상과 대리만족을 얻으려고 했을 때 불교의 심오한 세계 저편에 강렬하고도 형형한 빛으로 눈길을 주게 된다. 불교의 핵심 사상에 해당되는 것, 이를테면 진공묘유(眞空妙有)니 '상비상상비무상상(相非相想非無相想)'이니 하는 표현들을 문학적으로 형상화시키려 하거나 녹아

---

7) 김만중 저, 홍인표 역주, 『서포만필』, 일지사, 1990, 3면.
8) 예를 들면 유병환의 「구운몽의 불교사상적 연구를 위한 지반」(1988), 설성경의 『서포소설의 선과 관음』(1999), 송희복의 「김만중의 서포만필과 불교적인 것의 의미」(2003) 등이 그것이다.

들게 했다.

김만중의 사상적인 딜레마는 유불의 차이에만 있지 않다. 봉건적인 제도와 관습에 의거한 성적 차별에도 나아간다. 얼핏 보기에는 김만중의 한글소설이 페미니즘의 입장에서는 '공공의 적'일 수도 있다. 명료하게 드러나고 있는 남성중심적인 성차별관(sexism)에도 불구하고 "어머니 윤씨에게서 받은 초기 교육의 은공을 어머니를 비롯한 여성 전체에게 갚으려고 한 것처럼 여겨진다."9)라는 주장도 꽤 설득력 있게 받아들여지고 있다.

소설가 최인호가 천주교가 정신의 아버지요, 불교가 영혼의 어머니라고 스스로 밝힌 것처럼, 김만중에게 있어서도 유교가 정신의 아버지라면, 불교는 영혼의 어머니가 아니었을까? 어릴 때 어머니로부터 종교 교육을 받았던 괴테가 여성성에 의한 자기 구원의 문제를 형상화했듯이, 김만중도 그의 어머니로부터 불교적인 영향력을 받았으리라고 충분히 예상되며 이로 인해 여성의 봉건적 억압 구조를 말하기보다는 여성의 찬미, 여성성에 의한 종교적 구원의 문제에까지 생각이 어느 정도 미쳤으리라고 생각된다.

단테의 「신곡」에는 무수한 인물이 등장하고 있다. 이러한 인물 중에서 여성이 등장하는 비중은 낮지만 가장 비중을 크게 차지하고 있는 인물은 베아트리체이다. 평생을 두고 그가 연모했던 여인 베아트리체는 그녀의 요절 이후에도 평생토록 마음속의 연인이었다. 정신적 사랑의 대상으로 구원 – 구원(久遠)이지만 구원(救援)으로 보아도 좋을 – 의 여인상으로 불리는 그녀는 「신곡」과 「신생」에 있어서 단테의 영혼에

---

9) 이진경 외 지음, 앞의 책, 261면.

있어서의 결정적인 히로인으로 묘사되어 있다.

단테가 칠흑 같은 어두운 지옥의 숲에서 사나운 맹수들에게 둘러싸였다. 이때 베아트리체는 '하늘에 계시는 성스러운 여인'께 도움을 청한다. 그 여인은 베르길리우스를 보내 단테를 구한다. 여인은 다름 아니라 자비의 상징 산타 마리아이다. 단테의 배후에 베아트리체가 있고, 또 베아트리체에게는 산타 마리아가 존재한다. 베아트리체가 지선지미의 여인일 뿐 아니라 신성의 결정체인 까닭이 여기에 있다.

김만중에게 있어서 베아트리체와 같은 존재는 그의 어머니 윤씨이다. 윤씨는 그에게 있어서 모든 것이다. 단테의 경우가 그러했듯이, 그의 문학적 영감의 원천은 그의 어머니에 있다. 단테의 경우처럼 그에게도 그의 어머니가 배후에 있었고 어머니의 배후에는 또 관음보살이 존재하고 있었다. 김만중의 한글소설에 반영된 관음의 형상은 단테의 작품에 투영된 산타 마리아의 이미지와 유사한 것이라고 하겠다.

> 서포는 마침내 남해로 유배가게 된 것이다. 서포가 만난 마지막 유배지인 경남 남해는, 우리나라의 대표적인 관음신앙 도량이 있는 곳이라는 점에서 서포는 기이한 인연을 맺게 된다.
> 남해의 금산(錦山)에서는 불교적 성격을 지닌 전설류(傳說類)가 집중적으로 나타나고 있다. 이는 서포가 남해에 유배되었을 때 이 곳의 불교적 성격을 「사씨남정기」 창작의 불교 소재로 사용했을 가능성을 보여준다.[10]

단테와 김만중은 여성성에 의한 자기구원의 문제를 작품 속에 직·간접적으로 반영하였다. 단테는 세상 사람이 아닌 베아트리체를 작품 속의 캐릭터로 창안, 형상화했으며, 김만중은 세상을 힘겹게 살아가고

---

10) 설성경, 『서포소설의 선과 관음』, 장경각, 1999, 22면.

있는 늙은 어머니를 정신적으로 위안하기 위해 「구운몽」을 썼다. 작중인물과 독자라는 차이점이 있지만 창작의 동기는 서로 비슷하다고 하겠다.

괴테의 불후의 명작인 「파우스트」의 대미를 장식하면서 무척 인상적으로 마침표를 찍는 경구가 있다. 영원히 여성적인 것이 우리를 인도하는구나(Das Ewig-Weibliche zieht uns hinan)! 괴테의 배후에도 단테나 김만중처럼 구원의 여성들이 존재했다. 그레첸, 헬레나, 성모 마리아는 괴테의 분신인 파우스트의 원초적 모성애가 투영된 여성적 영혼이미지로 구현되어 있다. 혹자는 그레첸을 두고 '게르만 독일 남성의 여성을 통한 정화(淨化)와 향상'[11]이라고 표현한 바 있었는데, 그렇다면 김만중의 경우도 한국 남성의 집단 심성에 숨어있는 어머니에 대한 효심과 비모관음(悲母觀音)의 형상이 무슨 관련을 맺고 있었던 것은 아닐까 하는 생각에 미치기도 한다. 요컨대 괴테와 김만중은 인간의 비인간성 내지 폭력성은 사랑과 자비로 언표되는 영원한 여성성에 의해 구원될 수 있다는 희망을 말한다. 그러나 괴테의 파우스트와 김만중의 양소유가 지향하는 목표점은 동일하지만, 그들이 가는 길은 전혀 다르다. 인간의 영혼 구원이 단순한 자력(自力)으로서만 이루어질 수 없으며, 천상의 은혜가 있어야 한다고 보는 것이 괴테의 종교관이다.[12] 이에 반해 김만중은 「구운몽」에서 양소유의 자각으로 끝을 맺어 놓는다. 양소유의 자각, 즉 꿈에서 깨어나는 순간의 깨우침은 종교적 영감의 은혜로움이기보다는 일종의 자력에 가깝다.

한편으로 볼 때, 「구운몽」보다 「신곡」이 훨씬 역동적이고 드라마틱하다. 불교는 윤회, 개심(改心), 자각 등의 상대주의적 사고에 의해 세상으

---

11) 안진태, 『괴테문학의 여성미』, 열린책들, 1995, 125면.
12) 앞의 책, 27면.

로부터 해탈하기도 하고 세상에로 다시 회귀하기도 한다. 이에 반해 기독교는 심판에 의한 절대성을 가진다. 이마니치 도모노부(今道右信)의 『단테 신곡 강의』에 있는 좌담의 내용 중에 다음의 것이 주목되는데, 천국은 지적인 활동으로 가득 차 있고 역동적이며 그것이 빛을 받아 투명해진다는 것에 비해, 연화대에 앉아 불경을 읊는 세계는 생기가 넘칠 거라고 기대하기 어려운 세계이다, 라는 것이다.[13] 물론 이 말도 틀린 말이 아니다. 대신에 불교적인 성격의 문학은 기독교적인 그것에 비해 정태적이긴 하나 일원론적 융합과 합일의 세계를 지향한다. 그만큼 「구운몽」은 「신곡」에 비해 덜 극적이며 더 시적이라고 할 수 있다.

6

단테와 김만중이 공유하고 있는 가장 뜻 깊은 문학사적 의의는 중세 공동문어인 라틴어와 한문을 포기하고 기층 민중의 속어(俗語)로 표기했다는 데 있다. 여기에 지적 평등화를 기약하는 국민문학의 가능성이 점쳐져 있다는 것은 두말할 나위가 없다.

조반니 보카치오는 「단테의 생애」라는 산문에서 「신곡」이 속어로 씌어진 까닭을 다음과 같이 밝힌 바 있었다.

어째서 「희극」과 같이 대작이라 그렇게 고상한 주제를 다루는 작품을 이전의 다른 시인들처럼 라틴어로 쓰지 않고 피렌체 방언으로 썼는가? 이 질문에 대해서 나는 두 가지 주된 이유 때문이라고 대답한다. 첫째로 동료

---

13) 이마미치 도모노부, 이영미 옮김, 『단테 신곡 강의』, 안티쿠스, 2008, 590면 참고.

시민들과 다른 이탈리아 사람들에게 두루 소용이 되도록 하기 위해서였
다. (……) 단테는 피렌체어의 아름다움과 그 언어에 대한 자신의 탁월한
구사력을 보여줌과 동시에 전에는 한결같이 무시당했던 학식 없는 사람들
에게 기쁨과 자신의 글을 이해할 수 있는 능력을 가져다주었다.14)

인용문의 역자(譯者)는 단테의 '콤메디아(commedia)'를 코미디(commedy)
즉 희극으로 번역하고 있다. 그러나 콤메디아가 반드시 희극적인 것을
뜻하는 것은 아니다. 희극적이지 않더라도 축하하는 자리에서 행해졌다
는 점에서 그것은 축전시극(祝典詩劇)의 성격을 지닌 극 일반이었던 것이
다. 어쨌든 단테가 자국어로 문학을 창작하는 가장 중요한 이유를, 보카
치오는 독자 수용의 측면인 대중성에 두었다. 이에 비해 김만중은『서포
만필』에서 언급한 바 있었듯이, 이를테면 인심지발(人心之發)이니 천기
지자발(天機之自發)이니 하는데서 알 수 있듯이 작가의 창작적 영감을
중시하는 표현론적 입장에 두었다.

단테의「속어론(De Vulgari Eloquentia)」은 그가 라틴어가 아닌 속어에
대한 지대한 관심과 새로운 이론을 보여준 것인데, 후세에도 이것은
오랜 세월에 걸쳐 언어의 이론 및 사상에 관한 텍스트로 얘기되어 오곤
했다. 이 책의 제1권 11장 7절에,

> 사실상 유일하게 샤르데냐인들만이 고유의 속어를 갖지 못한 것으로
> 보인다. 마치 원숭이가 사람을 따라 하듯이 그들은 라틴어, 즉 문법어를 모방
> 한다.(eiciamus, guoniam solisine propria vulgari esse videntur,
> gramaticam tanguam simie homines imitantes.)15)

---

14) 단테, 박우수 옮김,『새로운 인생』, 민음사, 2005, 181면.
15) 서나영,「단테의 문법 개명」, 대구가톨릭대학교 대학원, 2005, 44면 재인용.

라고 적혀 있는 것은, 『서포만필』에서, 우리나라 시문이 우리말을 버리고 다른 나라 말을 배워서 표현하는 것을 두고 '앵무새가 사람의 말을 하는 것(鸚鵡之人言)'으로 비유한 것과 유사하다고 하겠다.

김만중은 『서포만필』에서 허난설헌과 황진이의 시가에 관심을 두고 있으며 송강 정철의 가사문학에 관해서는 이례적으로 높이 평가하고 있다. 그가 고평한 근거는 정철의 우리말 사용의 탁월함에 두었던 것.

김만중이 갖게 된 우리 말글에 대한 애호의 감정은 어릴 때 교육을 받았던 어머니의 영향인 것으로 짐작된다. 당시 양반댁 여인들은 우리의 문자를 필수적으로 배우고 익혔다. 어린 시절의 김만중은 한문과 국문을 동시에 공부했으리라고 본다. 그의 어머니 윤씨는 곤궁한 살림살이 속에서도 김만기·만중 형제의 교육에 온 힘을 기울였다. 그녀는 홍문관의 『시경언해』를 빌려 필사해 아버지 없는 자식들을 가르쳤다고 전해지고 있다. 김만중이 어릴 때 경험한 언해본 읽기는 장차 자국어 의식의 기반을 마련하는 데 큰 역할을 한 것이 아닐까 하고 짐작해볼 수 있다.

> 「새로운 인생」, 「신곡」에서 시도한 모국어, 즉 토스카나 풍 이탈리아어를 쓴 언어예술의 정수로서의 시 창작 시도는, 그에 앞서는 프로방스 음유시인이나 시칠리아 풍 이탈리아어를 쓴 시인들의 시도와 함께, (……) 유럽의 모국어 문예의 최초 시도 중 하나일 것이다.

단테의 문학사적인 맥락과 의의가 유럽 모국어 문예의 최초 시도라는 데 있는 것이라면, 김만중의 문학 역시 동아시아적인 의미와 성격을 지니고 있는 것이라고 할 것이다. 그 역시 우리나라 모국어 문학의 최초 시도라고 할 수 있다. 관변 학자들의 「용비어천가」와 사림파 선비들의 국문시가 등의 한글문학은 국책이나 주자학 이념에 충실했다. 「설공찬전」과 「홍길동전」은 텍스트 비판에 있어서 결정적인 증거가 박약한 상황이다. 이러저러한 점들을 고려한다면 김만중의 한글소설이야말로 진정한 의미의 모국어 문학을 처음으로 열면서 질적인 성취를 확보한 것이 아닌가 한다.

7

이상의 내용을 요약하면 이렇다.

단테와 김만중은 문인이기 이전에 정치인으로서의 삶을 영위하고 있었다. 이들이 속해 있었던 시대의 상황은 비슷했다. 당파 싸움은 극심했고, 불안한 정정과 첨예한 정쟁의 중심인물이었다. 이들에게 있어서의 현실적인 곤궁함은 위대한 문학적 성취로 나타난다. 이들의 문학적인 성취가 공통적인 것은 둘 다 여행적 우화의 형식을 지니고 있었다. 이들이 정치적으로 추방된 상태에 놓여 있다는 것이 다름 아니라 여행 상황의 처지에 있다는 것을 의미하기 때문이다. 단테와 김만중의 생애가 파란만장했던 데서 알 수 있듯이 그들은 지적으로나 사상적으로 딜레마의 상황에 빠져 있었다. 문학이니 예술이니 하는 것이 다름 아니라 창작하는 사람이 현실의 결여된 부분들을 보상받으려는 원망(願望)의 표현이라면, 현실적으로 형언할 수 없이 아득하게 간구되는 것들, 안타까운 그리움의 세계 등이 꿈결처럼 몽롱하게, 혹은 이상적으로 꾸며진 채 만들어져 가는 것이 문학과 예술이 아니겠는가. 단테와 김만중이 공유하고 있는 가장 뜻 깊은 문학사적 의의는 중세 공동문어

인 라틴어와 한문을 포기하고 기층 민중의 속어(俗語)로 표기했다는 데
있다. 여기에 지적 평등화를 기약하는 국민문학의 가능성이 점쳐져 있
다는 것은 두말할 나위가 없다고 하겠다.

IV

매화의 가객, 촛불 밝혀 가까이 사랑하다

안민영론

1

우리 문학사에서 불후의 명성을 떨치고 있는 안민영(安玟英)은 어리고 성긴 매화꽃을 노래한 소리 명인이요, 또한 그 그윽한 향기를, 촛불 밝혀 가까이 사랑하던 한 시대의 시조시인이었다. 우리 옛시조의 오랜 역사를 통해 알려진 명편 가운데서도 손가락 안에 들 정도의 절창으로 손꼽히는 작품이 다음에 인용되는, 가객(歌客) 안민영의 주옥같은 작품이다.

> 어리고 성긴 가지
> 너를 믿지 아녔더니,
>
> 눈 기약(期約) 능히 지켜
> 두세 송이 피었구나.
>
> 촉(燭) 잡고 가까이 사랑할 제
> 암향(暗香)조차 부동(浮動)터라.

실내에서 피는 매화라면, 이는 틀림없이 분재 속의 매화다. 안민영의 스승집인 운애산방(雲崖山房)의 사랑방에 피는 매화꽃. 나는 연약하고도 엉성한 가지라서 네가 설마 꽃을 피울까 하고 긴가민가했는데, 눈이 내릴 때 꽃을 꼭 피우겠다는 기약을 능히 지킨 너는 아직 한기가 남아있는 이 날씨 속에서 정녕 봄을 데리고 왔구나. 그리하여 내가 촛불을 밝혀 너를 가까이 사랑하면, 방안에 그윽한 너(매화)의 향기조차 떠다니는구나.

초장의 '어리고 성긴 가지, 너를 믿지 아녔더니⋯⋯'는 그냥 넘어갈 것이 아니라고 본다. 안민영의 개인 가집인 『금옥총부』에 기대면, '어리고 성근 매화(梅花), 너를 믿지 않았더니⋯⋯'라는 현대어로 옮겨진다. 인용문은 『화원악보』에 기대어 마련한 표기이다. 매화보다는 가지가 훨씬 느낌이 좋다. 뿐만 아니라, '아녔더니(아니하였더니)'의 축약형도 절묘하기 그지없다.

장지연(1864~1921)은 자신의 저서 『일사유사』에서 안민영을 가리켜 '철종 때의 가인(歌人)'이라고 말하고 있으나, 현존하는 작품 대부분은 고종 시대의 것들이다. 또 그를 두고 경기도 광주 사람으로서 서출(庶出)이었고, 술을 좋아했으며, 또한 노래를 잘 불렀다고 했다. 여기에 빠진 게 있다. 그는 일세를 풍미한 호색가였다. 나쁘게 말하면 천하의 난봉꾼이요, 요즘 식으로 일컫자면 화려한 여성 편력을 향유한 멋쟁이였다.

요컨대 안민영의 삶을 이렇게 말할 수 있겠다. 그는 수많은 시조 작품을 남겼고, 한 시대의 가객으로서 시조창의 최고 경지에 올랐으며, 여기저기를 돌아다니면서 주색에 흠씬 빠졌고, 또한 우리 문학사에서 앞과 뒤의 유례가 없는 바, 로얄 패밀리의 계관시인이었다.

2

안민영은 1816년 6월 29일에 태어났다. 지금까지 알려져 있는 그의 행적은 대체로 고종 시대에 한정된 감이 있다. 고종이 즉위한 1864년은 그의 나이 48세이다. 그의 가집 『금옥총부』는 고종의 즉위를 축하하는 데서 문이 활짝 열리고 있다. 가집의 필두는 '상원갑자지춘(上元甲子之春)에 우리 성상(聖上) 즉위신져……'로 장식한다. 상원갑자년은 180년의 주기로 돌아오는 갑자년이다. 이 해의 봄에 고종이 즉위했다는 것이 앞으로 좋은 국운을 예감하게 하는 것이라고, 안민영은 보고 있다. 두 번째 작품은 왕세자(→순종) 탄생을 축하하는 것이요, 세 번째 작품은 흥선대원군이 난초 그림을 완성해 가는 과정을 지켜보면서 '난초사(蘭草詞)' 3절을 지어 관현악에 올리게 되었다는 내력을 시조로 지은 것이며, 네 번째 작품은 대원군과 우석(又石) 부자의 만수를 기원한 것이다.

우석(又石)은 누군가?

흥선대원군의 적장자인 이재면(1845~1912)을 두고 말한다. 안민영은 대원군 못지않게 그의 아들인 이재면으로부터도 예술적인 큰 후원을 받았다. 그는 안민영의 회갑연을 베풀어주기도 했다. 안민영은 대원군을 '석파대로(石坡大老)'라고 했고, 이재면을 '우석상서(又石尙書)'라고 했다. 이재면보다 일곱 살이 어린 아우 이명복이 왕위를 계승해 고종이 되었는데, 그가 아우인 고종을 보좌해 여러 판서 직을 전전했기 때문에, 중국의 판서에 해당하는 '상서'라고 불렀다. 판서니 상서니 하는 관직은 오늘날의 장관에 해당한다.

안민영이 『금옥총부』에 남긴 시조 181편 가운데 역사적인 배경이 깔려 있는 작품들도 있다. 고종의 즉위랄지, 경복궁 중건이랄지 하는 것이 한 예가 된다. 이 가운데서도 가장 뚜렷이 나타나 있는 역사적 배경의 작품이라면, 흥선대원군이 주역이 된 병인양요를 소재로 삼은 시조가 바로 그것이다. 이는 대원군의 웅혼한 지략을 칭송하면서 전승을 축하한 시이다.

> 서박(西舶)의 연진(煙塵)으로
> 천하가 어두워도,
>
> 동방의 일월이란
> 만년이나 밝히리라.
>
> 만일에 국태공(國太公) 아니시면
> 뉘라 능히 밝히리오.

주지하듯이, 국태공은 대원군의 존칭이다. 안민영은 창작 노트에 대원군의 한시 두 구절을 소개하면서 이 시조의 초장과 중장이 여기에서 근거했음을 밝히고 있다. 이 시조는 대원군의 영풍웅략, 즉 영웅으로서의 풍모와 지략을 칭송한 것이며, 또 이 작품이 위정척사의 주제를 드러낸 것임을 작자 스스로 밝히고 있다.

안민영을 얘기할 것 같으면 그의 스승 박효관(朴孝寬)을 빼놓을 수 없다.

안민영은 시조를 짓고 노래하고 연주하는 사람들의 커뮤니티를 형성하고 있었다. 모임의 이름을 '승평계'라고 했다. 승평계는 박효관을 좌장으로 한 일종의 가단(歌壇)이었다. 이 가단의 후원자는 대원군 – 이재면 부자였다. 안민영은 『금옥총부』의 자서(自序)에서 이렇게 밝히고 있다.

…… (박효관) 선생의 풍모를 우러르며 허심으로 보고 따름이 이에 거의 사십 년이다. 아아! 우리들이 성세(聖世)에 나서 만나 함께 수역(壽域)에 올랐으니, 위로는 국태공 석파대로가 있어 만기(萬機)를 몸소 관장하며 사방을 감화시켜 예악과 법도가 찬연히 경장하였고, 음악과 율여(律呂)의 일에 이르러서는 정통하지 않음이 없었으며, 이어서 우석상서는 더욱 교여(皦如 : 음률에 밝음)하였으니, 어찌 천 년만의 한 좋은 시절이 아니었겠는가?

— 『금옥총부』 자서(自序)

안민영이 스승 박효관과 더불어 직업적인 음악인으로서 또 시조집을 정리하는 편찬자로서 살아가는 데 대원군 부자로부터 적잖은 도움을 받은 것으로 보인다. 음율에 정통한 대원군과, 이보다 더 정통한 이재면은 예술후원자로서의 패트론(patron)이라고 하겠다. 이 두 사람의 든든한 우산 아래에서, 안민영의 개인 가집 『금옥총부』를 저술한 같은 해인 1876년에, 박효관과 안민영은 남창부(男唱部) 665수, 여창부(女唱部) 191수로 총 856수의 시조 작품을 실은 『가곡원류』를 편찬할 만큼, 사제의 관계를 넘어 예술적인 동지로서 한 시대를 함께해 왔다. 안민영은 스승 박효관을 두고 이렇게 묘사하고 있다.

높으락낮으락하며
멀기와 가깝기와

모지락둥그락하며
길기와 짧기와

평생에 이러하였으니
무삼 근심 있으리

박효관과의 관계와 그의 품성을 얘기하고 있다. 그의 신분이 중인이어서 높지도 낮지도 않고, 자신과의 관계는 사제지간이라 멀지도 일가붙이가 아니어서 가깝지도 않았다. 품성에 관해서라면 모나지도 둥글지도 않았으며, 야욕을 부리거나 온전히 금욕적으로 절제하거나 하지도 않았다. 안민영은 창작 노트에 그를 두고 '군자지풍(君子之風)'과 '무수태평옹(無愁太平翁)'이라고 했다. 군자의 풍모니, 시름없이 태평한 어르신이니 하는 말이다.

박효관은 마침내 세상을 떠났다. 안민영은 그의 죽음을 아쉬워하면서 애도 시조를 짓기도 했다. 여기에서 박효관의 인생을 가리켜 '시주가금(詩酒歌琴) 80년'이라고 한 것으로 보아 몰년이 1880년경인 듯하다. 1876년에『금옥총부』서문을 77세의 나이에 썼다고 스스로 말한 것으로 보아, 한국식 나이를 감안하면 그의 생년은 1800년일 듯싶다. 이제까지 그 동안, 박효관의 생몰년은 전혀 짐작조차 못했는데, 내가 보기로는 '(1800~1880)'으로 재구성해보는 것이 가장 합리적인 것 같다. 생몰년이 잘못되었다고 하더라도, 아마도 1·2년 정도의 차이라고 본다.

안민영은 자신의 20대 중반 즈음에 박효관을 처음으로 만나 40년정도 함께 세상을 살아왔다. 그는 평생토록 화 한 번 내지 않았던 박효관과, 사제의 정에다가 붕우의 도타움을 겸하여 밤낮으로 서로 따르면서 자신들의 시대를 함께해 왔던 것이다. 안민영은 박효관의 타계를 보고서 자신도 머잖아 떠날 것이라고 말했다.

안민영은 박효관·대원군·이재면 등의 지인들뿐만 아니라 전국의 명기들과 숱한 교유의 흔적을 남기고 있다. 개인 가집인『금옥총부』는 자신의 회갑을 기념하는 뜻에서 낸 회고록에 진배없다. 그동안 자신과 음악적인, 혹은 남녀 간의 인연을 맺은 기생에 관한 작품과 사연이 잘

드러나 있다. 가장 다양하고 깊고도 의미 있는 사연을 남긴 기생은 해
주의 옥소선이다. 안민영의, 그녀에 관한 시조 작품은 무려 일곱 편이
나 된다. 옥소선이 자신의 연인이 아니라 제자라고 했지만, 작품 내용
을 보면 내연(內緣)의 자취가 전혀 없다고 하지 못한다.

　여기저기에서 만난 기생들을 소재로 한 안민영의 시조 작품이 적지
않지만 작품성이 뛰어나 꼭 남겨두고 싶은 것은 다음의 두 편 정도가
아닐까 한다.

　　　고울사 저 꽃이여
　　　반만 여읜 저 꽃이여

　　　더도 덜도 말고
　　　매양 그만하여 있어

　　　춘풍에 향기 좇는 나비를
　　　웃고 맞이하노라.

　한 전주 기생을 찬양하는 작품이다. 기생의 이름은 '양대운'이다. 기
생 대운(臺雲)은 『금옥총부』에 세 차례나 등장하고 있지만, 양(襄)·양(陽)·
양(梁) – 한자로 성이 모두 다르게 표기되어 있다. 안민영은 그녀를 두고
문장 글씨가 능한 '일세의 절염(絕艶)'이라고 칭송했다. 서로 간에 내연의
관계가 있었음을 시인하고 있다. 위의 작품은 네 개의 낱말이 한자로
표기되어 있으나 한글로 써도 충분히 뜻이 통한다.

　　　자못 붉은 꽃이
　　　짐짓 숨어 뵈지 않네.

장차 찾으리라
굳이 헤쳐 들어가니,

진실로 그 꽃이거늘
문득 꺾어 드렸노라.

이 작품은 안민영이 진주 기생 비연(飛燕)을 어렵사리 만나면서 구연한 것으로 짐작된다. 비연은 아름다운 자태가 빼어나 진주와 그 인근에 소문이 났다. 하지만 그녀는 진주 '외촌의 거부' 성진사의 기생첩이었다. 진주에는 조선 시대에 이삼만 석의 거부가 있었으니, 성진사는 하다못해 만석꾼은 되는 듯하다. 남의 소실을 이성적인 관계를 맺기 위해 접근할 수 없기 때문에, 예능의 자문역으로서 만나기를 청해 만남이 이루어졌을 것이다. 불륜을 맺기 위한 소위 '상중지회'는 아닌 것 같다.

인용한 작품은 안민영 시조 181편 가운데, 유일하게 한글전용체로 쓰인 작품이다. 한자어 장차(將次)는 '장츠'로 표기되어 있다. '진실(眞實)'이란 낱말을 한글로 표기한 것도 다른 경우에 미루어 이례적이다. 그 만큼 언어 표현의 값어치가 있다는 말이 된다. 어쨌거나, 이 작품은 한 미인을 위한 헌화와 헌시의 노래이다. 좀 헌신적이면서도 곡진한 느낌이 물씬 풍기는 노래인 것이 사실이다.

안민영은 오랜 세월에 걸쳐 전국의 단위로 기생들과 교유하였다. 서로 따르면서 교유했다면, 내연의 관계를 맺었다는 얘기가 된다. 그는 기생만 아니라 여염집의 젊은 유부녀와도 사통했음이 확인되어 눈길을 끌게 한다.

오늘밤 풍우를
그 정녕 알았던들

대 사립짝을 곱걸어 단단 매었을 것을 비바람에 불리어 왜각지걱하는
소리여 행여나 오는 양하여 창 밀고 나서보니

월침침(月沈沈) 우사사(雨絲絲)한데
풍습습(風習習) 인적적(人寂寂)하더라.

안민영이 경기도 이천에 머물 때 쓴 사설시조다. 여가소부(閭家少婦)
와 더불어 불륜을 감행하리라는 상중(桑中)의 밀약을 맺고 초조하게 기
다리는 그의 모습이 눈에 어린다. 종장의 분위기 묘사가 탁월하다. 달은
어둑어둑하고, 비는 실처럼 쏟아져 내리고, 바람은 씁쓸히 불고, 사람은
없어 적적하더라. 안민영이가 이처럼 평생을 두고 많은 여인들과 함께
인생을 농탕치고 있을 때, 그의 아내 남원댁(南原室人)은 마음속에 응어
리를 남긴 채 먼저 갔다. 1880년의 일이었다. 이들 부부는 40년을 함께
살았다고 했으니, 안민영이 결혼한 나이는 24세이다. 그는 아내의 죽음
을 애도하는 시조를 남겼다. '내 죽고 그대 살라……'라고 시작되는 작품
이다. 이 작품을 보면, 아내에게는 자신에 대한 '무한한 폭백(暴白)'이
있었다고 했다. 그의 여성 편력에 대한 끝없는 불평불만을 말한다. 그가
남긴 그 애도의 시조는 일종의 참회록과도 같은 것이다.

개구리 저 개구리
득득쟁약(得得爭躍)하는 것에,

해오리 저 해오리
수수불비(垂垂不飛)하는구나.

추풍에 해오리 펄쩍 나니
개구리 간 곳 없어 하노라.

안민영의 시조 중에서 특이한 느낌을 불러일으키는 게 있다. 다산 정약용의 한시를 자신의 시조로 패러디화한 것이다. 다산이 남긴 5언의 대구(對句)인 '득득와쟁약(得得蛙爭躍), 수수로불비(垂垂鷺不飛)'…… 들 썩들썩 개구리는 다투듯이 뛰어오르고, 축 늘어진 해오라기 날지 아니 하네, 정도의 내용이 아닌가 한다. 시인의 감정을 마지막에 부연한다는 점에서 선경후정의 기법을 연상시키는 이 작품의 종장은 역발상의 선적(禪的)인 깨침 같기도 하고 '빈 수레가 요란하다.'는 교훈적인 속담을 연상시키기도 한다. 잽을 바지런히 날리는 복서가 상대방 선수에게 한 방에 넉 아웃되는 것 같다.

비바람 눈서리와
산짐승 바다 물결

들 더위 두메 추위 다 갖추어 겪었으며 빛난 의복 멋진 음식 좋은 벗님 고운 색과 술 노래 거문고를 실토록 지낸 후에 이 몸을 헤여하니 백번 불린 쇠 아니면 만 번 씻긴 돌이로다.

지금에

내 나이 칠십이라 평생을 묵수(默數)하니 우습고 느꺼워라 물에 섞인 물 아니면 꿈속의 꿈이런가 하노라.

이 장형화된 시조는 안민영의 나이 66세에 쓴 작품이다. 창작의 연도는 1881년이다. 이 해에 자신이 속한 노인계(승평계)가 수백 년을 계승했다는 자부심을 회고하기도 했는데, 이 작품은 자신의 평생을 조용히 헤아리는 시간을 가지면서 쓴 자기 성찰의 시편이다. 물질적으로 여유롭고, 자신이 처한 곳은 번화한 세상. 사귐이 있는 이는 대부분 부귀한 자였다. 또한 물외한인으로서 그가 찾은 처소는 늘 아름다움이 깃든 산수였다. 안민영은 자신이 세속적으로 복된 삶을 향유하였다고 본다. 하지만 물 가운데 물이 있듯이, 그의 삶은 꿈속의 꿈이라고 생각하고 있다. 나는 이 작품이야말로 안민영의 최고 작품이라는 데 주저하지 않는다. 인생을 비로소 음미할 수 있을 때, 문학의 본원적인 가치에 눈을 뜰 수가 있는 것이다.

3

안민영이 서른여섯의 중년 나이에 칠원(함안)에서 기생 맹렬(孟烈)과 함께 생활의 터전을 마련하고 있었던 늘그막의 송흥록(宋興祿)을 만나러 간다. 10년 만에 두 번째 만남이었다. 세 사람은 한 닷새의 나날을 질탕하게 지내다가 헤어졌다고 한다.

송흥록은 이때 이미 일흔 고개를 살짝 넘은 나이였다. 송흥록과 안민영이 함께 만나 각자 자신의 노래를 불렀으리라. 19세기를 대표하는 판소리의 가왕(歌王)과, 당대에 온 나라의 명성을 떨친 가객(歌客)의 만남이었다. 문학사 최고의 장관이었을 것이다. 우리 문학사의 장면 가운데 이처럼 현란한 장면이 또 어디에 있었을까 한다. 가왕 송흥록과 기생 맹렬이 경상우병사의 강요에 의해 한때 진주에서 서로 헤어질 때 애절한 진양조의 이별가를 불렀다고 하는 전설의 얘기도, 세월이 한참 흘러 두 사람이 동거하고 있다는 안민영의 증언을 통해, 어느 정도는 확인이 되고 있다고 보아야 한다. 만약 이 증언이 없었다면 진주(혹은, 대구) 기생 맹렬은 전설 속의 가상 인물에 지나지 않을 것이다.

안민영에게 있어서 좋은 소리는 과연 무엇일까? 그는 「가곡의 소리를 논하다(論曲之音)」라는 제목의 글에서 문자의 개념을 초월하는 절대음악의 경지를 강조한 바 있었다. 성중무자(聲中無字)에, 자중유성(字中有聲)이라. 이를테면, 소리 속에는 글자가 없고, 글자 속에 소리가 있게 하는 그 경지 말이다.

소리 잘 하는 사람은 소위 '배냇소리'를 가진다. 안민영은 이를 '내리성(內裏聲)'이라고 했다. 배냇소리라고 해서 천성의 소리를 뜻하는 것이 아니다. 오히려 학습에 의해 만들어가는 소리다. 소리에 억양이 없으면, 그 소리는 마치 염불하는 것 같은 소리가 되고, 소리에 머금거나 감춤이 없으면, 그 소리는 마치 외치는 것 같은 소리가 되고 만다.

요컨대 음악성에는 문학성을 없게 하고, 문학성은 음악성과 함께한다. 소리 속에 글자 없고, 글자 속에 소리 있다, 라는 말의 깊은 뜻이 대저 여기에 있는 게 아닌가 한다. 가객으로서, 시조 시인으로서 살아온 안민영의 예술의 구경(究竟)도 바로 여기에 있었던 게 아닌가 한다.

V

기생 춘향과 기생 아닌 춘향의 거리

춘향전론

1

판소리는 열린 연희 공간에서 연행되는 일종의 종합예술이었다. 사람들끼리의 소통을 중시하는 연희 양식으로 인해 애최 사회성을 가진 것은 두 말할 필요가 없다. 판소리의 중요한 레퍼토리인 춘향가가 19세기에 이르면서 가장 인기 있는 작품의 반열에 오르자 본격적으로 많은 이본의 소설 춘향전들을 촉발시켰다.

그런데 소설로서의 춘향전의 원본은 있을 리 없다. 작자부터가 없는 데서 출발했기 때문이다. 이것의 무수한 이본들 가운데 목판본으로 전해지고 있는 두 개의 텍스트는, 원본과 거의 비슷한 효력이 인정되는 잠정적인 정본(正本)으로 대접을 받고 있다. 하나는 경판 30장본과, 다른 하나는 완판 84장본이다. 이 두 가지의 판본은 춘향전의 이본 가운데 가장 완성도가 높은 텍스트다. 전자는 서울에서 만든 판본 중에서도 가장 후대에 속하며, 후자는 전주에서 만든 판본 중에서도 가장 후대에 속한다.

그런데 이 두 가지의 것은 공간물(公刊物)16)임에도 불구하고, 조선 시대의 선비들이 한문으로 쓴 문집과 달리 간행 기록이 없다. 이 사실은 텍스트 연구사에서 아쉬움이 크다. 춘향전 연구에 정평이 있었던 국문학자였던 김동욱은 전자의 텍스트 생성을 소설의 본문 중에 '왜(倭)경대', '자명종', '꽃 그린 왜(倭)화병' 등의 일본 기물(器物)이 등장하는 것으로 보아 대체로 1860년대로, 후자의 그것을 고종 10여년 경, 즉 1873년 이후로 추정한 바 있었다.17) 두 판본의 시기적인 차이를 십년 안팎으로 본 셈이다. 하지만 후술하겠거니와, 그는 자신이 병오년(1906) 완판 33장본을 발굴함으로써 완판 84장본이 1906년 이후에 간행되었을 가능성이 높은 학설의 바탕을 그 스스로 마련하기도 했다.

비슷한 시기의 신재효본은 판소리 대본이기 때문에 소설로 보기에 무리가 없지 않다. 반면에, 이 두 가지의 텍스트는 마땅히 소설이다. 차이가 있다면, 전자는 문장체 소설이요, 후자는 판소리계 소설이다. 본고에서는 전자를 가리켜 편의상 '경판 춘향전'이라고, 후자를 두고 원(原)제목에 가까운 '열녀춘향수절가'18)라고 명명한다.

2

경판 춘향전에서는 춘향의 신분적인 정체성이 모호하지만 대체로 기생이거나, 아니면 기생이었던 것으로 나타나고 있다. 이도령과 춘향

---

16) 저술 행위에 관한 한 특별한 검열의 과정이 없었던 조선 시대에, 수고본과 필사본을 제외한 모든 판본은, 목판이든 활판이든 할 것 없이 공간물이라고 보아야 한다.
17) 김동욱, 『춘향전연구』, 연세대 출판부, 1965, 400면 참고.
18) 원래의 제목은 '열여춘향슈절가라'이다.

이 처음으로 만날 때 가장 먼저 드러난 춘향의 신원은 이렇다. "이때 본읍(本邑 : 남원) 기생 춘향이 추천차(鞦韆次 : 그네를 뛰기 위해)로 의복 단장 치레할새……"19) 경판 춘향전 속의 화자(storyteller)는 분명하게도, 춘향을 남원 기생으로 간주하고 있다. 그런데 방자는 춘향을 '본읍 기생 월매의 딸'로 소개하고, 춘향 자신은 이도령과의 첫 대면에서 '창가(唱家) 여자'라고 했다. 기생 월매의 딸이니, 창가 여자, 즉 기생집의 여자니 하는 말은 기생일 수도 있고, 기생 아닐 수도 있음을 말한다. 방자와 춘향 자신의 진술은 춘향의 신원을 드러내는 데 한계가 있는 모호한 진술인 것이 사실이다.

어쨌든 이도령이 춘향을 처음 대하는 태도는 기생에게 하는 짓, 그 이상도 그 이하도 아니라고 본다. "육례(六禮)는 비록 갖추지 못하나 혼인은 착실한 혼인이 될 것이니 잡말 말고 허락하여라." 사뭇 명령조이고, 강압적이다. 잡말은 현대어로 잔말에 해당한다. 한 청년이 잔말 말고 나랑 결혼해, 라고 강요한다고 하자. 요즘 처녀들이 어떻게 생각할까? 춘향은 이도령이 하룻밤을 즐기고 자신을 버릴까 두려워 불망기(각서)를 요구한다. 이 도령이 붓을 들어 육필로 쓴 불망기의 내용을 현대어로 옮겨 쓰면, 다음과 같다.

아무 해 아무 달 아무 날, (이것은) 춘향 앞에 쓴 불망기이다. 또한 잊지 않기 위해 쓴 이 글월은 우연히 산천을 구경하고자 광한루에 올랐다가 천생배필을 만나니 호탕한 감정을 이기지 못했다. 백년가약을 맺기로 서로 약속하되 이 이후에 만일 약속을 어긴다면 이 문장의 기록으로써 관청에 송사를 해도 좋다.20)

---

19) 이석래 역주, 「춘향전」, 범우, 2009, 12면.

춘향이 이 불망기만으로 안심을 못했던지, 만약 당신 아버지가 신분을 넘어선 두 사람의 밀애를 아시면 '소녀는 속절없이 죽을 터'라고 말한다. 이에 이도령은 우리 아버지도 젊을 때 주사(酒肆 : 술집)와 청루(靑樓 : 기생집)를 드나들거나, 여기저기의 통지기[21) 방을 돌아다녔음을 말함으로써 안심을 시킨다.

춘향이 이렇게 안전장치를 확보한 다음에, 이도령에게 몸을 수락한다. 이들의 육체적인 사랑은 어느 새 뜨겁게 타오른다. 황순원의 「소나기」와 같은 소년소녀의 무구한 사랑이 아니라, 열여섯 나이에 걸맞지도 않게 헤어나지 못할 열애의 깊은 늪에 빠지고 만다. 이도령은 춘향과 더불어 운우지정을 '즐기다가 날이 새면 몸을 빼어 돌아오고 어두우면 천방지방 달려가서 자취 없이 다니기를 여러 날이 되'22)기에 이르렀다. 경판 춘향전에서는 두 사람의 열애를 매우 절제하는 선에 머물고 있으나, 「열녀춘향수절가」에서는 매우 세밀하게 묘사하고 있다.23) 특히 노골적인 섹스 장면 묘사는 낯이 뜨거울 정도이다.

> "춘향아 우리 말(馬)놀음이나 좀 하여보자."
> "애고, 참 우스워라. 말놀음이 무엇이오?"
> 말놀음 많이 하여 본 성부르게.

---

20) 같은 책, 18면 참고.
21) 통지기는 글자 그대로 물통이나 밥통을 지키는 비천한 여자를 말한다. 반찬을 주로 만드는 일을 한다는 점에서 찬비(饌婢)라고도 한다. 그런데 여기에서의 통지기는 주인집 아들에게 성적으로 복종하거나, 서방질을 능숙하게 자주 일삼거나 하는 계집종을 가리킨다.
22) 이석래 역주, 앞의 책 30면.
23) 완판 84장본이 경판 30장본보다 3배 가까운 분량을 가지고 있다. 이 두 가지 이본을 저본으로 삼아 묶은 현대어판 정본인 송성욱 풀어 옮김 「춘향전」(민음사, 2005)에는 61면과 175면을 각각 차지하고 있다.

"천하 쉽지야. 너와 나와 벗은 김에 너는 온 방바닥을 기어 다녀라. 나는 네 궁둥이에 딱 붙어서 네 허리를 잔뜩 끼고 볼기짝을 내 손바닥으로 탁 치면서 이리 하거든 흐흥거려 퇴김질로 물러서며 뛰어라. 알심 있게 뛰게 되면 탈 승자(乘字) 노래가 있느니라."

타고 놀자 타고 놀자. (……) 마부(馬夫)는 내가 되어 네 구정을 넌지시 잡아 구정걸음 반부새로 화장으로 걸어라. 기총마(騎驄馬) 뛰 듯 뛰어라.

온갖 장난을 다 하고 보니 이런 장관(壯觀)이 또 있으랴. 이팔(二八) 이팔(二八) 둘이 만나 미친 마음 세월 가는 줄 모르던가 보더라.[24]

이도령은 춘향이에게 후배(後背)의 체위를 요구한다. 말하자면, 여성이 엎드리고 남성이 뒤에서 삽입하는 체위다. 이도령은 마부의 역할을 하고 춘향은 암말의 역할을 한다. 암말은 처음에 천천히 걷는 시늉을 하다가, 마부가 점차 말고삐를 당기니, 뚜벅뚜벅 거칠게 닫는 화장걸음을 지나, 말이 날뛰는 것 같은 시늉으로 더 발전해간다. 쾌락의 강도가 높아지고 있음을 묘사하고 있다고 보인다.

이 정도면, 이른바 '19금(禁)'의 수준을 넘어서서 16세 소년소녀가 벌이는 아동포로노물에 이른다. 「열녀춘향수절가」는 독자 대중의 취향에 영합하면서 성적 내용을 부연하고, 또 자유연애적인 분위기를 강화함으로써, 소설적 근대화의 여명으로 향해 한 걸음 전진해 나아가고 있다.

3

경판 춘향전에서의 춘향의 신분이 기생이라면, 「열녀춘향수절가」에

---

24) 이석래 역주, 앞의 책, 123~125면.

서 있어서의 그것은 기생이 아닌 것으로 드러나 있다. 춘향전 이본들
중에서 전·중기본에 해당하는 대부분의 이본은 기생 춘향의 이야기이
다. 이본 가운데 일부분만이 기생 아닌 춘향의 이야기로 꾸며진다. 그
래서 춘향전 이본군을 두고 기생계 춘향전과 비기생계 춘향전으로 크
게 나누기도 한다. 소수본인 비기생계 이본은 대원군 집정기와 고종
친정기에 이르러 판소리가 양반 취향에 의해 통속화되어가는 시대적인
분위기 속에서 생산된 후기본이라고 할 수 있다.[25]

　춘향전에서 차별적 신분관에 의한 갈등이 가장 고조된 부분은 춘향과
변학도의 대립에 있다. 소설의 주제가 이 부분만큼이나 잘 암시되어 있
는 부분은 없다. 경판 춘향전에서는 물론 춘향이 기생으로 나서고 있다.

　　　"네 본읍 기생으로 도임(到任) 초에 현신 아니키를 잘 했느냐?"
　　　춘향이 아뢰되,
　　　"소녀가 구관 사또 자제 도련님 뫼시고 대비정속하온 고로 대령치 아니
　　하였나이다."
　　　신관이 증을 내어 분부하되,
　　　"너 같은 노류장화가 수절이란 말이 고이하다. 요망한 말 말고 오늘부
　　터 수청 거행하라."
　　　춘향이 여짜오되,
　　　"만 번 죽어도 봉행치 못할소이다."[26]

　여기에서 춘향이 기생인 것은 분명하다. 신관이 도임할 때 관에 속
한 기생으로서 몸을 나타내지 않은 게 잘했다고 보느냐고 묻는다. 이에

25) 박희병, 「춘향전의 역사적 성격 분석」, 김병국 외(外) 편, 『춘향전 어떻게 읽을 것인가』,
　　서광학술자료사, 76~77면 참고.
26) 이석래 역주, 앞의 책, 36면.

춘향은 '대비정속(代婢定贖)'했음을 밝힌다. 대비정속이란, 관청의 기생이 자기 대신에 사람을 사서 넣고 자신은 기생의 신분으로부터 빠져나오는 것을 말한다. 그러나 대비정속과 상관없이, 변학도는 한 번 기생은 영원한 기생이라고 생각하고 있다. 시쳇말로 '한 번 해병대는 영원한 해병대다.'라고 하듯이 말이다.

이에 비해 「열녀춘향수절가」에서는 춘향이 기생 아닌 춘향으로 작품 속에 등장하고 있다. 관아에 딸린 종의 우두머리가 변학도에게 '춘향모는 기생이되 춘향은 기생이 아닙네다.'라고 말한다. 이 말을 묵살한 변학도는 춘향을 잡아들여 수청을 강요한다. 춘향은 충이 불사이군이라면, 열(烈)은 불경이부(不更二夫)라고 한다. 열녀는 두 명의 지아비를 거듭 섬기지 아니하는 절개 있는 여자라는 것. 변학도는 이 말을 가소롭게 여기며 천기(賤妓)들에게 '충렬'이란 두 글자가 왜 있겠느냐고 한다. 여기에서 춘향의 호기 있는 대답이 나온다.

충효 열녀 상하 있소?

충신과 효자와 열녀는 조선 사회의 차별적인 신분의 조건과 무관하다는 것이다. 변학도가 춘향이에게 죄를 물으면서 폭력을 가하려고 한다. 또 이 대목에선 '유부(녀) 겁탈하는 것은 죄가 아니고 무엇이요?'라고 되묻는다. 춘향은 기생이 아닌, 기생의 딸로서 관의 폭력에 맞서 민의 항거를 최대치로 보여준다. 춘향과 변학도가 갈등하는 과정에서 가장 인상적으로 남아있는 것은 행수기생이 춘향을 회유하려다가 외려 춘향이에게 훈계를 듣는 부분이다.

…… 행수기생이 나온다. 행수기생이 나오며 두 손뼉 땅땅 마주 치면서 "여봐라 춘향아. 말 듣거라. 너만한 정절은 나도 있고 너만한 수절은

나도 있다. 너라는 정절이 왜 있으며 너라는 수절이 왜 있느냐. 정절부인 애기씨 수절부인 애기씨 조그마한 너 하나로 망연(茫然 : 정신이 아득함) 하여 육방이 소동, 각청 두목이 다 죽어난다. 어서 가자 바삐 가자."

춘향이 할 수 없어 수절하던 그 태도로 대문 밖 썩 나서며

"형님 형님 행수 형님. 사람의 괄시를 그리 마소. 계란(거기라고) 대대 (代代) 행수며 나라고 대대 춘향인가. 인생 일사도무사(一死都無事 : 한번 죽으면 그만)지 한 번 죽지 두 번 죽나."27)

춘향은 자신을 겁박하면서 유세를 부리는 행수기생에게 자신을 너무 괄시하지 말라고 한다. 행수기생을 형님이라고 한 것은 본디 자신이 기생임을 말하는 것인데, 이는 앞 시대 이본의 영향을 받은 흔적이 아닌가 한다. 텍스트가 적층적 변이의 가속화가 이루어지는 과정에서 혼동을 보인 것이 아닐까 한다.

「열녀춘향수절가」가 기생 아닌 춘향을 주인공의 모델로 삼고 있지만, 여기에서도 기생 춘향과 기생 아닌 춘향이 혼재되어 상충하고 있다. 춘향이 기생이 아니라고 해도 기생의 딸로서의 춘향과 양반 서녀로서의 춘향이 가지고 있는 신분상의 이중성은 여전히 존재하고 있다. 춘향의 근본이 만약 천하다면 종모법(從母法)에 기인한다.28) 딸의 신분은 양반 아비를 따르지 않고 천민 어미를 따른다는 것. 그런데 춘향에게 부여된 신분적인 이중성에 민(民)의 의사가 개입되고 있다. 귀천의 중간에 놓인 민은 귀에 대한 천의 편에 서면서 민의를 실현해 간다.

---

27) 같은 책, 159~160면.

28) 종모법은 양인의 수를 억제하거나 확보하기 위해 시행했다. 고려 때는 양인의 수를 억제하기 위해 천자수모법을 시행했고, 조선 때는 1731년(영조 7년)에 양인의 수를 확보하기 위해 노비종모법을 시행하였다. 즉, 아버지가 노비라고 해도 어머니가 양인이면 자녀 역시 양인이 되는 것이 노비종모법이다.

춘향에 대한 민중의 지지는 우선 매 맞고 쓰러진 가련한 여성에 대한 동정심에서 나온 것이기도 하지만, 근본적으로 '기생 아닌 춘향'의 정당성을 인정하고, '기생 춘향'을 강요하는 변학도의 횡포가 전혀 부당하다는 판단에 근거를 둔다. 인간적인 해방을 쟁취하자는 민중의 공통적인 이해관계 때문에, 신분적 제약을 강요하는 변학도를 적으로 규탄할 수 있는 것이다. 이몽룡이 어사가 되어 돌아와 변학도를 몰락시켰다는 것은 개인적인 측면에서 본다면, '기생 아닌 춘향'의 일차적인 승리가 더욱 큰 이차적인 승리를 가져왔음을 의미한다. 그런데 횡포를 자행하는 변학도는 민중의 각성을 초래했고, '기생 아닌 춘향'의 이차적이고도 최종적인 승리가 민중 전체의 것으로 확대되게 했다.29)

인용문은 국문학자 조동일의 「춘향전 주제의 새로운 고찰」에서 따온 것이다. 이 글은 문학사회학적인 큰 틀 속에서 춘향전의 새로운 주제를 탐구한 것이다. 즉, 그는 춘향전의 주제를 중층적으로 보았다. 열녀의 교훈이 표면적인 주제라면, 인간적 해방의 주장이 이면적 주제라고 본 것이다.30) 이 글의 원제가 『계명논총』 제7집(1970)에 발표된 「갈등에서 본 춘향전의 주제」인데, '기생 춘향'과 '기생 아닌 춘향'의 갈등 관계를 통해 문학사회학적인 주제를 파악하려고 했던 것이다. 하지만 변학도에 대한 춘향의 항거가 반(反)봉건성을 가진다는 논리는 김태준(천태산인)·조윤제·김기동 등의 선학에 의해 이미 마련된 논리다. 요컨대, 「춘향전 주제의 새로운 고찰」은 그다지 새로운 주제랄 것도 없지만 논리의 구성과 전개가 다소 새로울 따름이다.

한편 변학도에 대한 춘향의 항거가 반(反)봉건성을 가지지 않는다는

---

29) 조동일, 「춘향전 주제의 새로운 고찰」, 김병욱 외, 앞의 책, 28~29면.
30) 같은 책, 30면 참고.

논리도 없지 않다. 그녀의 항거가 사회성을 가진다기보다는 수청의 강요를 거부하는 개인적인 문제에 머물고 있다는 논조도 만만치 않게 밝혀져 왔다. 그 대표적인 논자들은 김우종·김대행·김진영 등이다.[31] 그녀의 항거가 사회적인 문제에 속하느냐, 개인적인 문제에 속하느냐 하는 것은 춘향전의 한 쟁점으로서 앞으로도 두고두고 논의를 거듭할 사안이다.

4

경판 춘향전과 「열녀춘향수절가」는 방각본으로 된 텍스트의 대표적인 이본들이다. 전자가 기생계 춘향전이고 후자는 비기생계 춘향전이지만, 각 작품마다 '기생 춘향'과 '기생 아닌 춘향'의 갈등 양상이 내면화되어 있다. 이상으로 본 바와 같이, 구소설로 만들어진 것의 사실상 최후의 이본인 「열녀춘향수절가」는 '기생 아닌 춘향'의 이미지를 견고하게 다져 대중에게 확실히 각인시켰다. 춘향전에 관한 무대 예술이나 영화는 이것을 대부분 저본으로 삼고 있다. 「열녀춘향수절가」가 춘향전의 완성본이라는 생각이 폭이 넓은 지지를 받는 편이지만, 이를 부정하는 전문적인 의견도 없지 않다.

> 우리는 그 동안 조악하게 변질된 완판 84장본 「열녀춘향수절가」에 매달려 헤어날 줄을 몰랐다. 그러나 이 텍스트는 20세기에 이루어진 것으로 모순·당착이 가장 심히 나타나는 본이다. (……) 이 '20세기본'에 반영·굴절된 사상들을 가지고서 '조선조 후기 사상' 운운하는 무리를 범한 적도 있다.[32]

---

31) 같은 책, 93면 참고.

이 견해는 앞서 말한 조동일의 글을 은근히 비판하고 있다. 한마디로 말해 텍스트의 선택이 잘못되었다는 것이다. 김동욱에 의해 완판 33장본 춘향전이 병오년(1906)의 텍스트로 알려지면서,[33] 「열녀춘향수절가」의 경우, 세 가지 텍스트가 1906년에서 1916년에 걸쳐 간행되었음이 확인될 수 있었다. 이 세 가지 텍스트는 병오년 33장본의 내용이 소략해서 독자의 흥미를 충족시켜주기 위해 내용을 부연시키고 삽입가요를 첨가하여 간행한 것이다.[34]

「열녀춘향수절가」의 텍스트 가치가 문제점으로 제기되면서부터 독자들과 달리 연구자들은 춘향전의 또 다른 이본인 「남원고사(南原古詞)」에 관심을 가지게 된다. 이 이본은 우선 내용이 가장 풍부하다는 점에서 춘향전의 '웅편(雄篇)'이니 '최고봉'이니 하는 평가를 받기도 한다.[35] 「남원고사」는 서울의 세책방에서 전해온 소위 필사본 텍스트이다. 필사의 기록은 대체로 1864년에서 1869년으로 추정[36]되는데, 물론 현전하지 않은 모본(母本)은 훨씬 그 이전에 창작된 것일 수도 있다. 다만 필사자가 필사한 시점이 1860년대라는 것이다.

「남원고사」는 '기생 춘향'이 등장하는 소위 기생계 이본이다. 춘향이 기생의 신분으로서, 변학도의 폭압으로부터 사랑을 쟁취함으로써 혼사 장애를 극복하고 마침내 신분 상승한다는, 다들 아는 이야기이다. 「열녀춘향수절가」가 열녀 춘향의 일면성을 부각하고 있다면, 이보다 30년

---

32) 성현경, 「남원고사본 춘향전의 구조와 의미」, 김병국 외, 앞의 책, 356면.

33) 유탁일, 「완판방각소설의 문헌학적 연구」, 학문사, 1981, 159면 참고.

34) 같은 책, 177면 참고.

35) 성현경, 앞의 논문, 357면 참고.

36) 『한국민족문화대백과사전』, 한국정신문화연구원, 1994, 435면 참고.

이상 앞선 것으로 짐작되는 남원고사는 전반부에 기생 춘향의 행동을,
후반부에는 열녀 춘향의 행동을 양면으로 강조하고 있다. 「열녀춘향수
절가」가 보수의 논리에 충실했다면, 남원고사는 보혁(保革) 통합의 논리
에 대한 비전을 제시한 것이 아닌가 한다. 열녀의 행동이 보수적이라면,
기생의 행동은 진보적이기 때문이다. 춘향전의 주제에 관해 '대동적 화
해주의'라는 관점에서 결론을 이끌어낸 설성경의 글을 따오면서 이 글을
마무리할까 한다.

> 기생 춘향과 사또 자제 도령의 간격은 사회적 거리의 양극점에 위치하
> 고 있지만, 사랑하는 사람들이란 애정의 거리는 이들을 하나 되게 하는
> 합일점이 된다. (……) 관 위의 관으로 표상되는 어사는 오히려 민 아래의
> 민으로 상징되는 기생 춘향과 하나가 될 수 있는 사랑의 복선으로 인하여
> 탈계층 사회로 통하는 길을 보여주었다.[37]

---

37) 설성경, 「춘향전의 계통」, 김병욱, 앞의 책, 354~355면.

부록

고전소설의 본문·주석

I
이생규장전

김시습

송도(松都 : 개성)의 다리인 낙타교 옆에 이생이란 이가 살고 있었는데, 나이는 열여덟 살이었다. 풍운이 맑고 재주가 뛰어나 일찍부터 국학(國學)[1]에 다녔는데, 길을 가면서도 시를 읽었다. 선죽리(善竹里)[2] 명문가에서는 최씨라는 성의 처녀가 살고 있었는데, 나이는 열대 여섯쯤 되었다. 자태가 아리땁고 자수도 잘 놓았으며, 시와 문장도 잘 지었다. 세상 사람들은 그들을 이렇게 칭송하였다.

풍류로워라 이씨네 아들,
아리따워라 최씨네 딸.
재주와 얼굴이 만약 먹는 거라면
허기진 배조차 채울 수 있겠네.

---

1) 고려 시대의 국립대학에 해당함. 조선의 성균관과 같음.
2) 개성 선죽교가 있던 마을의 이름.

이생은 날마다 책을 겨드랑이에 끼고 학교에 다닐 때에 언제나 최씨
네 집을 지나다녔다. 북쪽 담 밖에는 간들거리는 수양버들 수십 그루가
그 담을 둘러싸고 있었다. 어느 날 이생이 그 나무 아래에서 쉬다가
담 안을 엿보았더니, 아름다운 꽃들이 활짝 피어 있고, 벌과 새들은 다
투어 재잘거리고 있었다. 뜨락의 한켠에는 작은 누각이 꽃나무 숲 사이
로 은은히 보였다. 구슬발이 반쯤 가려 있고 비단 휘장이 낮게 드리워
져 있었는데, 한 아리따운 아가씨가 수를 놓다가 지겨운 듯 잠시 바늘
을 멈추며 턱을 괴더니 시를 읊었다.

> 사창(紗窓)에 홀로 기대니 수놓기도 지겨워라.
> 온갖 꽃떨기마다 꾀꼬리 소리 다정도 해라.
> 마음속으로 부질없이 봄바람을 원망하다가,
> 말없이 바늘 멈추고는 누군가를 그리워하네.
>
> 길 가는 저 선비님은 누구네 댁의 도련님일까.
> 푸른 옷깃 넓은 띠3) 버들 사이로 비쳐 오네.
> 만약 이 몸이 대청마루 위의 한 마리 제비라면
> 구슬로 된 발을 젖히며 담장 위를 날아 넘으리.

이생은 그 여인이 읊은 시를 듣고 들뜬 마음을 억누를 수가 없었다.
그러나 그 집의 담은 높디높고 여인의 안채는 깊디깊었으므로, 어쩔
수 없이 마음을 애태우다가 떠나갔다. 그는 학교에서 돌아오는 길에
흰 종이 한 장에다 시 세 편을 써서 깨진 기왓장에 묶어 담 안으로 던져
넣었다.

---
3) 국학에 다니는 유생의 옷차림.

무산 열두 봉우리 첩첩이 쌓인 안개로다.
뾰족한 봉우리를 감싼 오색구름이여.
양왕의 외로운 꿈을 수고롭게 하지 마오.
구름 되고 비가 되어 양대에서 만나려나.4)

사마상여(司馬相如)가 탁문군(卓文君)을 꾀던5)
마음에 품었던 생각은 이미 다 이루어졌네.
붉은 담장 가장자리의 복사꽃과 오얏꽃은
바람에 날려서 어디로 분분히 떨어지나.

좋은 인연되려는지 나쁜 인연 되려는지
부질없는 이내 시름은 하루가 일 년 같아라.
스물여덟 자6)로 황혼의 기약을 맺었으니
남교(藍橋)7)에서 어느 날 신선을 만나려나.

　최랑이 몸종 향아(香兒)를 시켜서 그 편지를 줍게 해 보니, 바로 이생
이 지은 시였다. 최랑이 그 시를 펼쳐서 두세 번 읽노라니 마음속으로
혼자 흡족해 하였다. 종이쪽지에 화답해 담 밖으로 던져 주었다.

　의심하지 마시옵고, 우리 황혼녘에 만나요.

---

4) 춘추 시대의 초나라 희왕이 중국 사천성 무산의 여신을 양대산에서 만나 운우지정을 나누
　었다. 양왕은 희왕 시절의 고사를 회고한 바 있었다.
5) 전한 시대의 문인인 사마상여가 현악의 연주를 통해 과부 탁문군을 유혹해 부부가 되었다.
6) 7언 절구로 된 4행시를 말한다.
7) 중국 섬서성 남전현 동남쪽의 시냇물 남계에 놓인 다리의 이름. 좋은 인연의 배필을 만나
　게 해주었다는 고사가 있다.

　　이생이 그녀의 말대로 황혼이 되자 최랑의 집 담장 아래로 갔다. 갑자기 복사꽃 한 가지가 담 위로 넘어오면서 그림자로 나타나 하늘거렸다. 이생이 가까이 가서 살펴보니 그넷줄이 대바구니를 매어서 아래로 늘어뜨려 놓았다. 이생을 그 줄을 잡고 담을 넘었다.

　　때마침 달이 동산에 떠오르고 꽃 그림자는 땅에 가득해 맑은 향기를 내뿜고 있었다. 이생은 자신이 신선 세계에 들어왔다고 생각하고 있었다. 마음은 비록 기뻤지만, 자기의 마음이나 지금 하려는 일이 신비롭기까지 해 머리카락이 쭈뼛 곤두선 듯했다. 이생이 좌우를 둘러보았더니, 최랑은 꽃떨기 속에서 향아와 같이 꽃을 꺾어 머리에 꽂고는, 외진 곳에 자리를 펴고 앉아 있었다. 최랑이 이생을 보고 미소를 살며시 머금으면서 시 두 구절을 지어 먼저 읊었다.

> 도리(桃李)의 가지 속에 피어있는 꽃송이 탐스럽고,
> 원앙(鴛鴦)으로 수놓인 베개, 곱디고운 달빛이어라.

　　이생이 뒤를 이어 시를 지어 읊었다.

> 훗날 어쩌다가 봄소식이 새나간다면
> 무정한 비바람에 더욱 가련해지리라.[8]

　　최랑이 얼굴빛이 변하면서 말하였다.

---

8) 봄소식이 사랑의 좋은 징조라면, 비바람은 사랑의 장애가 되는 얄궂은 운명이다. 이 소설의 복선(under-plot)이 깔려 있는 표현이기도 하다.

"저는 당신과 함께 부부가 되어 끝까지 영원히 함께 기쁨을 누리려고 하는데, 당신은 어찌 그렇게 불길한 말씀을 하십니까? 저는 비록 여자의 몸이지만 마음이 의연한데, 장부의 의기를 가지고도 그런 말씀을 하다니요? 훗날 규중의 일이 누설되어 친정에서 꾸지람을 듣게 되더라도, 제가 혼자 감당하겠습니다."

"……"

"향아야. 주방에 가서 주안상을 내어 오너라."

향아가 아씨가 명하는 대로 가버리자, 사방이 고요하여 아무런 소리도 들리지 않았다.

이생이 최랑에게 물었다.

"여기가 어디입니까?"

최랑이 말하였다.

"여기는 저희 집 뒷동산(북쪽의 정원)에 있는 작은 별당 아래이지요. 저희 부모님께서는 제가 외동딸이기 때문에 여간 사랑하지 않으십니다. 그래서 연못가에다 이 별당을 따로 지어 주셨지요. 봄날의 아름다운 꽃들이 활짝 피면 몸종 향아와 함께 즐겁게 지내라고 하신 거지요. 안채가 여기서 떨어져 있기 때문에 아무리 웃으며 크게 떠들어도 소리가 쉽게 들리지는 않는답니다."

최랑이 술 한 잔을 따라 이생에게 권하면서 고풍(古風)의 시 한 편을 읊조렸다.

> 부용(芙蓉)이 핀 못에서 난간을 굽어보다
> 꽃떨기 속의 사랑하는 이들이 속삭이네.
> 향그러운 안개 속에도 봄빛이 화창해지니

새 노랫말을 담아 「백저사(白紵詞)」9)를 부르누나.
꽃그늘에 비추는 달빛은 자리에 스며들고
긴 가지 함께 잡으면 붉은 꽃비가 내리네.
바람 따라 맑은 향기 옷 속으로 스며들면
가충(賈充)10)의 따님이 사뿐사뿐 춤을 추누나.
비단 적삼이 해당화를 살며시 스치어가니
꽃 사이에 졸던 앵무새가 놀라 깨어나네.

이생도 바로 시를 지어 화답하였다.

도원에 들어서면 흐드러진 복사꽃 풍경이어라.
이내 정회(情懷)도 정녕 형언할 수 없어라.
둘로 갈라 올린 머리칼에 꽂은 금비녀이며,
모시로 지은 단정하고 산뜻한 봄 적삼이여.
봄바람에 아름다운 꽃봉오리 열리나니
하 그리 많은 꽃가지에 비바람아 불지 마라.
선녀의 소맷자락 나부껴 그림자도 하늘거리고
계수나무 그늘 속에선 항아(姮娥)11)가 춤추네.
기쁨이 다하기도 전에 시름이 오는 것이리니,
앵무새에게 새로운 노래를 쉬 가르치지 마오.

시 낭독이 끝나자 최랑이 이생에게 말하였다.

---

9) 오나라의 춤곡.

10) 진나라 무제 때 고관을 지낸 이. 그의 딸 가오(賈午)는 무제의 하사품인 외국산 고급 향을
연인에게 주어 사통했는데 옷에 묻은 향기로 인해 들통이 났다. 그 후, 가충은 딸의 결혼을
허락했다.

11) 달나라에 산다는 선녀.

"오늘의 우리 만남은 결코 작은 인연이 아니랍니다. 당신은 저를 따라오셔서 만단정회를 아낌없이 나누는 게 좋겠어요."

최랑은 말을 마치자마자 북쪽의 큰 창으로 들어서고, 이생도 그 뒤를 따랐다. 누각에 달린 사다리가 놓여 있었는데, 그 사다리를 타고 올라갔더니, 과연 밖에서 본 그 다락방이 나타났다. 문방구와 책상들이 아주 말끔했으며, 한쪽 벽에는 「연강첩장도(煙江疊嶂圖)」와 「유황고목도(幽篁古木圖)」가 걸려 있었는데, 모두 이름난 그림이었다. 그 그림 위에는 시가 씌어 있었는데, 누가 지은 시인지는 알 수 없었다.

(… 중략 …)12)

한쪽에는 내실, 즉 작은 방 하나가 딸려 있었는데, 휘장과 요와 이불과 베개들이 또한 아주 정결하였다. 휘장 밖에는 사향(麝香)과 난초 기름의 촛불을 켜놓았는데, 환하게 밝아서 방안이 마치 대낮처럼 밝았다. 이생은 최랑과 더불어 마음껏 즐거움을 누리면서 여러 날을 머물렀다.

하루는 이생이 최랑에게 말하였다.

"옛 성인의 말씀에, '어버이가 계시면 반드시 어디에 가는지를 말씀드리고 집을 나서야 한야 한다.'13)고 하였는데, 이제 내가 부모님으로부터 떠나 아침저녁으로 문안을 드리지 못한 지가 사흘이나 되었소. 부모님께서 걱정하면서 반드시 대문에 기대어 기다리실 터이니, 이 어찌 아들의 도리라고 하겠소?"

최랑은 서운하게 여기면서도 고개를 끄덕이고는, 담장 너머로 이생을 돌려 보내 주었다. 이생을 이로부터 밤마다 최랑을 찾아가지 않는 날이 없었다. 어느 날 밤에 이생의 아버지가 이생을 꾸짖으며 말하였다.

---

12) 그림에 있는 많은 시들을 장황하게 인용하고 있다.
13) 『논어』 이인(里仁)편을 인용하고 있다.

"네가 아침에 나갔다가 저녁에 돌아오는 것은 옛 성인의 어질고 의로운 가르침을 배우기 위해서일 게다. 그런데 요즘은 저녁에 나갔다가 새벽에 돌아오니, 이게 어이 된 일이냐? 반드시 경박한 녀석들의 행실을 배워 남의 집 담을 넘어서 아가씨나 엿보고 다닐 게다. 만일 이런 일이 탄로 나면 남들은 모두 내가 자식을 엄하게 가르치지 못했다고 뒷공론을 할 것이다. 또 그 아가씨도 훌륭한 집안의 딸이라면 반드시 네가 미치고 교활한 마음으로 그 집안을 더럽혔다고 생각할 것이다. 남의 집에 죄를 지는 일이 결코 사소한 일이 아니다. 너는 빨리 영남 땅으로 내려가서 노비들의 농사나 감독해라. 다시는 돌아올 생각일랑 말아라."

그 이튿날 바로 울주(蔚州)[14]로 내려 보냈다. 한편 최랑은 저녁마다 화원에서 이생을 기다렸지만, 두어 달이 되어도 돌아오지 않았다. 최랑은 이생이 병에 걸렸나 보다 하고 생각하면서, 향아를 시켜 이생의 이웃들에게 근황을 물래 물어 보게 하였다. 이웃들이 이렇게 대답하였다.

"그 도련님은 부친에게 죄를 짓고 벌을 받아 영남 땅으로 쫓겨 간 지가 벌써 두어 달이나 지났다우."

최랑은 이 소식을 듣고 병을 얻어 침상에 앓아누웠다. 엎치락뒤치락하며 일어나지 못하고, 물도 마시지 못하고 음식도 제대로 먹지 못하였다. 말도 앞뒤가 맞지 않았으며, 얼굴이 초췌해졌다. 최랑의 부모가 이상하게 여겨 무슨 연고로 앓아누웠는지를 물어 보았지만, 아무런 대답도 하지 않았다. 딸의 상자 속을 들추어보았더니, 이생과 지난날에 은밀히 주고받은 시편들이 있었다. 최랑의 부모들이 그제야 놀라서 무릎을 치며 말하였다.

---

14) 지금의 울산광역시를 말함.

"어이구. 우리 딸아이를 잃어버릴 뻔했구먼."

그리고는 딸에게 물었다.

"도대체 이생이 누구냐?"

일이 이 지경에 이르자 최랑도 더 이상 숨길 수 없어 목구멍 안으로 겨우 기어가는 목소리로 부모에게 아뢰었다.

"아버지와 어머니께서 길러 주신 은혜가 깊으니, 어찌 사실을 숨기리까? 저 혼자 생각해보니 남녀가 서로 사랑을 느끼는 데 인정이 소중합니다. 그래서 『시경(詩經)』에는 혼기를 앞둔 여인의 마음을 노래한 시가 있고, 『주역(周易)』에서도 여인의 정절에 대한 가르침도 담겨 있습니다. 저는 버들처럼 가냘픈 몸으로 얼굴빛이 시드는 것은 생각지 않고서 절개를 지키지 못하여, 옆 사람들에게 비웃음을 받게 되었습니다. 새삼 덩굴이 다른 나무에 의지해서 살듯이, 저는 벌써 위당(渭塘)의 처녀15) 노릇을 가게 되었으니, 죄가 이미 가득 차고 넘쳐 집안을 욕되게까지 하게 되었습니다. 하온데 그 이생 도련님은 제 마음을 훔치고서 교생(喬生)에 대한 원망16)을 남기고 사라졌습니다. 연약한 몸으로 괴로움을 참으며 홀로 살아가려니, 그리운 정이 나날이 깊어 가고, 마음의 상처가 나날이 더해 가서, 몸은 죽을 지경에 이르렀습니다. 이제는 원한 맺힌 귀신으로 죽어버릴 것 같습니다. 부모님께서 제 소원을 들어주신다면 남은 목숨을 보존하게 되고, 이 간절한 청을 거절하신다면 죽음만이 있을 거예요. 이생과 저승에서 다시 만나 노닐지언정, 맹세코 다

---

15) 구우의 『전등신화』에 실린 「위당기우기」의 여주인공을 가리킨다. 원나라 때 금릉(남경) 사람 왕생이 위당에 갔다가 그곳의 처녀와 눈이 맞아 부부가 되었다.

16) 교생은 『전등신화』에 실린 「모란등기」의 남주인공을 가리킨다. 그는 여경이란 미인을 만나 인연을 맺었다. 그러나 알고 보니 여귀(女鬼)여서 관계를 끊었다. 여경은 교생을 원망하다가 함께 관으로 끌고 들어갔다.

른 가문에는 시집을 가지 않으렵니다.”

그러자 부모도 이미 그녀의 뜻을 알았으므로 병의 증세를 더 묻지
않았다. 타이르고 달래면서 그녀의 마음을 누그러뜨려 주었다. 그리고
는 예를 갖추어 매파(媒婆)를 이생의 집으로 보냈다. 혼인 의사를 묻기
위함이었다. 이생의 아버지는 최씨 집안이 얼마나 번성한지 물은 뒤에
말하였다.

“우리 집 아이가 비록 어린 나이에 바람이 나 실수를 저질렀지만,
학문에 정통하고 풍채도 좋이 생겼소. 앞으로 장원급제할 것이며 훗날
이름을 세상에 떨칠 것으로 기대하고 있소이다. 서둘러 혼처를 정하고
싶지 않소.”

매파가 돌아가서 그대로 아뢰자, 최씨가는 다시 매파를 보내어 의견
을 전하였다.

“한 시절의 벗 모두가 댁의 영식(令息)이 재조[17] 남달리 뛰어나다고
칭찬하더이다. 아직은 몸을 웅크리고 있지만, 어찌 끝까지 초야에 묻
히거나 연못 속에 잠겨만 있겠습니까? 빨리 두 사람의 혼인을 이루어
주었으면 합니다.”

매파가 돌아가서 또 그 말을 이생의 아버지에게 전하였더니, 이생의
아버지는 또 이렇게 말하였다.

“나도 젊었을 때부터 책을 잡고 학문을 닦았지만, 나이 늙도록 이루
지 못하였소이다. 노비들도 살길 찾아 가버리고 일가붙이의 도움도 적
어, 생업이 신통치 않고 살림도 궁색해졌소. 그러니 문벌이 좋고 번성
한 집안에서 어찌 한낱 빈한한 선비를 사위로 삼으려 하시다뇨. 이는

---

17) ‘재주’의 옛말.

반드시 호사가들이 우리 집안을 턱없이 과찬해서 잘못된 풍문이 귀댁으로 들어간 것입니다."

매파가 돌아와서 또 최씨 집안에 전하자. 최씨 집안에서는 이렇게 말하였다.

"혼례에 드는 모든 비용은 모두 저희 집에서 갖추겠습니다. 좋은 날을 가려서 화촉을 밝힐 시기만 정해 주시면 좋겠습니다."

매파가 또 돌아가서 이 말을 전하였다. 이씨 집안에서도 이렇게까지 되자 뜻을 돌려, 급히 사람을 보내어 이생을 불러다 그의 생각을 물었다. 이생이 스스로 기쁨을 이기지 못하여 곧 시 한 수를 지었다.

> 깨어진 거울도 다시 붙어서 둥글게 되나니
> 은한(銀漢)의 까막까치들이 다시 만남을 주선하네.
> 이제야 월하노인(月下老人)의 붉은 실을 맺으니
> 봄바람이 건듯 불어 두견새를 원망하지 않으리.

최랑이 소식을 듣고는 병도 차츰 나아져, 자신도 시를 지었다.

> 나쁜 인연이 변하여 좋은 인연이 되었네.
> 그 옛날의 언약이 마침내 이루어졌네.
> 님과 함께 사슴 수레18)를 탈 날 언제이런가?
> 향아야, 날 일으켜다오. 꽃비녀를 꽂으련다.

그예 좋은 날을 가려 혼례를 치르니, 끊어졌던 사랑이 다시 이어지게 되었다. 그들은 부부가 된 이후에 서로 사랑하면서도 공경하여 서로를

---

18) 사슴 한 마리를 태울 만한 크기의 작은 수레는 부부의 좋은 금슬을 뜻하는 말이다. 여기에
   서는 사슴 수레가 혼인을 가리키는 말이다.

마치 손님처럼 대하니, 비록 양홍(梁鴻)과 맹광(孟光)의 부부나 포선(鮑宣)
과 환소군(桓少君)의 부부19)라도 그들의 절개와 의리에 미칠 수가 없었다.

이생이 이듬해 문과에 급제하여 좋은 벼슬에 오르자, 그의 명성이
자자해 조정에까지 널리 알려졌다.

그런데 신축년(1361)에 홍건적이 수도 개성을 점거하는 일이 벌어졌
다. 임금(공민왕)은 복주(福州)20)로 피난을 갔다. 적들은 집을 불태워 없
애버렸으며, 사람을 죽이고 가축을 잡아먹었다. 이생의 부부와 일가붙
이끼리도 서로를 보호하지 못했고, 동서로 달아나 숨어서 제각기 살길
을 찾았다.

이생은 가족들을 데리고 깊은 산골로 숨으려 했는데, 홍건적 하나가
칼을 빼어들고 뒤를 쫓아왔다. 이생은 달아나 목숨을 겨우 건졌지만,
부인 최씨는 홍건적에게 사로잡히고 말았다. 홍건적이 부인 최씨의 정
조를 빼앗으려 하자, 두려워하지 아니하고 큰 소리로 꾸짖었다.

"이 창귀(倀鬼)21) 같은 놈아. 나를 차라리 죽여 처먹어라. 내 죽어서
승냥이의 밥이 될지언정 어찌 개돼지 같은 네 놈의 짝이 되겠느냐?"

홍건적이 분기탱천하여 부인 최씨를 죽이고 살을 도려내었다.

이생은 거친 들판에 숨어서 겨우 목숨을 보전하다가, 도적이 이미
다 없어졌다는 소식을 듣고 부모님이 사시던 옛집을 찾아갔다. 그러나
그 집은 이미 전쟁 통에 불타 잿더미로 사라졌다. 또 처갓집에도 발길
을 돌려 가보았더니 행랑채는 황량했으며, 쥐와 새들의 울음소리만 들

---

19) 이 두 부부의 이야기는 가난한 선비와 부잣집 딸로 가연을 맺어 검소하게 잘 살아갔다는
고사를 가진 부부의 이야기들이다.

20) 지금의 안동시이다.

21) 먹을 것이 있는 곳으로 호랑이 따위의 맹수를 인도하는 나쁜 귀신.

려왔다. 이생은 슬픔을 가눌 수 없어 별당의 다락방으로 올라가서 눈물을 훔치며 길게 한숨을 쉬었다. 날이 저물도록 우두커니 홀로 앉아 멍하니 지나간 일들을 회상해 보니 한바탕의 꿈을 꾼 것만 같았다.

어느덧 이경(二更)[22]쯤 되자 희미한 달빛이 들보를 비춰 주는데 낭하(복도)에서 발자국 소리가 들려왔다. 그 소리는 멀리서부터 차츰 가까이 다가왔다. 발자국 소리의 장본인을 올려다보니, 그 사람은 바로 자신의 아내였다. 이생은 부인 최씨가 이미 죽었다는 사실을 알고 있었지만, 너무도 사랑하는 마음이 간절했는지 의심도 하지도 않고 대뜸 물어보았다.

"당신은 어디로 피해 목숨을 보전하였소?"

여인이 이생의 손을 잡고 목 놓아 통곡하더니, 마침내 그간 사정을 말하였다.

"저는 본디 양가의 딸로서 어릴 때부터 가정의 교훈을 받아 수놓기와 바느질에 힘썼고, 시서(詩書)와 예법을 배웠어요. 그래서 규방의 일만 알았지, 그 밖의 일이야 어찌 알겠어요? 마침 당신이 붉은 살구꽃이 핀 담 안을 엿보았으므로, 제가 푸른 바다의 구슬을 바친 거지요. 꽃 앞에서 한번 웃고 평생의 가연을 맺었고, 휘장 속에서 다시 만날 때에는 백년의 정이 넘쳤지요.

장차 백년을 함께 하자고 하였는데, 뜻밖에 횡액을 만나 구렁에 넘어질 줄이야 어찌 알았겠어요? 승냥이 같은 놈들에게 끝까지 정조를 잃지 않았지만, 제 몸은 그 구렁에서 찢겨졌답니다. 제 죽음은 하늘의 도리가 저절로 그렇게 만든 것이지, 살고 싶은 사람의 감정으로야 어찌

---

22) 밤 9시부터 11시 사이.

그리 선택하고 싶었겠어요? 저는 당신과 외딴 산골에서 헤어진 뒤에 짝 잃은 새가 되었었지요. 한스럽고 한스러운 일이에요. 집도 사라지고 부모님도 돌아가셨으니, 피곤한 혼백을 의지할 곳도 없었답니다. 절의(節義)는 중요하고 목숨은 가벼우니, 쇠잔한 몸일망정 치욕을 면한 것은 얼마나 다행스러운 일인지요. 하오나 마디마디 재가 된 제 마음을 그 누가 불쌍하게 여겨 주겠어요? 갈기갈기 찢어진 창자에 원한만 맺혀 있을 뿐이지요. 제 해골은 들판에 내던져졌고 간과 쓸개는 땅바닥에 널려졌으니, 가만히 생각해 보니, 지난날의 즐거움을 생각해 보면 오늘의 슬픔을 위해 있었던 것 같군요.

이제 추연(鄒衍)의 피리[23])처럼 봄바람이 깊은 골짜기에 불어오기에, 저도 천녀(倩女)의 혼령[24])으로 이승으로 돌아왔지요. 봉래산의 십이 년 기약이 얽혀 있고 삼생(三生)[25])의 향이 그윽하니, 오랫동안 뵙지 못한 정을 이제 되살려서 옛날의 맹세를 저버리지 않겠어요. 당신이 지금도 그 맹세를 잊지 않으셨다면, 저도 끝까지 잘 모시고 싶답니다. 당신도 허락하시겠지요?"

이생이 기쁘고도 고마워하며 말하였다.

"그게 정녕 내가 바라던 바외다."

부부는 평시처럼 서로 도란도란 정담을 나누다가, 재산을 얼마나 홍건적에게 **빼앗겼는지**가 화제가 되었다. 아내 최씨가 말하였다.

"조금도 잃지 않고, 어느 산 어느 골짜기에 묻어 두었답니다."

---

23) 전국 시대의 제나라 사람인 추연은 추운 지방에서 피리를 불어 날씨를 따뜻하게 했다.
24) 천녀는 미인을 뜻한다. 당나라 때 한 천녀의 혼령이 몸에서 빠져나와 달아났다가 집으로 돌아와 본래의 몸과 합했다고 한다. 이 당나라 얘기는 우리가 익숙히 알고 있는 영화 '천녀 유혼' 모티프의 기원이 된다.
25) 전생과 금생과 내생. 불교의 윤회설에 근거한 관점이다.

이생이 또 물었다.

"두 집 부모님의 유해는 어디에 모셨소?"

최씨가 말하였다.

"어느 어느 곳에 그냥 버려져 있습지요."

정겨운 이야기를 끝낸 뒤에 잠자리에 함께 들었는데, 그 지극한 즐거움이 예전과 똑같았다.

이튿날 부부가 함께 재산을 묻어두었다는 곳을 찾아갔다. 땅을 파보니, 과연 금과 은 몇 덩어리가 있었고, 그 밖의 재물도 약간 있었다. 그들은 양가 부모님의 유해를 수습해 금과 재물을 팔아 각각 오관산26) 기슭에 합장하였다. 봉분을 만들고 나무를 심어 제사를 올리는 모든 일을 예법에 맞게 했다.

그 뒤에 이생도 또한 벼슬을 구하지 않고 부인 최씨와 함께 집에 머물면서 살아갔다. 목숨을 구하려고 달아났던 종들도 하나 둘 스스로 돌아왔다. 이생은 이때부터 인간세상의 모든 일을 다 잊어버렸으며, 아무리 일가붙이나 어르신들의 경조사가 있다고 하더라도 방문을 닫아걸고 나가지 않았다. 언제나 부인 최씨와 더불어 시를 지어 주고받으며 금실 좋게 지내었다.

그럭저럭 몇 년이 지난 어느 날 밤에 부인 최씨가 이생에게 말하였다.

"세 번이나 아름다운 인연을 맺었지만, 세상일이 자기 마음대로 되지 않아, 즐거움이 다하기도 전에 슬프게 헤어져야만 하겠어요."

최씨가 슬피 오열했다. 이생이 놀라면서 물었다.

"부인, 어찌 된 일이요?"

---

26) 개성 송악산 동쪽에 있는 산 이름.

최씨가 대답하였다.

"저승길은 아무도 피할 수가 없답니다. 하늘의 운명이 저와 당신의 연분이 끊지 않으려고 했고, 또 전생에 아무런 죄도 지지 않았다면서, 이 몸을 환생시켜 당신과 잠시라도 시름을 풀게 해주었었지요. 그러나 제가 오랫동안 인간 세상에 다시 머물러 살면서 산 사람을 더 이상 미혹시킬 수는 없답니다."

그리고는 그녀는 몸종 향아로 하여금 술을 올리게 하고는, 옥루춘곡 (玉樓春曲)[27] 에 맞추어 새로운 노랫말을 지어 부르면서, 지아비 이생에게 마지막으로 술을 권하였다. 노랫말은 다음과 같다.

> 칼과 창이 어우러져 싸움터에 난무할 적에
> 옥 부서지고 꽃 떨어지니 원앙도 짝을 잃었다네.
> 흩어진 내 유골을 그 누가 묻어 주기라도 했으랴.
> 피에 젖어 떠도는 혼령은 하소연할 곳도 없었네.
> 무산의 신녀가 고당(高唐)에 한번 내려온 뒤에
> 깨어진 종(鐘)이 거듭 갈라지니 마음 더욱 쓰라려라.
> 이제 한번 헤어지면 만날 기약조차 아득할 터이니
> 이승과 저승 사이에는 소식마저 전해줄 길이 없네.

노래를 한마디씩 부를 때마다 눈물이 자꾸 흘러내려 거의 곡조를 이어가지 못하였다. 이생도 또한 애끊는 슬픔을 가누지 못하며 말하였다.

"내 차라리 당신과 함께 구천(九泉)으로 가겠소. 내 어찌 당신 없이 여생을 홀로 보내리오? 지난 번 난리통에 일가붙이와 종들이 저마다 서로 흩어지고, 돌아가신 부모님의 유해가 들판에 내버려져 있었는데,

---

27) 사(詞)를 지어 부르게 하는 전해진 곡조의 하나.

당신이 아니었다면 그 누가 장사를 지내 드렸겠소? 옛 사람의 말씀에, '어버이가 살아 계실 때에는 예로써 섬기고, 돌아가신 뒤에는 예로써 장사지내라'[28]고 하셨는데, 이런 일을 모두 당신이 감당해 주었소. 당신은 정말 천성이 효성스럽고 인정이 두터운 사람이오. 나는 당신에게 고맙기 그지없고, 부끄러운 마음 이루 말할 수 없소. 당신도 인간 세상에 더 오래 머물다가 백년 뒤에 나와 함께 티끌이 될 수는 없겠소."

최씨가 말하였다.

"당신의 목숨은 아직 수십 년 남아 있지만, 저의 이름은 이미 귀신의 명부(名簿)에 실려 있답니다. 그래서 더 오래 머물 수가 없지요. 제가 굳이 인간 세상을 그리워하며 미련을 가진다면 명부(冥府)의 법도를 어기게 되니, 저에게만 죄가 미치는 게 아니라 당신에게도 또한 화가 미치게 된답니다. 제 유골이 어느 곳에 흩어져 있으니, 만약 은혜를 베풀어 주시려면, 그 유골이나 거두어 비바람을 맞지 않고 햇빛을 받지 않게 해주세요."

두 사람은 서로 바라보며 눈물만 줄줄 흘렸다.

"몸조심하세요. 부디 몸조심하세요!"

최씨는 이 말과 함께 차츰 사라져 가더니 마침내 자취를 감추었다. 이생은 최씨의 유골을 거두어 부모님의 묘역에다 장사를 지내 주었다. 장사를 지낸 뒤에는 이생도 또한 아내를 그리워하고 지나간 일들을 생각하다가 병이 들어, 자리에 누워 몇 달 만에 세상을 떠났다. 이 이야기를 전해들은 사람들마다 가슴 아프게 탄식을 하면서도, 그들 부부의 아름다운 절의를 사모하지 않는 사람이 없었다고 한다.

28) 『논어』 위정(爲政)편에 나오는 공자의 말.

II

열녀춘향수절가

완판 84장본, 발췌[1]

1

"통인아."

"예."

"저 건너 화류(花柳) 중에 오락가락 희뜩희뜩 어른어른 하는 게 무엇인지 자세히 보아라."

통인이 살펴보고 여쭈오되

"다른 무엇 아니오라 이 고을 기생 월매 딸 춘향이란 계집아이로소이다."

도련님이 엉겁결에 하는 말이

"장히 좋다. 훌륭하다."

통인이 아뢰되

---

[1] 원문 가운데 일곱 군데를 발췌했다. 전문의 10분의 1 분량이지만, 가장 중요한 부분이라고 본다.

"제 어미는 기생이오나 춘향이는 도도하여 기생 구실 마다하고 백화
초엽[2)]에 글자도 생각하고 여공재질[3)]이며 문장을 겸전(兼全)하여[4)] 여
염처자[5)]와 다름이 없나이다."

도령 허허 웃고 방자를 불러 분부하되,

"들은 즉 기생의 딸이라니 급히 가 불러오라."

(……)

"여봐라, 얘 춘향아."

부르는 소리(에) 춘향이 깜짝 놀래어,

"무슨 소리를 그 따위로 질러 사람의 정신을 놀래(키)느냐?"

"얘야, 말마라. 일이 났다."

"일이라니 무슨 일?"

"사또 자제 도련님이 광한루에 오셨다가 너 노는 모양 보고 불러오
란 영이 났다."

춘향이 화를 내어,

"네가 미친 자식일다.[6)] 도련님이 어찌 나를 알아서 부른단 말이냐?
이 자식, 네가 내 말을 종지리새 열씨 까듯[7)] 하였나보다."

"아니다. 내가 네 말을 할 리가 없으되 네가 그르지 내가 그르냐?
너 그른 내력을 들어보아라. 계집아이 행실로 추천[8)]을 할 양이면 네

---

2) 백화초엽(百花草葉) : 온갖 종류의 꽃과 풀잎.

3) 여공재질(女工才質) : 여인으로서 갖추어야 할 솜씨로서 바느질이나 길쌈질을 말함.

4) 온전히 갖추어.

5) 여염처자(閭閻處子) : 예사 살림하는 집의 처녀.

6) 자식이로다.

7) 열씨는 섬유가 채취되는 식물인 삼(麻)의 씨다. '종지리새 열씨 까듯하다.'라는 것은 종달
새처럼 조잘거린다는 뜻이다.

집 후원 담장 안에 줄을 매고 남이 알까 모를까 은근히 매고 추천하는
게 도리에 당연함이라. 광한루 머잖하고 또한 이 곳을 논할진대 녹음방
초승화시(綠陰芳草勝花時)9)라. (……) 광한루 구경처(求景處)에 그네를 매
고 네가 뛸 제 외씨 같은 두 발길로 백운간(白雲間)에 노닐 적에 홍상(紅
裳) 자락이 펄펄 백방사(白紡紗) 속곳10) 갈래 동남풍에 펄렁펄렁 박속같
은11) 네 살결이 백운간에 희뜩희뜩 도련님이 보시고 너를 부르시지 내
가 무슨 말을 한단 말가. 잔말 말고 건너가자."

춘향이 대답하되

"네 말이 당연하나 오늘이 단오일이라. 비단 나뿐이랴. 다른 집 처자
들도 예 와 함께 추천하였으되 그럴 뿐 아니라, 설혹 내 말을 할지라도
내가 지금 시사12)가 아니거든 여염(집) 사람을 호래척거(呼來斥去)로 부
를 리도 없고13) 부른대도 갈 리도 없다. 당초에 네가 말을 잘 못 들은
바라."

방자 이면에 볶이어14)

광한루로 돌아와 도련님께 여쭈오니 도련님 그 말 듣고

"기특한 사람일다. 언즉시야15)로되 다시 가 말을 하되 이러이러 하
여라."

---

8) 추천(鞦韆) : 그네.
9) 우거진 나무그늘과 풀이 향기로울 때가 꽃피는 시절보다 좋음.
10) 하얀 비단으로 만든 짧은 속옷 바지.
11) 박의 속처럼 하얀.
12) 시사(時仕) : 아전이나 기생 등이 소속된 관아에서 맡은 공무를 행하는 것. 업무를 담당한
현직.
13) 오라 가라 할 일도 없고.
14) 속사정이 뭔지 고민하다가.
15) 말인즉 옳다.

　방자 전갈 모아 춘향에게 건너가니 그 새에 제 집으로 돌아갔거늘 저의 집을 찾아가니 모녀간 마주 앉아 점심밥이 방장16)이라. 방자 들어가니

　"너 왜 또 오느냐."

　"황송타. 도련님이 다시 전갈하시더라. 내가 너를 기생으로 앎이 아니라 들으니 네가 글을 잘 한다기로 청하노라. 여가17)에 있는 처자 불러 보기 청문(聽聞)18)에 괴이하나 혐의(嫌疑)로 알지 말고19) 잠깐 와 다녀가라 하시더라."

　춘향의 도량(度量)한20) 뜻이 연분 되려고 그러한지 홀연히 생각하니 갈 마음이 나되 모친의 뜻을 몰라 침음양구(沈吟良久)21)에 말 않고 앉았더니 춘향모 썩 나 앉아 정신없게 말을 하되,

　"꿈이라 하는 것이 전수(全數)이22) 허사가 아니로다. 간밤에 꿈을 꾸니 난데없는 청룡 하나 벽도지23)에 잠겨 보이거늘 무슨 좋은 일이 있을까 하였더니 우연한 일 아니로다. 또한 들으니 사또 자제 도련님 이름이 몽룡이라 하니 꿈 몽자(夢字) 용 룡자(龍字) 신통하게 맞추었다. 그러나저러나 양반이 부르시는데 아니 갈 수 있겠느냐? 잠깐 가서 다녀오라."

---

16) 방장(方將) : 곧 장차 시작하려고 한다는 뜻.

17) 여가(閭家) : 여염집, 보통사람의 집.

18) 소문.

19) 꺼리거나 의심하지 말고.

20) 너그러운.

21) 입속으로 웅얼거리며 한참 생각함.

22) 모두가.

23) 벽도지(碧桃池) : 가장자리에 푸른 복숭아가 있는 연못.

2

하루 이틀 지나가니 어린 것들이라 신맛이 간간 새로워 부끄럼은 차
차 멀어지고 그제는 기롱(譏弄)도 하고 우스운 말도 있어 자연 사랑가
(歌)가 되었구나. 사랑으로 노는데 똑 이 모양으로 놀던 것이었다.

"사랑 사랑 내 사랑이야."

"동정칠백월하초24)에 무산(巫山)25)같이 높은 사랑, (……) 대붕조26)
그런 새가 될라 말고 쌍거쌍래27) 떠날 줄 모르는 원앙조란 새가 되어
녹수(綠水)에 원앙격(格)으로 어화둥둥 떠 놀거든 날인 줄 알려무나. 사
랑 사랑 내 간간28) 내 사랑이야."

"아니 그것도 나 아니 될라오."

"그러면 너 죽어 될 것 있다. 너는 죽어 경주 인경29)도 될라 말고,
전주 인경도 될라 말고, 송도 인경도 될라 말고, 장안 종로 인경 되고,
나는 죽어 인경 망치 되어, 삼십삼천30) 이십팔수(宿)31)를 응하여, 길마
재32) 봉화33) 세 자루 꺼지고 남산 봉화 두 자루 꺼지면, 인경 첫 마디
치는 소리 그저 뎅뎅 칠 때마다, 다른 사람 듣기에는 인경소리로만 알

---

24) 중국 동정호 칠백리 초승달 아래.
25) 중국 사천성에 있는 산. 사랑의 가연을 맺은 고사의 장소.
26) 대붕조(大鵬鳥) : 가상의 큰새.
27) 짝을 지어 오가면서.
28) '간간'은 간간(懇懇)인 듯하다. 그렇다면, '내 간간'이란 문맥상 '매우 간절한 나의 사람'
이다.
29) 통행금지를 알리는 큰 종.
30) 불교의 욕계 십천의 하나. 도리천.
31) 옛 천문학에서 하늘을 스물여덟으로 나눈 것.
32) 서울 서편에 있는 안현(鞍峴).
33) 변란을 알리는 불.

아도, 우리 속으로는 춘향 뎅, 도련님 뎅이라. 만나 보자꾸나. 사랑 사
랑 내 간간 내 사랑이야."

"아니 그것도 나는 싫소."

"그러면 너 죽어 될 것 있다. 너는 죽어 방아확³⁴⁾이 되고 나는 죽어
방아고³⁵⁾가 되어 경신년 경신일 경신시에 강태공 조작(造作) 방아³⁶⁾
그저 떨거덩 떨거덩 찧거들랑 나인 줄 알려무나. 사랑 사랑 내 간간
사랑이야."

춘향이 하는 말이,

"싫소. 그것도 내 아니 될라요."

"어찌하여 그 말이냐."

"나는 항시 어찌 이생이나 후생(後生)이나 밑으로만 되라니까 재미없
어 못 쓰겠소."

"그러면 너 죽어 위로 가게 하마. 너는 죽어 독매³⁷⁾ 윗 짝이 되고
나는 죽어 밑짝 되어, 이팔청춘 홍안미색³⁸⁾들이 섬섬옥수³⁹⁾로 맷대를
잡고 슬슬 두르면 천원지방(天圓地方)⁴⁰⁾ 격으로 휘휘 돌아가거든 나인
줄 알려무나."

"싫소, 그것도 아니 될라요. 위로 생긴 것이 부아나게⁴¹⁾만 생기었

---

34) 방앗공이를 찧을 수 있게 한 구멍.
35) 방앗공이.
36) 지신의 동티(재앙)를 막아주기 위한 것을 의미하는 민속 새김글.
37) 돌매, 맷돌.
38) 이팔청춘 홍안미색 : 열여섯 젊은 남녀의 아름다운 모습. 자신들을 가리킴.
39) 부드럽기가 구슬과 같은 손.
40) 하늘은 둥글고 땅은 모가 났다는 동양 고대의 천문관.
41) 화나게. 부아의 본래 뜻은 허파이다.

소. 무슨 년의 원수로서 일생 한 구멍이 더하니 아무것도 나는 싫소."

"그러면 너 죽어 될 것 있다. 너는 죽어 명사십리 해당화가 되고, 나는 죽어 나비 되어, 나는 네 꽃송이 물고, 너는 내 수염 물고, 춘풍이 건듯 불거든 너울너울 춤을 추고 놀아보자."

"사랑 사랑 내 사랑이야 내 간간 사랑이지. 이리 보아도 내 사랑 저리 보아도 내 사랑. 이 모두 내 사랑 같으면 사랑 걸려 살 수 있나. 어화 둥둥 내 사랑. 내 예삐 내 사랑이야. 방긋방긋 웃는 것은 화중왕42) 모란화가 하룻밤 세우(細雨)43) 뒤에 반만 피고자 한 듯. 아무리 보아도 내 사랑 내 간간이로구나."

3

"그게 이를 말이냐. 사정이 그렇기로 네 말을 사또께는 못 여쭈고 대부인전44) 여쭈오니 꾸중이 대단하시며 양반의 자식이 부형(父兄)따라 하향45)에 왔다 화방작첩46)하여 데려간단 말이 전정(前程)에도 괴이하고47) 조정에 들어 벼슬도 못한다더구나. 불가불 이별이 될 밖에 수 없다."

---

42) 꽃 중의 왕.
43) 가랑비.
44) 대부인전(大夫人前)은 '내 어머니께'라는 뜻이다. 대부인은 본디 남의 어머니를 높여 부르는 말이지만, 내 어머니가 춘향에게는 남의 어머니가 되므로 대부인이란 친족어를 사용한 것 같다.
45) 하향(遐鄕) : 서울에서 먼 시골.
46) 화방작첩(花房作妾) : 기생집에서 첩을 얻음.
47) 앞길에도 좋지 않고.

춘향이 이 말을 듣더니 고닥기[48] 발연변색[49]이 되며 요두전목[50]에 붉으락푸르락 눈을 간잔조롬하게[51] 뜨고 눈썹이 꼿꼿하여지면서 코가 발심발심하며 이를 뽀드득 뽀드득 갈며 온몸을 수수 잎 떨 듯하며 매 꿩 차는 듯하고 앉더니

"허허 이게 웬 말이오."

왈칵 뛰어 달려들며 치맛자락도 와드득 좌르륵 찢어 버리며 머리도 와드득 쥐어뜯어 싹싹 비벼 도련님 앞에다 던지면서,

"무엇이 어쩌고 어째요. 이것도 쓸데없다."

명경 체경[52] 산호죽절[53]을 두루 쳐 방문 밖에 탕탕 부딪치며 발도 동동 굴러 손뼉치고 돌아앉아 자탄가(自嘆歌)로 우는 말이,

"서방 없는 춘향이가 세간살이[54] 무엇하며 단장하여 뉘 눈에 괴일꼬.[55] 몹쓸 년의 팔자로다. 이팔청춘 젊은 것이 이별될 줄 어찌 알랴. 부질없는 이내 몸을 허망하신 말씀으로 전정 신세 버렸구나. 애고 애고 내 신세야."

천연히[56] 돌아앉아

---

48) 고대, 이제 막.

49) 발연변색(勃然變色) : 갑자기 성이 나서 얼굴빛이 변함.

50) 요두전목(搖頭轉目) : 머리를 흔들고 눈을 휘돌림.

51) '간잔조롬하다'는 현대어 '간잔지런하다'에 대응하는 말이다. 국립국어원의 『표준국어대사전』에 의하면, ① 매우 가지런하다, ② 졸리거나 술에 취하여 위아래 두 눈시울이 서로 맞닿을 듯하다, 로 풀이하고 있다.

52) 명경은 얼굴을 비추는 작은 거울이며, 체경은 온몸을 비추는 큰 거울이다.

53) 산호로 만든 비녀의 한 가지.

54) 집안 살림에 쓰는 온갖 물건. 세간붙이.

55) 괴일꼬 : 사랑을 받을까? '괴다'는 '사랑하다'이며, '괴이다'는 '사랑을 받다'이다.

56) 시치미를 뚝 떼어 겉으로는 아무렇지 아니한 듯하게.

"여보 도련님 인자 막 하신 말씀 참말이요, 농말이요? 우리 둘이 처음 만나 백년언약 맺을 적에 대부인 사또께옵서 시키시던 일이오니까? 빙자[57]가 웬 일이요. (······) 사람의 대접을 그리 마오. 인물거천[58]하는 법이 그런 법이 왜 있을꼬. 죽고 지고 죽고 지고. 애고 애고 설운지고."

한참 이리 자진[59]하여 설이[60] 울 제 춘향모는 물색[61]도 모르고

"애고 저것들 또 사랑싸움이 났구나. 어, 참 아니꼽다. 눈구석 쌍 가래톳 설 일[62] 많이 보네."

하고 아무리 들어도 울음이 장차 길구나. 하던 일을 밀쳐놓고 춘향 방 영창 밖으로 가만가만 들어가며 아무리 들어도 이별이로구나.

"허허, 이것 별 일 났다."

4

연연(娟娟)히 고운 기생 그 중에 많건마는 사또께옵서는 근본 춘향의 말을 높이 들었는지라 아무리 들으시되 춘향 이름 없는지라 사또 수노(首奴) 불러 묻는 말이,

---

57) 빙자(憑藉) : 핑계. 빙자와 핑계는 같은 말이다. 중국으로부터 빙자는 우리 한자음으로 수용했고, 핑계는 중국의 음과 유사하게 수용했다. 전자가 문어적 수용이라면, 후자는 구어적 수용이다.

58) 인간관계의 비롯됨.

59) 스스로 다해.

60) 섧이, 섧게, 서럽게.

61) 물색(物色) : 사정.

62) 눈구석 쌍 가래톳 설 일 : 눈의 코 쪽 구석에 임파선이 부어 아프게 된 멍울이 한 쪽이 아닌 두 쪽으로 생겨 사물을 보기가 괴로운 일.

"기생점고63) 다 되어도 춘향은 안 부르니, 퇴기(退妓)냐?"

수노 여쭈오되,

"춘향모는 기생이되 춘향은 기생이 아닙네다."

사또 문왈

"춘향이가 기생이 아니면 어찌 규중에 있는 아이 이름이 높이 뜬다?"

수노 여주오되,

"근본 기생의 딸이옵고 덕색(德色)이 장한 고로 권문세족 양반네와 일등재사(一等才士) 한량들과 내려오신 등내64)마다 구경코자 간청하되 춘향모녀 불청(不聽)키로 양반 상하 물론하고 액내지간65) 소인 등도 십년일득대면66)하되 언어수작 없었더니 천정(天定)하신 연분인지 구관(舊官) 사또 자제 이도련님과 백년기약 맺사옵고 도련님 가실 때에 입장후67)에 데려가마 당부하고 춘향이도 그리 알고 수절68)하여 있습니다."

사또 분을 내어,

"이놈, 무식한 상놈인들 그게 어떠한 양반이라고 엄부시하요 미장전 도련님이 화방(花房)에 작첩(作妾)하여 살자 할꼬?69) 이놈 다시는 그런 말을 입 밖에 내어서는 죄를 면치 못하리라. 이미 내가 저 하나를 보려다가 못 보고 그저 말랴. 잔말 말고 불러 오라."

---

63) 기생의 이름에 점을 찍어 그 숫자를 점검하는 일.
64) 등내(等內) : 벼슬아치가 그 벼슬을 살고 있는 동안.
65) 액내지간(額內之間) : 액내는 한 집안의 사람. 한 패에 든 사람이라는 뜻.
66) 십년일득대면(十年一得對面) : 십년에 한 번 정도 대면할 수 있다.
67) 장가 든 후.
68) 절개를 지킴.
69) 이도령 아버지가 어떤 양반이라고 이도령이 엄한 아버지를 모신 처지에다가 아직 장가를 들기 전부터 기생첩(춘향)을 얻어 살 수 있겠느냐? 필시 이도령이 춘향을 한 차례 즐기고 버린 것이 틀림없다.

춘향을 부르란 청령[70])이 나는데 이방 호장 여쭈오되,

"춘향이가 기생도 아닐 뿐 아니오라 구등 사또[71]) 자제 도련님과 맹약이 중하온데 연치(年齒)는 부동(不同)이나 동반의 분의로 부르라기 사또 정체가 손상할까 저어하옵니다."[72])

사또 대노하여,

"만일 춘향을 시각 지체하다가는 공형[73]) 이하로 각청(各廳) 두목을 일병태거[74])할 것이니 빨리 대령 못 시킬까?"

(……)

춘향이 여쭈오되,

"충신불사이군(忠臣不事二君)이요 열녀불경이부(烈女不更二夫) 절(節)[75])을 본받고자 하옵는데 수차 분부 이러하니 생불여사(生不如死)[76])이옵고, 열불경이부(烈不更二夫)오니 처분대로 하옵소서."

이때 회계 나리[77])가 썩 하는 말이

"네 여봐라. 어, 그년 요망한 년이로고. 부유일생소천하(浮游一生小天下)에 일색(一色)이라,[78]) 네 여러 번 사양할 게 무엇이냐. 사또께옵서 너를 추앙하여[79]) 하시는 말씀이지, 너 같은 창기배(娼妓輩)[80])(에)게 수

---

70) 관청의 명령.

71) 구등(舊等) 사또 : 전임 사또. 이도령의 아버지.

72) 젊은 이도령과는 서로 연배도 다르거니와, 같은 양반으로서 신분에 맞는 의리도 있는데 함부로 춘향을 오라가라 하면서 부른다면 사또의 반듯한 체면이 손상될까 두렵습니다.

73) 공형(公兄) : 삼공형(三公兄)의 준말. 각 고을의 호장, 이방, 수형리(首刑吏)을 가리킴.

74) 일병태거(一竝汰去) : 모두 도태시킴.

75) 충신은 두 임금을 섬기지 않고 열녀는 두 지아비를 고치지 않는다고 하는 절개.

76) 삶이 죽음보다 못함.

77) 관아의 재정을 담당하는 구실아치(서리).

78) 좋은 미모를 지녔지만 하루살이 같은 인생으로 좁은 세상에 살아가는 주제꼴에.

절이 무엇이며 정절이 무엇인가? 구관은 전송[81]하고 신관 사또 연접[82]함이 법전(法典)에 당연하고 사례에도 당당커든 괴이한 말 내지 말라. 너희같은 천기배(賤妓輩)(에)게 충렬이자(忠烈二字) 왜 있으리."

이때 춘향이 하[83] 기가 막혀 천연히 앉아 여쭈오되,

"충효열녀(忠孝烈女) 상하(上下) 있소. 자상히 듣조시오.[84] 기생으로 말합시다. 충효열녀 없다 하니 낱낱이 아뢰리다."

(……)

사또 대노하여,

"이년 들어라. 모반대역하는 죄는 능지처참하여 있고, 조롱관장하는 죄는 제서율에 율(律) 써 있고, 거역관장(拒逆官長)하는 죄는 엄형정배 하느니라.[85] 죽노라 설워마라."

춘향이 포악하되[86],

"유부겁탈하는 것[87]은 죄 아니고 무엇이오?"

---

79) 북돋아 주어서.

80) 기생이나 그 가족.

81) 전송(餞送) : 잔치를 베풀어 이별함.

82) 연접(延接) : 맞이하여 대접함.

83) 너무(도).

84) 들으시오.

85) 나라를 반역하는 죄는 몸을 토막 내는 극형에 처하고, 관청의 우두머리를 조롱하는 죄는 임금님이 내린 조서(詔書)의 율문(律文)에 써 있고, 관청의 우두머리를 거역하는 죄는 벌을 엄하게 하거나 유배를 결정한다. 나는 유배를 정하는 주체가 임금인줄만 알고 이 대목을 의아하게 생각했다. 하지만 지방의 관장도 유배의 형벌을 내리기도 했다. 안민영의 『금옥총부』에 의하면, '전주 기생 명월이가 전라감사에게 죄를 얻어 남원에 정배되어 있었다.'(김신중 역주본 금옥총부, 박이정, 2003, 164면 참고)라는 기록을 보고 수긍하였다.

86) 포악하게 악다구니하되.

87) 유부녀를 위협해 성관계를 맺으려 하는 것.

사또 기가 막혀 어찌 분하시던지 연상[88]을 두드릴 제 탕건[89]이 벗어지고 상투고[90]가 탁 풀리고 대마디[91]에 목이 쉬어,

"이년 잡아내리(어)라."

호령하니 골방[92]에 수청통인[93]

"예."

하고 달려들어 춘향의 머리채를 주루루 끄어내며,

"급창.[94]"

"예."

"이 년 잡아 내리(어)라."

춘향이 떨치며,

"놓아라."

중계[95]에 내려가니 급창이 달려들어,

"요년, 요년. 어떠하신 존전(尊前)[96]이라고 대답이 그러하고 살기를 바랄쏘냐."

---

88) 연상(硯床) : 문방제구를 놓는 작은 상.

89) 갓 아래에 받쳐 쓰는 관의 한 가지.

90) 상투를 틀어 잡아매는 것.

91) 첫 마디.

92) 뒤편의 어둡고 작은 방.

93) 관장 아래에서 심부름하는 하인.

94) 급창(及唱) : 관아에서 부리는 사내종.

95) 중계(中階) : 가옥의 토대가 되도록 높이 쌓은 단.

96) 존귀한 이(사또)의 앞.

5

한참 이러할 제 한 농부 썩 나서며,

"담배 먹세. 담배 먹세."

"갈멍덕97) 숙여 쓰고 두덕98)에 나오더니 곱돌조대99) 넌짓 들어 꽁무니 더듬더니 가죽 쌈지 빼어 놓고 세우100) 침을 뱉어 엄지가락이 자빠라지게101) 비빗비빗102) 단단히 넣어 짚불을 뒤져 놓고 화로에 푹 질러 담배를 먹는데, 농군이라 하는 것이 대가 빡빡하면 쥐새끼 소리가 나것다.103) 양 볼때기가 오목오목 코궁기104)가 발심발심 연기가 홀홀나게 피워 물고 나서니 어사또 반말하기는 공성105)이 났지."

"저 농부, 말 좀 물어보면 좋겠구면."

"무슨 말?"

"이 골 춘향이가 본관에 수청 들어 뇌물을 많이 먹고 민정(民政)에 작폐(作弊)106)한단 말이 옳은지?"

---

97) 갈대로 엮어 만든 삿갓.

98) 논두렁.

99) 곱돌, 즉 윤이 나고 매끈매끈한 돌로 만든 담뱃대.

100) 세게, 세차게.

101) '서 있던 물체가 모로 기울어져 쓰러지다'의 '자빠지다'에 해당하는 말. 『표준국어대사전』(국립국어원)에 의하면, '자빠라지다'는 '자빠지다'의 경남 방언이라고 한다. 춘향전의 배경인 전북 남원 지역은 경남 방언의 일부가 사용된다.

102) 비비적거리며.

103) 농부가 일을 하면서 도중에 쉴 때 담뱃대를 빡빡 하면서 빨면 니코틴이 대의 구멍에 막혀 마치 찍, 찍 하는 쥐새끼 소리 같은 것이 들리곤 한다.

104) 콧구멍의 옛말.

105) 이골. 아주 길이 들어서 몸에 푹 밴 버릇.

106) 폐단을 만듦.

저 농부 열을 내어

"게가107) 어디 사나."

"아무데 살든지."

"아무데 살든지라니. 게는 눈콩알 귀꽁알108)이 없나. 지금 춘향이는 수청 아니 든다 하고 형장 맞고 갇혔으니 창가(娼家)에 그런 열녀 세상에 드문지라. 옥결 같은 춘향 몸에 자네 같은 동냥치가 누설109)을 끼치다간 빌어 먹도 못하고 굶어 뒈어지리. 올라간 이도령인지 삼도령인지 그놈의 자식은 일거후 무소식110)하니 인사(人事)가 그렇고는 벼슬은커니와 내쫓(지)도 못하지."

"어 그게 무슨 말인고."

"왜. 어찌 됩나?"

"되기야 어찌 되랴마는 남의 말로 구습(口習)111)을 너무 고약히 하는고?"

"자네가 철 모르는 말을 하매 그렇지."

수작을 파하고 돌아서며

"허허 망신이로고. 자 농부네들 일 하오."

"예."

하직하고 한 모롱이를 돌아드니 아이 하나 오는데, 주령막대112) 끌면서 시조(時調) 절반 사설(辭說) 절반 섞어 하되,

---

107) 거기는. 상대를 얕잡아 일컫는 말.
108) 눈과 귀를 낮추어 일컫는 말.
109) 더러운 입놀림.
110) 한번 간 후에 소식이 없으니.
111) 말버릇.
112) 지팡이.

"오늘이 며칠인고? 천리길 한양성을 며칠 걸어 올라가랴. 조자룡의 월강(越江)하던 청총마가 있거드면113) 금일로 가련마는. 불쌍하다 춘향이는 이서방을 생각하여 옥중에 갇히어서 명재경각114) 불쌍하다. 몹쓸 양반 이서방은 일거 소식 돈절(頓絶)하니115) 양반의 도리는 그러한가?"

어사또 그 말 듣고

"얘. 어디 있니?"

"남원읍에 사오."

"어디를 가니?"

"서울 가오."

"무슨 일로 가니?"

"춘향의 편지 갖고 구관 댁에 가오."

"얘. 그 편지 좀 보자꾸나."

"그 양반 철모르는 양반이네."

"웬 소린고? 남아116) 편지 보기도 어렵거든 황117) 남의 내간118)을 보잔단 말이오."

"얘, 들어라. 행인이 임발우개봉119)이란 말이 있느니라. 좀 보면 관계하냐."

---

113) 『삼국지연의』에 나오는 명장 조자룡이 강을 뛰어넘었던 명마 청총마가 있다면.

114) 명재경각(命在頃刻) : 목숨이 꼭 죽을 지경에 이름.

115) 한번 가 소식이 끊기니.

116) 남의, 혹은 낯모를 사내의.

117) 황(況) : 하물며.

118) 내간(內簡) : 여자들끼리 주고받는 편지.

119) 행인임발우개봉(行人臨發又開封) : 행인이 곧 길을 떠나려는 순간에도 편지의 겉봉을 떼어 본다는 말. 이도령이 당나라 시인 장적(張籍)의 「추사(秋思)」에서 인용하고 있다. 시의 내용과 전혀 상관이 없는 말이지만, 무지렁이 행인의 마음을 돌리게 한다.

"그 양반 몰골은 흉악하구만 문자속은 기특하오. 얼른 보고 주오."

"호로자식120)이로고."

편지 받아 떼어 보니 사연에 하였으되,

(……)

혈서(血書)로 하였는데 평사낙안(平沙落雁)121) 기러기 격으로 그저 툭툭 찍은 것이 모두 다 애고로다. 어사 보더니 두 눈에 눈물이 듣거니122) 맺거니 방울방울 떨어지니 저 아이 하는 말이,

"남의 편지 보고 왜 우시오?"

"엇다 얘. 남의 편지라도 설운 사연을 보니 자연 눈물이 나는구나."

"여보, 인정 있는 체하고 남의 편지 눈물 묻어 찢어지오. 그 편지 한 장 값이 열 닷냥이오. 편지 값 물어내오."

"여봐라. 이도령이 나와 죽마고우123) 친구로서 하향124)에 볼 일이 있어 나와 함께 내려오다 완영125)에 들렸으니, 내일 남원으로 만나자 언약하였다. 나를 따라 가 있다가 그 양반을 뵈어라."

그 아이 반색하며,

"서울을 저 건너로 알으시오?"

하며 달려들어,

"편지 내오."

상지126)할 제 옷 앞자락을 잡고 실난127)하며 살펴보니, 명주 전대를

---

120) 후레아들.
121) 글씨가 마치 모래펄에 앉아 있는 기러기처럼 가지런함을 뜻함.
122) 듣다 : '떨어지다'의 옛말.
123) 어릴 적부터 같이 놀며 자란 벗.
124) 하향(遐鄕) : 먼 시골.
125) 완영(完營) : 완산(전주)에 있는 전라도 감영.

허리에 둘렀는데, 제기(祭器) 접시 같은 것128)이 들었거늘 물러나며,

"이것 어디서 났소. 찬바람이 나오."

"이놈, 만일 천기누설(天機漏洩)129) 하여서는 성명130)을 보전치 못하리라."

당부하고 남원으로 들어올 제 박석치131)를 올라서서 사면을 둘러보니, 산도 예 보던 산이요, 물도 예 보던 물이라. 남문 밖 썩 내달아,

"광한루야 잘 있더냐? 오작교야 무사하냐?"

"객사청청유색신132)은 나귀 매고 놀던 데요, 청운낙수133) 맑은 물은 내 발 씻던 청계수(淸溪水)라. 녹수진경134) 넓은 길은 왕래하는 옛길이요, 오작교 다리 밑에 빨래하는 여인들……."

6

"이러한 잔치에 풍류135)로만 놀아서는 맛이 적사오니 차운136) 한 수

---

126) 상지(相持) : 서로 버팀.

127) 실랑이.

128) 암행어사 마패를 가리키는 듯함.

129) 중대한 국가의 기밀을 누설함.

130) 목숨.

131) 박석치 : 박석고개. 남원 향교(鄕校)의 북쪽 뒷산에 있는 고개.

132) 객사청청유색신(客舍靑靑柳色新) : 객사(여관)의 푸르디푸른 버들잎 색이 새롭네. 당나라 시인 왕유(王維)의 시 「송원이사안서(送元二使安西)」에서 인용하고 있다.

133) 청운낙수(靑雲洛水) : 푸른 빛 구름이 흐르는 맑은 물.

134) 녹수진경(綠樹秦京) : 푸른 나무가 우거진 진나라의 서울.

135) 여기에서는 춤과 음악을 가리킴.

136) 차운(次韻) : 남이 지은 시의 운자(韻字)를 따서 시를 지음.

씩 하여 보면 어떠하오."

"그 말이 옳다."

하니 운봉[137]이 운을 낼 제 높을 고(高)자, 기름 고(膏)자 두 자를 내어 놓고 차례로 운을 달 제 어사또 하는 말이,

"걸인[138]이 어려서 추구권[139]이나 읽었더니 좋은 잔치 당하여서, 주효를 포식하고 그저 가기 무렴하니 차운 한 수 하사이다."[140]

운봉이 반겨 듣고 필연(筆硯)[141]을 내어주니 좌중이 다 못하여 글 두 구(句)를 지었으되, 민정[142]을 생각하고 본관 정체[143]를 생각하여 지 었것다.

> 금준미주(金樽美酒)는 천인혈(千人血)이요,
> 옥반가효(玉盤佳肴)는 만성고(萬姓膏)라.
>
> 촉루낙시(燭淚落時) 민루낙(民淚落)이요,
> 가성고처(歌聲高處) 원성고(怨聲高)라.

이 글 뜻은, 금동이의 아름다운 술은 일만 백성의 피요, 옥소반의 아름다운 안주는 일만 백성의 기름이라. 촛불 눈물 떨어질 때 백성 눈 물 떨어지고, 노랫소리 높은 곳에 원망소리 높았더라. 이렇듯이 지었

---

137) 운봉 현감. 남원 인근의 운봉에서 온 관청의 우두머리.
138) 거지의 모습으로 변장한 이도령.
139) 추구권(抽句卷) : 유명한 글귀를 뽑아 적은 책.
140) 술과 안주를 실컷 먹고 그저 가기 염치가 없으니, 운(韻)을 빌린 시(詩) 한 수를 짓겠습니다.
141) 붓과 벼루.
142) 백성의 형편.
143) 반듯한 체면.

으되 본관은 몰라보고 운봉이 글을 보며 내념[144]에,

"아뿔싸. 일이 났다."

(……)

"청파역졸 거동 보소. 달 같은 마패[145]를 햇빛같이 번뜻 들어, 암행어사 출도야.[146]"

"웨는[147] 소리 강산이 무너지고 천지가 뒤(로) 눕는 듯, 초목금순[148] 들 아니 떨랴."

7

어사또 분부하되

"얼굴 들어 나를 보라."

하시니 춘향이 고개 들어 대상(臺上)[149]을 살펴보니 걸객(乞客)[150]으로 왔던 낭군 어사또로 뚜렷이 앉았구나. 반 웃음, 반 울음에,

얼씨구나 좋을씨고 어사낭군 좋을씨고,
남원읍내 추절(秋節) 들어 떨어지게 되었더니.

---

144) 속마음.

145) 마패(馬牌) : 관원이 지방에 나갈 때 역마를 징발하기 위한 표지.

146) 청파역의 졸이 '암행어사님이 모습을 드러낸다.'고 크게 외치고 있다. '출도'의 원말은 출두(出頭)이다.

147) 외는. 즉, 외치는.

148) 초목금수 : 풀과 나무와 날짐승과 길짐승.

149) 높은 곳의 위.

150) 거지 손님.

객사에 봄이 들어 이화춘풍(李花春風) 날 살린다.[151]
꿈이냐 생시냐, 꿈을 깰까 염려로다.

"한참 이리 즐길 적에 춘향모 들어와서 가없이 즐겨하는 말을 어찌
다 설화[152]하랴. 춘향의 높은 절개 광채 있게 되었으니, 어찌 아니 좋
을쏜가."

---

151) 가을날이 들어 떨어졌다는 것은 변학도에 의해 감옥에 갇힌 일이요, 날 살린 이화춘풍,
    즉 자두꽃과 봄바람은 이도령의 출두를 가리킨다.
152) 발설.

III

허생전

박지원

허생(許生)[1]은 묵적동[2]에서 살았다. 바로 가서 남산(南山) 밑에 닿으면 우물터 위에 오래된 은행나무가 서 있다. 사립문이 나무를 향해 열려 있고, 초가집 두어 칸이 비바람도 가리지 못한 채 서 있었다. 그러나 허생은 글 읽기만 좋아했고, 아내가 남의 바느질품을 팔아 근근이 입에 풀칠하는 형편이었다.

하루는 그 아내가 굶주리다 못해 훌쩍훌쩍 울며 하소연을 늘어놓았다.

"여보, 당신은 평생 과거(科擧)도 보지 않는데, 대체 글은 읽어서 무엇 하시려는 게요?"

허생이 껄껄 웃으며 대답했다.

---

1) 생(生) : 일반적으로 성(姓)에다 '선비', '젊은 사람' 등의 뜻을 더하는 접미사로 사용되는 말이지만, 여기에서는 벼슬 없는 선비인 유생(儒生)을 가리키는 말이다.

2) 지금의 동국대학교 주변에 위치한 묵동과 필동은, 조선시대의 가난한 남산골샌님(선비님)들이 먹과 붓을 팔아서 생업을 유지했던 마을이다. 묵적동은 묵동의 옛 이름으로 보아도 크게 어긋난 말은 아니다.

"내가 아직 글 읽기에 무르익지 않았나 보오."

아내가 다시 물었다.

"정 그러면 공장이도 있지 않습니까?"

허생의 대답은 이랬다.

"공장이 일이란 평소 배우지 못했으니 어떻게 할 수 있겠소."

다시 아내가 물었다.

"그럼, 장사꾼도 있지 않습니까?"

허생은 지지 않고 대꾸했다.

"장사꾼인들 밑천이 없는데 어찌 할 수 있겠소."

그러자 아내가 발끈 화를 내면서 쏘아붙였다.

"당신은 밤낮 글을 읽었다는 것이 겨우 '어찌겠소.'나 남발하는 것만 배웠구려. 그래 공장이 노릇도 못하고, 장사꾼도 하기 싫다면, 도둑질이라도 해보시는 게 어떠시오."

이쯤 되자 허생은 하는 수 없이 책장을 덮고 일어서면서 말했다.

"아아, 안타깝구나. 내 처음 글을 읽을 때 십 년을 기약했더니, 이제 고작 칠 년이 지났을 뿐인걸."

그리고는 문 밖을 나섰는데, 알만한 이가 한 사람도 없었다. 그는 곧장 종로 네거리에 내려가 사람들을 만날 때마다 물었다.

"여보시오, 장안에서 제일 부자가 누구요?"

때마침 변씨를 일러주는 사람이 있었고, 마침내 허생은 그 집을 찾았다. 변씨를 만난 허생이 길게 읍(揖)[3]하며 말했다.

"내가 집이 가난하지만 뭔가 잠시 시험해 볼 일이 있소이다. 그래서

---

3) 읍(揖) : 두 손을 모아 가슴까지 올려 인사를 올리는 것.

그대에게 만금(萬金)을 빌리러 왔소."

변씨는 두말없이 선뜻 대답했다.

"그러시구려."

변씨는 바로 만금을 내주었다. 그러나 허생은 고맙다는 말 한 마디 없이 훌쩍 가버렸다. 변씨의 자제(子第)와 빈객(賓客)들이 허생의 꼬라지를 보니 비렁뱅이나 다름없었다. 허리에 실띠를 둘렀지만 술은 다 뽑혔고, 가죽신을 신었지만 뒤축은 제쳐졌으며, 갓은 주저앉았고 도포(道袍)에는 검댕이 묻은 데다가 코에서는 맑은 콧물이 졸졸 흘러내렸다. 그가 나가자 다들 크게 놀라며 물었다.

"대인(大人)⁴⁾께서는 저 손님을 아십니까?"

변씨가 시원하게 대답했다.

"모르지요."

"어허! 하루아침에 그 귀중한 만금을 일면식도 없는 사람에게 헛되이 던져 주시면서 성명도 묻지 않으시다니, 무슨 까닭이십니까?"

변씨가 대답했다.

"이건 여러분들이 알 바가 아니요. 대개 사람이 남에게 무언가를 요구할 때는 반드시 자기 의사를 부풀려서 신뢰를 얻고자 하는 법이요. 그리고 얼굴빛은 부끄럽고도 비겁하며, 말도 같은 소리를 반복하는 게 예사지요. 헌데, 이 손님은 옷과 신이 비록 너덜거렸지만 말이 간략하고 눈매가 오만하고 얼굴엔 부끄러운 빛이 없었소이다. 이로 볼 때 그 사람은 물질(物質)을 기다리기 전에 벌써 스스로 만족한 사람임에 틀림없어요. 그가 시도하겠다는 방법도 적지 않을 듯하니, 나 또한 그를 시

---

4) 대인(大人) : 상대방을 높여 부르는 호칭.

험해보는 바가 없지 않소. 게다가 주지 않는다면 모르거니와 기왕 만금을 줄 바에야 성명 따위는 물어 무엇 하겠소."

이미 만금을 얻은 허생은 그 길로 집으로 돌아가지 않고 가만히 생각했다.

"저기 안성(安城) 땅은 기(畿)⁵⁾, 호(湖)⁶⁾가 어우러지는 곳이요, 삼남(三南)의 입구렷다."

그리고는 바로 안성으로 내려가 머물렀다. 그리하여 대추와 밤, 감, 배, 석류, 귤, 유자 등의 과일을 전부 값의 배를 치루고 사서 저장했다. 허생이 과일을 도고(都庫)⁷⁾하자, 온 나라가 잔치나 제사를 치르지 못하게 되었다. 그런지 얼마 지나지 않아 앞서 허생에게 두 배 값을 받고 과일을 판 장사치들이 도리어 십 배를 치르면서 과일을 되사갔다. 허생은 탄식하면서 말했다.

"어허! 고작 만금으로 한 나라의 경제(經濟)를 휘청거리게 했으니, 이 나라의 얕고 깊음을 짐작하겠구나."

그러더니 호미와 베, 명주, 솜 등속을 사 제주도(濟州道)에 들어가서 그곳 말총을 모두 거두어 사면서 말했다.

"몇 해 지나지 않아 나라 사람들이 머리를 싸지 못하게 될 게야."

과연 얼마 지나지 않아 망건(網巾)⁸⁾ 값이 열 배나 올랐다. 돈을 쟁여 든 허생이 늙은 뱃사공을 만나 물었다.

---

5) 기(畿) : 고려와 조선시대, 왕경(王京)을 중심으로 하여 일정한 인근 지역을 포괄하는 지방 행정 단위. 시기에 따라 그 범위가 바뀌었다.
6) 호(湖) : 특히 충청 지역을 통칭하는 말.
7) 도고(都庫) : 물건이나 일 따위를 독점하여 처리하는 행위. 또는 그런 사람.
8) 망건(網巾) : 상투를 튼 사람이 머리가 흩어지지 않도록 말총, 곱소리 등으로 그물처럼 만들어 머리에 두르는 물건.

"여보 영감, 혹시 먼 바다에 사람이 살 만한 빈 섬이 있는 것을 보았소?"

사공이 대답했다.

"있다마다요. 제가 일찍이 풍랑에 휩쓸려서 내리 사흘 밤낮 동안 서쪽으로 흘러갔는데, 거기서 빈 섬에 닿았습지요. 아마 사문(沙門)9)과 장기(長崎)10) 사이에 있는 듯싶은데, 꽃과 나무가 절로 피고, 과일과 오이가 절로 자라며, 사슴이 떼를 지어 뛰어 다니고, 노니는 고기들도 인기척에 놀라지 않더군요."

허생이 크게 기뻐하며 말했다.

"그대가 나를 그곳으로 데려준다면 부귀(富貴)를 함께 누릴게요."

사공이 그의 말을 쫓았다. 바로 바람을 타고 동남쪽으로 배를 몰아 섬에 들어갔다. 허생이 높은 곳에 올라 사방을 바라보더니 탄식하며 말했다.

"땅이 천 리도 채 못 되니 어디에 쓰겠는가. 하지만 토지가 기름지고 샘물이 달콤하니, 이곳에서 부가옹(富家翁)11) 노릇쯤은 하겠구나."

사공이 그 말을 듣고 물었다.

"섬은 텅 비어 있고 사람 하나 구경할 수 없는데, 누구와 사신다는 말씀이시오?"

허생이 대답했다.

"덕(德)만 있으면 사람은 저절로 찾아드는 게요. 나는 오히려 내가 덕이 없을까 걱정이지 사람 없는 게 어찌 걱정이겠소."

그때 마침 변산(邊山)12)에 도적떼 수천 명이 들끓고 있었다. 주(州)나

---

9) 사문(沙門) : 미상. 한반도 남쪽 해안가와 장기 사이에 있는 듯하다.
10) 장기(長崎) : 나가사키. 일본 규슈(九州) 지방에 있는 현(縣) 이름.
11) 부가옹(富家翁) : 부잣집 늙은이.

군(郡)에서 병졸을 풀어 뒤쫓아 잡으려 했지만 잡지 못했다. 그러나 도적떼들 역시 잠시도 밖으로 나와 노략질을 할 수 없었으니, 한창 주리고 곤궁한 형편이었다. 허생이 도적들의 굴속으로 뛰어들더니 괴수(魁首)를 만나 달래기 시작했다.

"너희들 천 명이 함께 돈 천 냥을 훔쳐 나누어 가지면 각기 얼마나 되겠는가?"

괴수가 대답했다.

"한 사람 당 한 냥밖에 더 되겠소."

허생은 또 물었다.

"그럼 너희들에게 아내는 있는가?"

도적떼들이 대답했다.

"없지요."

"그럼 밭은 있으렸다."

그러자 도적떼들이 비웃으며 대꾸했다.

"밭 있고 아내가 있다면야 열쳤다고 이처럼 괴롭게 도둑질을 일삼겠소."

허생이 묵묵히 듣다가 말했다.

"정말 그렇다면 아내를 얻고 집도 세우고, 소를 사서 농사를 지어 살면 어떤가? 도둑놈이란 더러운 이름도 없을 뿐더러 살림살이에는 부부(夫婦)의 즐거움이 있는데다가, 아무리 나와서 쏘다닌다 해도 체포당할 근심이 없고, 길이 잘 입고 잘 먹고 잘 살 수 있지 않겠나?"

도적떼들이 입을 모아 말했다.

---

12) 변산(邊山) : 충청도 바닷가에 있는 고을.

"그야 더할 나위없는 소원이지만, 그럴 돈이 어디 있어야 말이지요."

허생이 껄껄 웃으며 대답했다.

"너희들이 도둑질을 일삼으면서 돈이 그렇게 궁하다면 내 너희들을 위해서 돈을 마련해 줄 터이니 내일 바닷가를 지나다 보면 붉은 깃발이 바람에 펄펄 날리는 게 보일 텐데, 모두 돈 실은 배일 게다. 너희들 멋대로 가져가려무나."

허생은 도적떼들과 약속하더니 어디론가 가버렸다. 도적떼들은 모두 미친놈으로 치부하고 비웃었다. 다음 날, 혹시나 싶어 도적떼들이 바닷가에 가보았다. 허생은 벌써 삼십만 냥을 배에 싣고 기다리던 참이었다. 모두 깜짝 놀라 절하며 말했다.

"이제부턴 오직 장군님 명령대로 따르겠습니다."

허생이 말했다.

"다들 힘껏 지고 가보게."

도적떼들이 다투어 돈을 졌지만 백 냥도 채우지 못했다. 허생이 혀를 차며 말했다.

"너희들 힘이 고작 백 냥도 들지 못하면서 도둑질인들 변변히 할 수 있겠는가. 이제 너희들이 비록 다시 평민(平民)이 되고 싶어도, 이름이 도적의 명부(名簿)에 올랐으니 갈 곳이 없게 되었다. 그러니 여기서 너희들 돌아오기를 기다릴 테니 각자 백 냥씩 지고 가서 계집 한 사람과 소 한 필씩을 데리고 오렷다."

"예이."

대답한 도적떼들이 모두 흩어져 버렸다. 이어 허생은 몸을 일으켜 이천 명이 한 해 동안 먹을 만한 양식을 장만하고 기다렸다. 기일이 되자 도적떼들이 다 돌아왔는데, 한 사람도 뒤떨어진 자는 없었다. 이에 그들을 배에 싣고 빈 섬으로 들어갔다. 허생이 이렇게 도적을 몰아 쳐서 도고하자 온 나라 안이 잠잠해졌다.

섬에 도착한 그들은 나무를 베어 집을 세우고, 대를 엮어서 울타리 를 쳤다. 지질(地質)이 온전하여 곡식들이 잘 자랐고, 묵밭은 갈지 않고 김을 매지 않아도 한 줄기에 아홉 이삭씩이나 줄줄 달렸다. 삼년 동안 먹을 양식을 쌓아 놓고 나머지는 모두 배에 싣고 장기도(長崎島)에 가서 팔았다. 장기도는 일본(日本)의 속주(屬州)로, 호수(戶數)가 삼십 일만이 나 되는데, 바야흐로 크게 기근이 들었다. 그들에게 곡식을 다 풀어먹 이고는, 대가로 은(銀) 백만 냥을 거두었다. 허생이 탄식하며 말했다.

"이제 내가 자그마한 시험을 해 보았구나."

그런 뒤 남녀 이천 명을 모두 불러 놓고 말했다.

"내 처음 너희들과 함께 이 섬에 들어올 때엔 먼저 부유하게 한 뒤에 따로 문자(文字)13)를 만들며 의관을 지으려 했는데, 땅이 작고 덕이 엷 으니 나는 그만 이곳을 떠나련다. 너희들은 어린애가 나서 숟가락을 잡을 만하거든 바른편 손으로 쥐도록 가르치고, 하루를 일찍 태어났어 도 먼저 먹게 사양하도록 일러주어라."

명령을 마친 뒤 다른 배들을 모조리 불사르며 말했다.

"가지 않으면 오는 이도 없겠지."

이어 돈 오십만 냥을 바다 속에 던지며 외쳤다.

"바다가 마르면 이득을 얻을 자 있겠지. 백만 냥이면 이 나라에서조 차 용납할 곳이 없는데, 하물며 이런 작은 섬이겠는가."

또 무리 중에 글을 아는 자를 불러내어 배에 태우고 말했다.

---

13) 이미 한글이 창제된 시대에 따로 문자를 만들겠다는 것은 무슨 의도인지 생각해보자. 그것은 작자인 박지원의 의도이기도 하다.

"이 섬나라에 재앙의 뿌리를 뽑아 버려야지."14)

다시 조선으로 돌아온 허생은 나라 안을 두루 다니며 가난하고 하소연할 곳조차 없는 사람들에게 돈을 나눠 주었는데, 그러고도 십만 냥이 남았다.

"이것으로 변씨에게 빌린 걸 갚아야겠군."

이어 변씨를 찾아보고 물었다.

"날 기억하겠소?"

변씨가 놀라 목소리를 떨면서 대답했다.

"어허, 그대 얼굴빛이 전보다 나아진 게 없으니, 만 냥을 다 잃어버린 모양일세."

허생이 껄껄 웃으며 대답했다.

"재물로 얼굴빛을 번듯하게 꾸미는 짓은 그대들이나 할 일이지, 만 냥이 아무리 중한들 어찌 도(道)를 살찌울 수 있겠나."

이어 돈 십만 냥을 변씨에게 주며 말했다.

"내가 한때의 굶주림을 견디지 못해 글 읽기를 끝내지 못했으니, 그대의 만 냥을 부끄러워할 뿐이로세."

변씨가 깜짝 놀라 일어나 절하며 사양하더니, 십 분의 일의 이문(利文)만을 받으려고 했다. 허생이 그제야 크게 화를 내며 말했다.

"그대는 어찌 날 장사꾼으로 대우한단 말인가."

벼락같이 소매를 뿌리치더니 가버렸다. 변씨는 달리 수가 없어 몰래 뒤를 밟았다.

사내는 남산 밑으로 향하더니 초라한 오막살이로 들어가 버렸다. 마

---

14) 백성을 문맹(文盲)으로 만들겠다는 작자의 의도에 대해 생각해보자.

침 늙은 할미가 우물곁에서 빨래를 하고 있기에 변씨가 물었다.

"저 오막살이는 뉘 집이요?"

할미가 대답했다.

"허생원(許生員)댁이지요. 그분이 가난하지만 글 읽기를 즐기더니 어느 날 아침 훌쩍 집을 떠나서는 안 돌아온 지 벌써 다섯 해나 된답니다. 아내가 홀로 남아서 생원님이 집 떠나던 날을 기일로 삼아 제사를 드린다지요."

변씨는 그제야 그의 성(姓)이 허(許)씨인 줄을 알고 탄식하며 돌아갔다. 이튿날 은괴를 가져가서 허생에게 주었다. 허생이 사양하며 말했다.

"내가 진즉 부귀를 누리려 했다면 백만 냥을 버리고 십만 냥을 취했겠는가. 나는 이제부터 그대에게 의지해 밥을 먹겠으니, 그대가 가끔 와서 나를 돌봐 주시게나. 그저 식구를 헤아려 식량을 대며 몸을 재어 베를 마련해 준다면 일생에 이렇듯이 만족할 것이니, 무엇 때문에 재물로 내 마음을 괴롭히겠나."

변씨는 여러 방법으로 허생을 달랬지만 끝내 뜻을 굽히지 않았다. 변씨는 이로부터 허생의 의식이 떨어졌다고 짐작되는 즈음 반드시 손수 날라 주었고, 허생 역시 기뻐하면서 받되 혹시 분량이 지나치면 언짢아하면서 말했다.

"그대는 어째서 내게 재앙을 끼치려 하는가."

그러나 술병을 차고 가면 몹시 기뻐하여 서로 권커니자커니 하면서 취하고야 말았다. 그럭저럭 몇 해를 지나자 서로 정의가 날마다 두터워졌다. 어느 날 변씨가 조용히 말했다.

"다섯 해 동안 어떻게 백만금이나 벌었나?"

허생이 대답했다.

"가장 알기 쉬운 일이지. 우리 조선(朝鮮)은 배가 외국과 통하지 못하고, 수레가 국내(國內)에 두루 다니지 못하네. 이 까닭으로, 백물(百物)이 다 이 안에서 생겨 이 안에서 사라져 버리지 않나. 대체 천 냥이란 적은 재물이어서 모든 물건을 마음껏 다 살 수야 없지만, 이를 열로 쪼갠다면 백 냥짜리가 열이 되네. 이를 가지면 아무리 해도 열 가지 물건이야 살 수 있지 않겠나. 그리고 물건의 무게가 가벼우면 돌려 빼기 쉽기 때문에 한 가지 물건이 비록 밑졌다 하더라도 아홉 가지 물건에서 이문이 남는 법일세. 이는 보통 이문을 내는 방법이고, 작은 장사꾼들이 장사하는 방법이지.

그런데 대체로 만금만 가지면 족히 한 가지 물건을 다 살 수 있으이. 수레에 실린 것이면 수레를 모조리 도매할 것이고, 배에 가득 찬 것이라면 온통 살 수 있겠으며, 한 고을에 있는 것이라면 온 고을을 털어서 살 수 있을 것이니, 이는 마치 그물에 코가 있어 물건을 모조리 훑는 것과 같지 않은가? 그리하여 땅에서 나는 산물(産物) 여러 가지 중에서 어떤 하나를 슬그머니 독점해 버린다든지, 물에서 잡히는 고기들 여러 가지 중에서 어떤 하나를 슬그머니 독점해 버린다든지, 의약(醫藥)에 필요한 재료 여러 가지 중에서 어떤 하나를 슬그머니 독점해 버린다면, 그 한 가지 물건이 한 곳에 갇혀버려 모든 장사치의 재고가 다 마르는 법이니, 이는 백성을 해치는 방법이야. 뒷날 나라 일을 맡은 이들 가운데 행여 이 방법을 쓰는 자가 있다면, 반드시 나라를 병들게 만들고 말 걸세."

변씨가 다시 물었다.

"애당초 그대는 뭘 믿고서 내가 만금을 내어 줄 것이라 여기고 찾아와 빌리기로 했던 거요?"

허생이 대답했다.

"이는 반드시 자네만이 내게 줄 것은 아닐세. 만금을 지닌 자치고 주지 않을 이가 없겠지. 내 재주로 족히 백만금을 벌 순 있겠지만, 다만 운명은 저 하늘에 달려 있는 만큼 내 어찌 예측할 수 있었겠나. 그러므로 나를 쓸 수 있는 자는 복(福)이 있는 사람이어서 그는 반드시 지금 부(富)에다 더 큰 부를 누릴 테니, 이는 곧 하늘이 명하는 바라, 그가 어찌 아니 줄 수 있겠는가? 이미 만금을 얻은 뒤엔 그의 복을 빙자(憑藉)해 행한 까닭에 움직이면 문득 성공하는 것이니, 만일 내가 사사로이 혼자서 일을 시작했다면 그 성패(成敗)는 역시 알 수 없었겠지."

변씨가 넌지시 말했다.

"근자에 사대부(士大夫)들이 앞날 남한(南漢)에서의 치욕15)을 씻고자 하는데, 이야말로 뜻 있는 선비가 팔뚝을 걷어붙이고 의지를 펼 때가 아닌가. 그대와 같은 재주를 가지고서 어찌 괴롭게 어둠에 몸을 숨긴 채 이 세상을 마치려고 하나?"

허생이 웃으며 대답했다.

"어허, 예로부터 어둠에 몸을 숨긴 자가 얼마나 많았던가. 저 조성기(趙聖期)16)는 적국(敵國)의 사신(使臣)으로 보낼 만하건만 베잠방이로 늙어 죽었고, 유형원(柳馨遠)17)은 넉넉히 군량을 나를 만했지만, 해곡(海曲)

---

15) 1636년 12월부터 다음 해 1월까지 인조가 남한산성에서 청나라의 공격을 막다가 역부족으로 항복한 사건을 말한다.

16) 조성기(趙聖基) : 1638~1689. 조선 중기 때의 학자. 문인. 본관은 임천(林川)이고, 자는 성경(成卿)이며, 호는 졸수재(拙修齋)다. 일찍이 성리학을 깊이 연구했고, 과거보다는 학문에만 전심했다. 임영(林泳)과 학문적으로 깊이 교유했다. 저서에 한문소설인 「창선감의록(彰善感義錄)」과 문집 『졸수재집』이 있다.

17) 유형원(柳馨遠) : 1622~1673. 조선 중기 때의 실학자. 본관은 문화(文化)고, 자는 덕부(德夫)며, 호는 반계(磻溪)다. 2살 때 아버지를 여의고, 5살 때 글을 배우기 시작했는데, 7살

에서 바장이고 있지 않았던가. 그러고 보니 지금의 나랏일을 살피는 자들을 가히 알만하지 않은가. 나로 말한다면 장사를 잘하는 자인만큼 내 돈이 넉넉히 구왕(九王)[18]의 머리를 살 수 없음은 아니지만, 전에 그것을 바다에 던지고 온 까닭은 쓸 곳이 어디에도 없음을 알았기 때문일세."

변씨는 '후유!'하며 긴 한숨을 내쉬고 돌아갔다.

변씨는 이전부터 이정승(李政丞) 완(浣)[19]과 친했다. 이공(李公)은 때마침 어영대장(御營大將)[20]에 취임했다. 그가 일찍이 변씨와 얘기를 나누다가 말을 꺼냈다.

"지금 저 위항(委巷)[21]과 여염(閭閻) 사이에 혹시 뛰어난 재주가 있어 함께 큰일을 도모할 만한 자가 있던가?"

변씨가 그제야 허생을 소개했다. 이공이 깜짝 놀라며 말했다.

"기특하구면. 정말 그런 사람이 있단 말인가? 이름은 무엇인데?"

변씨가 대답했다.

때 『서경(書經)』의 우공기주편(禹貢冀州編)을 읽고 매우 감탄했다고 한다. 학행(學行)으로 천거되었으나 모두 사퇴하고, 농촌에서 농민을 지도하며 실학을 최초로 체계화했다. 저서 『반계수록(磻溪隨錄)』을 통해 중농사상에 입각한 전반적인 제도개편을 구상했다.

18) 구왕(九王) : 청나라 태조의 14번째 아들인 예친왕(睿親王)의 별칭. 청나라 건국에 큰 공로를 세웠다.

19) 이완(李浣) : 1602~1674. 조선 효종 때의 무신. 본관은 경주고, 자는 징지(澄之)며, 호는 매죽헌(梅竹軒)이고, 시호는 정익(貞翼)이다. 무장으로서 정치에도 핵심적 역할을 했다. 효종의 북벌정책을 보필, 국방체계·군비·병력 정비에 기여했다. 한성부판윤과 공조판서, 형조판서, 수어사를 거쳐 우의정을 지냈다.

20) 어영대장(御營大將) : 조선시대 어영청(御營廳)의 주장으로, 종이품(從二品)이며, 정원은 1원이다. 위로 도제조(都提調, 정1품), 제조(提調, 정2품)가 있고, 아래로 중군(中軍, 종2품), 별장(別將, 정3품), 별후부천총(別後部千摠, 정3품), 천총(千摠, 정3품), 기사장(騎士將, 정3품), 파총(把摠, 종4품), 외방겸파총(外方兼把摠, 종4품), 종사관(從事官, 종6품), 초관(哨官, 종9품)이 있었다.

21) 위항(委巷) : 후미지고 꾸불꾸불한 골목길. 일반 서민들이 사는 동네를 말한다.

"소인이 그와 상종한 지 삼 년이나 되었습니다만, 아직 이름은 몰랐소이다."

이공이 또 말했다.

"그런 사람이 바로 이인(異人)이야. 함께 찾아가 보세."

밤이 되자 이공은 수행원들을 다 물리치고 변씨만 데리고 걸어서 허생의 집을 찾았다. 변씨는 이공을 말려 문밖에 세워 놓고 혼자 먼저 들어가 허생을 보고 이공이 찾아온 사연을 갖추어 말했다. 허생은 들은 체 만 체 하더니 말했다.

"자네가 차고 온 술병이나 빨리 풀게."

그리고는 둘이 즐겁게 술을 마셨다. 변씨는 이공이 오랫동안 밖에서 있는 것을 딱하게 여겨 거듭 말을 붙였지만, 허생은 아랑곳 하지 않았다. 어느덧 밤이 깊었다. 허생이 그제야 입을 열었다.

"그럼 손님 좀 불러 볼까."

이공이 들어왔다. 허생은 굳이 앉아서 일어서지 않았다. 이공은 몸둘 곳을 모를 만큼 불안했다. 다급하게 나라에서 어진 이를 찾는 뜻을 진술했다. 허생이 손을 저으며 말했다.

"밤은 짧은데 말은 기니, 듣기에 몹시 지루하이. 도대체 지금 자네 벼슬은 무언가?"

이공이 대답했다.

"예, 대장(大將)입니다."

허생이 말했다.

"그렇다면 딴엔 나라의 믿음직한 신하로구먼. 내가 와룡선생(臥龍先生)22)과 같은 이를 천거할 테니 자네가 군왕께 여쭤 그의 초려(草廬)를 삼고(三顧)23)할 수 있겠는가?"

이공은 한참 머리를 숙이고 고민하더니 말했다.

"그건 어렵사오니, 그 다음의 방책을 듣고자 합니다."

허생이 다시 말했다.

"나는 지금까지 제이의(第二義)24)란 말은 배우질 못했거든."

이렇게 시치미를 떼자 이공이 굳이 물었다. 허생이 말했다.

"명(明)나라의 장병은 자기네들이 일찍이 조선에 묵은 은의(恩義)가 있다 하여 그의 자손들을 많이 뽑아서 동쪽으로 오지 않았는가. 그리하여 그들은 모두 떠돌이 생활에다 외롭게 홀아비로 고생하고 있다는군. 자네가 조정에 말을 올려 종실(宗室)25)의 딸들을 내어 고루 시집을 보내고, 훈척(勳戚)26) 세가(世家)27)들의 집을 징발해 살림살이를 차려 주도록 할 수 있겠는가?"

이공이 또 고개를 숙이고 한참 고민하더니 대답했다.

"그것도 어렵겠습니다."

허생이 혀를 차며 말했다.

"이것도 어렵고 저것도 못한다 하면, 무엇을 할 수 있단 말인가. 그럼 가장 쉬운 일이 하나 있는데, 자네가 이것은 할 수 있겠는가?"

이공이 대답했다.

---

22) 와룡선생(臥龍先生) : 중국 삼국시대 촉(蜀)나라의 책사(策士) 제갈량(諸葛亮, 181~234)의 별칭.

23) 삼고(三顧) : 세 번 찾아감. 촉나라의 유비(劉備)가 제갈량을 영입하기 위해 그의 초려(草廬)를 세 번 찾아가 성공한 일을 두고 하는 말이다.

24) 제이의(第二義) : 첫째가 아니고 다음 것.

25) 종실(宗室) : 종친(宗親)과 같은 뜻. 곧 왕족(王族)을 일컫는 말.

26) 훈척(勳戚) : 공신(功臣)과 친척.

27) 세가(世家) : 여러 대를 계속하여 나라의 중요한 자리를 맡아 오거나 특권(特權)을 누린 집안.

"부디 듣고자 원합니다."

허생이 말했다.

"대개 천하에 대의(大義)를 외치려고 한다면, 첫째 천하의 호걸을 먼저 사귀어야 할 것이고, 남의 나라를 치려고 한다면 먼저 간첩을 쓰지 않고서는 이룰 수 없는 법이다. 이제 만주(滿洲, 청나라)가 갑자기 천하를 맡아서 아직 중국 사람들과는 친하지 못했다고 생각하지 않은가. 그럴 때 조선이 다른 나라보다 솔선수범하여 항복했으니, 저편에서는 우리를 가장 믿어 줄 만한 사정이 아닌가.

이제 곧 그들에게 청하기를, 우리 자제들을 귀국에 보내 학문도 배우려니와 벼슬도 하면서, 옛날 당(唐)나라와 원(元)나라[28]의 옛 선례를 본받고, 나아가 장사꾼들의 출입까지도 금지하지 말아 달라고 하면, 그들은 반드시 우리의 친절을 달콤하게 여겨서 환영할 터이다. 그제야 나라 안의 자제를 가려 뽑아 머리를 깎고 오랑캐의 옷을 입힌 뒤, 식자층은 빈공과(賓貢科)에 응시하고, 평민들은 멀리 강남(江南)에 장사꾼으로 흘러들어 그들의 이런저런 허실(虛實)을 엿보게 한다. 이어 그들의 호걸(豪傑)들과 사귄다면 천하의 일을 꾀함직하고 나라의 치욕을 씻을 수 있지 않겠는가.

그러고는 임금을 세우려고 주씨(朱氏)[29]를 찾다가 얻지 못한다면, 천하의 제후(諸侯)들을 거느려 하늘에 사람을 추천한다면, 우리나라는 잘되면 대국(大國)의 스승 노릇을 할 것이고, 못 되더라도 백구(伯舅)[30]

---

28) 당나라와 원나라에서는 빈공과(賓貢科)를 두어 다른 나라에서 온 사람들에게도 과거(科擧)에 응시해 벼슬할 수 있게 했다.

29) 주씨(朱氏) : 청나라 이전 왕조인 명(明)나라를 건국한 이가 주원장(朱元璋)이라 이렇게 말했다.

30) 백구(伯舅) : 옛날에 천자(天子)가 성(姓)이 다른 제후(諸侯)에 대하여 일컫던 말.

의 나라는 무난할 게 아니겠는가."

이공이 멍하니 얘기를 듣다가 우물거리며 대답했다.

"요즘 사대부들은 다들 예법(禮法)을 삼가 지키는 편이어서, 누가 과 감하게 머리를 깎고 오랑캐의 옷을 입겠습니까."

이에 허생이 목소리를 높이며 꾸짖었다.

"이놈, 소위 사대부란 도대체 어떤 작자들이야. 오랑캐의 땅에 태어나 서 제멋대로 사대부라고 뽐내니 어찌 앙큼하지 않느냐. 바지나 저고리 를 온통 희게만 입으니, 이는 실로 상인(喪人)의 옷차림이고, 머리털을 한데 묶어 송곳같이 짜는 것은 곧 남만(南蠻)31)의 방망이 상투에 불과하 니, 뭐가 예법이고 아니고를 자랑할 게 있는가. 옛날 번오기(樊於期)32)는 사사로운 원한을 갚기 위해 제 머리 자르기를 주저하지 않았다. 또 무령 왕(武靈王)33)은 자기 나라를 강하게 만들고자 오랑캐 옷 입기를 부끄러 워하지 않았거늘, 이제 너희들은 대명(大明)을 위해 원수를 갚고자 한다 면서, 그깟 상투 하나를 아끼느냐? 또 장차 말달리기와 칼치기, 창 찌르 기, 활 튀기기, 돌팔매 던지기 등에 종사해야 함에도 불구하고, 그 넓은 소매를 고치지 않고서는 불가능한 법인데, 제 딴에는 그게 예법이라 떠든단 말이냐.

---

31) 남만(南蠻) : 남쪽 오랑캐. 남쪽 지방의 다른 민족을 만(蠻)이라 불렀다. 주로 유구(琉球), 섬라(暹羅) 등을 뜻한다.

32) 번오기(樊於期) : ?~기원전 227. 전국시대 말기 사람. 본래 진(秦)나라의 장군이었는데, 가족들이 모두 사형을 당하자 연(燕)나라로 달아나 연나라 태자(太子) 단(丹)에게 투항했 다. 진나라 왕이 현상금으로 금 천 근과 읍(邑) 만 가(家)를 걸고 그 목을 구했다. 자객 형가(荊軻)가 진왕(秦王)을 죽이러 떠날 때 그의 목을 바치면서 기회를 노리겠다고 하자, 자신과 가족의 원통함을 풀기 위해서라면 목숨까지 내놓겠다고 하면서 스스로 목을 찔러 죽었다.

33) 무령왕(武靈王) : 미상.

　내가 평생 처음으로 세 가지의 계책을 가르쳤는데, 너는 그 중 한 가지도 쓰지 못하면서 꼴에 신임 받는 신하라니, 이른바 신임 받는 신하가 겨우 이렇단 말이냐. 이런 놈은 당장 베어 버려야 마땅하다!"

　허생이 벌떡 일어나더니 주변을 돌아보며 칼을 찾아 찌르려고 했다. 이공이 깜짝 놀라 일어나 뒤쪽 들창으로 뛰쳐나가 달음박질쳐서 집으로 돌아왔다. 이튿날 다시 찾아갔지만, 허생은 이미 집을 비우고 어디론가 떠나버린 뒤였다.

　許生居墨積洞. 直抵南山下, 井上有古杏樹, 紫扉向樹而開, 草屋數間, 不蔽風雨, 然許生好讀書, 妻爲人縫刺以糊口. 一日, 妻甚饑, 泣曰:"子平生不赴擧, 讀書何爲?"許生笑曰:"吾讀書未熟."妻曰:"不有工乎?"生曰:"工未素學, 奈何?"妻曰:"不有商乎?"生曰:"商無本錢, 奈何?"其妻恚且罵曰:"晝夜讀書, 只學'奈何'. 不工不商, 何不盜賊?"許生掩卷起曰:"惜乎! 吾讀書, 本期十年, 今七年矣."出門而去, 無相識者. 直之雲從街, 問市中人曰:"漢陽中, 誰最富?"有道卞氏者, 遂訪其家. 許生長揖曰:"吾家貧, 欲有所小試, 願從君借萬金."卞氏曰:"諾."立與萬金, 客竟不謝而去. 子弟賓客, 視許生, 丐者也, 絲條穗拔, 革屨跟顚, 笠挫袍煤, 鼻流淸涕. 客旣去, 皆大驚曰:"大人知客乎?"曰:"不知也.""今一朝, 浪空擲萬金於生平所不知何人, 而不問其姓名, 何也?"卞氏曰:"此非爾所知. 凡有求於人者, 必廣張志意, 先耀信義, 然顔色愧屈, 言辭重複. 彼客, 衣屨雖弊, 辭簡而視傲, 容無怍色, 不待物而自足者也. 彼其所試術不小, 吾亦有所試於客, 不與則已, 旣與之萬金, 問姓名何爲?"於是, 許生旣得萬金, 不復還家, 以

爲安城, 畿湖之交, 三南之綰口, 遂止居焉. 棗栗柿梨柑榴橘柚之屬,
皆以倍直居之. 許生榷菓, 而國中無以讌祀. 居頃之, 諸賈之獲倍直於
許生者, 反輸十倍. 許生喟然嘆曰："以萬金傾之, 知國淺深矣." 以刀
鏄布帛綿, 入濟州, 悉收馬鬐鬣, 曰："居數年, 國人不裹頭矣." 居頃
之, 網巾價至十倍. 許生問老篙師曰："海外豈有空島, 可以居者乎?"
篙師曰："有之. 常漂風, 直西行三日夜, 泊一空島, 計在沙門·長崎之
間, 花木自開, 菓蓏自熱, 麋鹿成群, 游魚不驚." 許生大喜曰："爾能
導我, 富貴共之." 篙師從之. 遂御風, 東南入其島. 許生登高而望, 悵
然曰："地不滿千里, 惡能有爲? 士肥泉甘, 只可作富家翁." 篙師曰：
"島空無人, 尙誰與居?"許生曰："德者, 人所歸也. 尙恐不德, 何患無
人?"是時, 邊山群盜數千, 州郡發卒逐捕, 不可得. 然群盜亦不敢出剽
掠, 方饑困. 許生入賊中, 說其魁帥曰："千人掠千金, 所分幾何?"曰
："人一兩耳."許生曰："爾有妻乎?"群盜曰："無."曰："爾有田乎?"
群盜笑曰："有田有妻, 何苦爲盜?"許生曰："審若是也, 何不娶妻樹
屋, 買牛耕田, 生無盜賊之名, 而居有妻室之樂, 行無逐捕之患, 而長
享衣食之饒乎?"群盜曰："豈不願如此? 但無錢耳."許生笑曰："爾爲
盜, 何患無錢? 吾能爲汝辦之. 明日視海上, 風旗紅者, 皆錢船也. 恣
汝取去."許生約群盜旣去, 群盜皆笑其狂. 及明日, 至海上, 許生載錢
三十萬, 皆大驚, 羅拜曰："唯將軍令."許生曰"惟力負去."於是, 群
盜爭負錢, 人不過百金. 許生曰："爾等, 力不足以擧百金, 何能爲盜?
今爾等, 雖欲爲平民, 名在賊簿, 無可往矣. 吾在此俟汝, 各持百金而
去, 人一婦一牛來."群盜曰："諾."皆散去. 許生自具二千人一歲之
食, 以待之. 及群盜至, 無後者. 遂俱載入其空島. 許生榷盜, 而國中
無警矣. 於是, 伐樹爲屋, 編竹爲籬. 地氣旣全, 百種碩茂, 不菑不畲,

一莖九穗. 留三年之儲, 餘悉舟載, 往糶長崎島. 長崎者, 日本屬州, 戶三十一萬, 方大饑, 遂賑之, 獲銀百萬. 許生歎曰:"今吾已小試矣." 於是, 悉召男女二千人, 令之曰:"吾始與汝等入此島, 先富之, 然後 別造文字, 刱製衣冠, 地小德薄, 吾今去矣. 兒生執匙, 教以右手, 一 日之長, 讓之先食." 悉焚他船, 曰:"莫往則莫來." 投銀五十萬於海 中, 曰:"海枯有得者. 百萬無所容於國中, 況小島乎?" 有知書者, 載 與俱出, 曰:"爲絶禍於此島." 於是, 遍行國中, 賑施與貧無告者, 銀 尙餘十萬, 曰:"此可以報卞氏." 往見卞氏曰:"君記我乎?" 卞氏驚曰 :"子之容色, 不少瘳, 得無敗萬金乎?" 許生笑曰:"以財粹面, 君輩事 耳. 萬金何肥於道哉?" 於是, 以銀十萬付卞氏曰:"吾不耐一朝之饑, 未竟讀書, 慙君萬金." 卞氏大驚, 起拜辭謝, 願受什一之利. 許生大怒 曰:"君何以賈竪視我?" 拂衣而去. 卞氏潛踵之, 望見客向南山下入小 屋. 有老嫗, 井上澣, 卞氏問曰:"彼小屋, 誰家?" 嫗曰:"許生員宅. 貧而好讀書, 一朝出門, 不返者已五年. 獨有妻在, 祭其去日." 卞氏始 知客乃姓許, 歎息而歸. 明日, 悉持其銀, 往遺之, 許生辭曰:"我欲富 也, 棄百萬而取十萬乎? 吾從今得君而活矣. 君數視我, 計口送糧, 度 身授布, 一生如此足矣. 孰肯以財勞神?" 卞氏說許生百端, 竟不可奈 何. 卞氏自是度許生匱乏, 輒身自往遺之, 許生欣然受之. 惑有加, 則 不悅曰:"君奈何遺我災也?" 以酒往則益大喜, 相與酌至醉. 旣數歲, 情好日篤. 嘗從容言:"五歲中何以致百萬?" 許生曰:"此易知耳. 朝 鮮舟不通外國, 車不行域中, 故百物生于其中, 消于其中. 夫千金, 小 財也, 未足以盡物. 然析而十之, 百金十, 亦足以致十物, 物輕則易轉, 故一貨雖絀, 九貨伸之, 此常利之道, 小人之賈也. 夫萬金, 足以盡物. 故在車專車, 在船專船, 在邑專邑, 如網之有罟, 括物而數之, 陸之産

萬, 潛停其一, 水之族萬, 潛停其一, 醫之材萬, 潛停其一, 一貨潛藏,
百賈皆涸, 此賊民之道也. 後世有司者, 如有用我道, 必病其國." 卞氏
曰:"初子何以知吾出萬金, 而來吾求也?" 許生曰:"不必君與我也. 能
有萬金者, 莫不與也. 吾自料吾才, 足以致百萬, 然命則在天, 吾何能
知之? 故能用我者, 有福者也, 必富益富, 天所命也, 安得不與? 旣得
萬金, 憑其福而行, 故動輒有成. 若吾私自與, 則成敗亦未可知也." 卞
氏曰:"方今士大夫, 欲雪南漢之恥, 此志士扼腕奮智之秋也. 以子之
才, 何自苦沉冥, 以沒世耶?" 許生曰:"古來沉冥者何限? 趙聖期拙修
齋可使敵國, 而老死布褐, 柳馨遠磻溪居士足繼軍食, 而逍遙海曲, 今
之謀國政者, 可知已. 吾善賈者也. 其銀足以市九王之頭, 然投之海中
而來者, 無所可用故耳." 卞氏喟然太息而去. 卞氏本與李政丞浣善,
李公時爲御營大將. 嘗與言:"委巷閭閻之中, 亦有奇才, 可與共大事
者乎?" 卞氏爲言許生, 李公大驚曰:"奇哉! 眞有是否? 其名云何?" 卞
氏曰:"小人與居三年, 竟不識其名." 李公曰:"此異人. 與君俱往." 夜
公屛騶徒, 獨與卞氏, 俱步至許生. 卞氏止公立門外, 獨先入見許生,
具道李公所以來者. 許生若不聞者, 曰:"輒解君所佩壺." 相與歡飮.
卞氏閔公久露立, 數言之, 許生不應. 旣夜深, 許生曰:"可召客." 李
公入, 許生安坐不起. 李公無所措躬, 乃叙述國家所以求賢之意, 許生
揮手曰:"夜短語長, 聽之太遲. 汝今何官?" 曰:"大將." 許生曰:"然
則汝乃國之信臣, 我當薦臥龍先生, 汝能請于朝, 三顧草廬乎?" 公低
頭良久曰:"難矣. 願得其次." 許生曰:"我未學第二義." 固問之, 許生
曰:"明將士, 以朝鮮有舊恩, 其子孫, 多脫身東來, 流離惸鰥. 汝能請
于朝, 出宗室女, 遍嫁之, 奪勳戚權貴家, 以處之乎?" 公低頭良久曰:
"難矣." 許生曰:"此亦難彼亦難, 何事可能? 有最易者, 汝能之乎?"

李公曰："願聞之." 許生曰："夫欲聲大義於天下, 而不先交結天下之豪傑者, 未之有也. 欲伐人之國, 而不先用諜, 未有能成者也. 今滿洲, 遽而主天下, 自以不親於中國, 而朝鮮率先他國而服, 彼所信也. 誠能請遣子弟, 入學遊宦, 如唐元故事, 商賈出入不禁, 彼必喜其見親而許之, 妙選國中之子弟, 薙髮胡服, 其君子, 往赴賓擧, 其小人, 遠商江南, 覘其虛實, 結其豪傑, 天下可圖, 而國恥可雪. 若求朱氏而不得, 率天下諸侯, 薦人於天, 進可爲大國師, 退不失伯舅之國矣." 李公憮然曰："士大夫皆謹守禮法, 誰肯薙髮胡服乎?" 許生大叱曰："所謂士大夫, 是何等也? 産於彛貊之地, 自稱曰士大夫, 豈非駭乎? 衣袴純素, 是有喪之服, 會撮如錐, 是南蠻之椎結也, 何謂禮法? 樊於期欲報私怨, 而不惜其頭; 武靈王, 欲強其國, 而不恥胡服. 乃今欲爲大明復讎, 而猶惜其一髮, 乃今將馳馬擊釖刺鎗, 挈弓飛石, 而不變其廣袖, 自以爲禮法乎? 吾始三言, 汝無一可得而能者, 自謂信臣, 信臣固如是乎? 是可斬也!" 左右顧索釖, 欲刺之. 公大驚而起, 躍出後牖, 疾走歸. 明日復往, 已空室而去矣.

송희복

시인, 문학평론가, 국문학자.
진주교대 국어교육과 교수.
국제언어문학회 회장 역임.
한글학회 진주지회장 역임.
제9회 청마문학연구상 수상.

고전문학사의 벼리

2017년 2월 28일 초판 1쇄
2017년 8월 4일 초판 2쇄

지은이 송희복
펴낸이 김흥국
펴낸곳 도서출판 보고사

책임편집 이순민
표지디자인 오동준

등록 1990년 12월 13일 제6-0429호
주소 경기도 파주시 회동길 337-15 2층
전화 031-955-9797(대표)
    02-922-5120~1(편집), 02-922-2246(영업)
팩스 02-922-6990
메일 kanapub3@naver.com / bogosabooks@naver.com
http://www.bogosabooks.co.kr

ISBN 979-11-5516-651-2 93810
ⓒ 송희복, 2017

정가 13,000원